Jesus de Nazaré

Carl Theodor Dreyer

Jesus de Nazaré

A ÚLTIMA GRANDE OBRA DE UM GRANDE CINEASTA

Tradução
Cecília Camargo Bartalotti

martins fontes
selo martins

© 2012 Martins Editora Livraria Ltda., São Paulo,
para a presente edição.
© 1968 Carl Theodor Dreyer & Gyldendal, Copenhagen.
Publicado em comum acordo com Gyldendal Group Agency
Esta obra foi originalmente publicada em dinamarquês sob o título
Jesus Fra Nazaret por Carl Theodor Dreyer.

Publisher *Evandro Mendonça Martins Fontes*
Coordenação editorial *Vanessa Faleck*
Produção editorial *Cíntia de Paula*
Valéria Sorilha
Preparação *Jakeline Lins*
Paula Passarelli
Revisão *José Ubiratan Ferraz Bueno*
Pamela Guimarães
Projeto gráfico *Reverson Reis*

Dados Internacionais de Catalogação na Publicação (CIP)
(Câmara Brasileira do Livro, SP, Brasil)

Dreyer, Carl Theodor
Jesus de Nazaré : a última grande obra de um grande cineasta / Carl
Theodor Dreyer ; tradução Cecília Camargo Bartalotti. – São Paulo :
Martins Fontes – selo Martins, 2012.

Título original: Jesus : a great filmmaker's final masterwork.
ISBN 978-85-8063-067-1

1. Cinema - Roteiros 2. Jesus de Nazaré (Filme cinematográfico) -
Crítica e interpretação I. Título.

12-10987 CDD-791.437

Índices para catálogo sistemático:
1. Roteiros cinematográficos   791.437

Todos os direitos desta edição reservados à
Martins Editora Livraria Ltda.
Av. Dr. Arnaldo, 2076
01255-000 São Paulo SP Brasil
Tel.: (11) 3116 0000
info@martinseditora.com.br
www.martinsmartinsfontes.com.br

Jesus foi publicado originalmente em dinamarquês com o título JESUS FRA NAZARET © Gyldendal, Copenhagen 1968. Versão em inglês copyright © 1971, 1972 de Gyldendal, Copenhagen.

"Quem crucificou Jesus?", "As raízes do antissemitismo" e "Minha única grande paixão", três ensaios de OM FILMEN. Publicado pela primeira vez em dinamarquês por Gyldendal, Copenhagen. © Carl Th. Dreyer 1959, 1963.

Agradecimentos pela permissão de uso do seguinte material: "Carl Th. Dreyer – uma Biografia", "Trabalhar com Dreyer" e "O pecado de Dreyer". Reimpresso com autorização de Presentation Books, Ministério das Relações Exteriores, Copenhague.

Os comentários de François Truffaut e Federico Fellini são usados com autorização.

Sumário

INTRODUÇÃO...11
Carl Theodor Dreyer, por Ib Monty 13

TRÊS ENSAIOS DE CARL DREYER..21
Quem crucificou Jesus?...23
As raízes do antissemitismo..31
Minha única grande paixão..41

JESUS DE NAZARÉ..45
O manuscrito de um filme..47

TRABALHANDO COM DREYER...345
por Preben Thomsen

TRIBUTOS A CARL DREYER 355
O pecado de Dreyer, por Jean Renoir......................................357
Federico Fellini 363
François Truffaut 365

Nota do editor da edição americana 367

JESUS DE NAZARÉ

Introdução

Carl Theodor Dreyer, por Ib Monty

Carl Theodor Dreyer foi o mestre do filme trágico. Não apenas porque seus filmes com frequência dão grande ênfase ao sofrimento e ao martírio do homem, mas principalmente porque seus heróis, e em particular suas heroínas, têm de lutar sozinhos contra o mal do mundo. A luta muitas vezes acontece no palco interior: as dúvidas de Joana d'Arc debatem-se dentro dela; Gertrud tem de fazer sua escolha independentemente de qualquer outra pessoa. Em todos os filmes de Dreyer, para usar uma frase comum, o homem é o centro; e o cerne da questão, em seu modo de ver, não é a forma como o mal do mundo pode ser combatido, pois o mal é indestrutível, mas o modo como o homem mantém sua integridade diante do mal. Essa luta é sempre espiritual e, nos filmes de Dreyer, sempre termina com a vitória espiritual do indivíduo.

Dreyer era fascinado pela grandeza espiritual do homem e, para projetá-la, adotou o realismo psicológico. Embora sempre tenha sido um naturalista, sua capacidade de recriar os ambientes mais diversificados era notável. É bem sabido que ele mandou construir um grande cenário para *O martírio de Joana d'Arc* e, no entanto, nunca o utilizou para cenas inteiras. A principal intenção era cercar os personagens de um ambiente que incentivasse o realismo psicológico vir à tona nas atuações. Ao dirigir *A palavra*, ambientado em uma grande fazenda em terrenos pantanosos da Jutlândia ocidental e seus arredores, fez a equipe montar uma cozinha com tudo o que considerava apropriado para uma cozinha rural. Depois, com seu câmera, Henning Bendtzen, começou a remover os objetos. Por fim, permaneceram apenas de dez a quinze objetos, mas eram exatamente os necessários para criar a ilusão psicológica desejada. Para Dreyer, o naturalismo externo não era importante. Ele sabia que apenas o realismo interno importava, e por isso conseguia estilizar a realidade com tanta segurança.

Carl Theodor Dreyer nasceu em Copenhague, no dia 3 de fevereiro de 1889. Começou a escrever resenhas teatrais para jornais radicais provincianos por volta de 1909. Mais tarde, ingressou no jornalismo, primeiro no *Berlingske Tidende*, o maior jornal diário de Copenhague, e depois, de 1912 a 1915, no jornal vespertino *Ekstrabladet*. Em 1913, foi contratado como leitor de roteiros pela Nordisk Films Kompagni e, em 1918, já havia escrito uma longa sucessão de roteiros e adaptações de romances para diretores importantes.

Então, em 1918, teve a oportunidade de dirigir um filme. Esse primeiro trabalho, intitulado *O presidente*, foi um melodrama no estilo Nordisk, baseado em um romance de Karl-Emil Franzos. É a história sentimental da luta de um juiz entre o amor e o dever. Dreyer tentou melhorar o melodrama tradicional enfatizando a autenticidade dos cenários e selecionando os extras de acordo com os tipos adequados. Seu segundo filme, *Páginas do livro de Satã* (1919--21), foi inspirado por *Intolerância*, de D. W. Griffith. Mostra, em quatro partes, a tentação do homem por Satã em todas as eras. O filme não apresenta o domínio de composição da obra que lhe serviu de modelo, mas o esforço de Dreyer em intensificar a autenticidade dos cenários e tipos persistiu.

O terceiro filme de Dreyer, *A quarta aliança da sra. Margarida* (1920), foi feito na Suécia. É um filme divertido sobre um jovem assistente de vigário que tem de se casar com a velha viúva do pároco para se sustentar. Filmado inteiramente em locação, tem um belo caráter lírico-documentário. Dessa vez, Dreyer foi inspirado pelos filmes suecos de natureza lírica de Sjöström e Stiller. O filme apresentava atuações fortemente realistas e um humor rural grosseiro, mas também uma real simpatia pela velha viúva, que, no fim, morre e permite que o jovem vigário se case com a moça que ama.

Dreyer foi, então, para a Alemanha, onde filmou, em Berlim, o romance de Aage Madelung, *Amai-vos uns aos outros*, com o título *Die Gezeichneten*, entre 1921 e 1922. O filme mostra um *pogrom* russo de judeus em 1905 e é impressionante em sua representação dos ambientes russos. De volta à Dinamarca, Dreyer filmou, em 1922, *Era uma vez*, de Holger Drachmann, uma romântica ópera de conto de fadas com declarado caráter nacional. Dreyer ficou muito insatisfeito com esse filme, e só dois terços dele sobreviveram, suficientes para mostrar que ao menos contém grandes doses de elegante ironia nas cenas da corte e as mais belas cenas de paisagens dinamarquesas de que se tem lembrança em um filme dinamarquês. Foi filmado por George Schnéevoigt, o câmera de quatro dos filmes de Dreyer na década de 1920.

Em 1924, novamente na Alemanha, Dreyer filmou o romance *Mikaël*, de Herman Bang, sobre artistas, tendo Benjamin Christensen como o mestre. Dreyer quis criar um filme intimista, baseado na atuação e em closes, sobre pessoas infelizes em um ambiente de falsidades, contando com uma ambientação realmente convincente.

Dreyer fez seu sétimo filme na Dinamarca. *Você deve respeitar sua mulher* (ou *O amo da casa*) é baseado no melodrama de Svend

Rindom, *Tyrannens Fald* [A queda do tirano]. A partir dele, Dreyer criou um drama cotidiano intimista sobre a pequena burguesia, em toda a sua monumental limitação e egoísmo. Nesse filme, o entendimento de Dreyer quanto à autenticidade do cenário e o realismo psicológico que havia refinado combinaram-se perfeitamente. Houve uma ligação íntima entre o apartamento de três cômodos recriado e a atuação consistentemente natural. Em certa medida inspirado na infância do próprio Dreyer, o filme é impregnado de uma aversão quase selvagem pela pequena burguesia mesquinha, pedante, avarenta e mal-humorada. Na personagem da esposa, Dreyer traçou mais uma vez o retrato de uma mulher sofredora.

Você deve respeitar sua mulher despertou interesse na França por seu meticuloso realismo cotidiano. Dreyer foi convidado a fazer um filme no país e, depois do leve e ligeiro *A noiva de Glomdal*, improvisado durante o verão de 1925 na Noruega e baseado em um romance de Jakob B. Bull, veio *O martírio de Joana d'Arc*, feito na França, que trouxe para Dreyer renome internacional. Em *O martírio de Joana d'Arc*, Dreyer eliminou todos os excessos a fim de se concentrar em um retrato espiritual intenso da sofredora Joana. Seu controle da forma cinematográfica era agora magistral e, em *Joana d'Arc*, cada quadro, cada movimento, cada ângulo de câmera tinha um profundo significado espiritual. O filme era dominado por closes, com a câmera pausando quase interminavelmente nos rostos dos personagens, dos quais Dreyer tira o misticismo espiritual que era o objeto de sua arte. Em *Joana d'Arc*, ele alcançou um clímax de realismo interior, de "compreensão do misticismo", para usar sua própria expressão. *Joana d'Arc* mostra o sofrimento e o martírio em close.

Em 1932, Dreyer realizou seu primeiro filme sonoro, *Vampiro*, também na França, mas com uma versão em francês e outra em alemão. *Vampiro* é um filme de horror, inspirado em uma história de Sheridan le Fanu. É um poema pictórico sugestivo e demoniacamente poético, talvez o mais soberbamente visual dos filmes de Dreyer, que pode ser assistido vezes e vezes seguidas.

Seguiu-se então um intervalo muito longo na produção de Dreyer. No início da década de 1930, ele esteve em contato com o movimento de documentários britânico associado a John Grierson, mas nenhum filme derivou desse momento. Em meados dessa década, Dreyer retornou à Dinamarca como jornalista e só voltou a filmar em 1942, com o documentário *Maternity Aid*. No ano seguinte, voltou aos filmes de ficção com *Dias de ira*, um triângulo dramático abordando a época dos julgamentos das bruxas, tendo novamente como centro uma mulher sofredora. O filme recriou o período em imagens vagarosas, pictoricamente belas, mas a descrição do ambiente estava estreitamente ligada à representação das pessoas. A mulher amorosa é sacrificada e se torna uma mártir da mentalidade estreita de seu meio e de seu tempo.

Na Suécia, entre 1944 e 1945, Dreyer fez *Two People*, com apenas dois personagens. Foi uma experiência que fracassou porque, entre outras razões, Dreyer não conseguiu os atores que queria. Em muitos aspectos, o filme caricatura o seu estilo.

Então, entre 1946 e 1954, vieram vários curtas-metragens: *The Village Church*, o descartado *Water in the Country*, *They Caught the Ferry* (baseado em Johannes V. Jensen), *Thorvaldsen*, *The Storstrøm Bridge* e *A Palace Within a Palace*. Apenas um ou dois desses curtas são característicos de Dreyer, mas foi só em 1955 que ele retornou ao cinema como arte, em sua versão para a tela de *A palavra*, uma peça de Kaj Munk. Nesse filme sobre o sofrimento humano, é possível sentir uma mudança na ideologia de Dreyer. Pela primeira vez, ele parece aceitar uma fé basicamente cristã. O próprio Dreyer fazia uma avaliação muito positiva desse filme, sem conseguir evitar, contudo, certa rigidez formal. Havia algo de imponente no filme, algo, na verdade, quase solene, que o tornava menos intenso que as outras obras do cineasta. O filme apresentava melhores resultados nas sequências em que, com base no realismo psicológico, Dreyer mostrava, entre outras coisas, os efeitos da dor em seus personagens. No entanto, em seu retrato de Johannes, personagem com características de Cristo, o filme caía em um formalismo frio.

Mas isso não era razão para que Dreyer tenha levado nove anos para conseguir fazer seu próximo, e último, filme, o surpreendente *Gertrud*, baseado em uma peça de Hjalmar Söderberg. O filme causou furor, dividindo público e crítica. Em *Gertrud*, Dreyer tentou dar igual peso ao diálogo e às imagens, e o filme foi acusado de ser teatral. Sem sofrer nenhuma influência dos cineastas mais jovens, Dreyer mostrou, nesse filme, estar lado a lado com as tendências do cinema contemporâneo na busca de um equilíbrio entre imagem e palavra. Novamente a protagonista é uma mulher, mas dessa vez ela não sucumbe. Tendo fracassado em concretizar o grande e soberano amor, Gertrud recolhe-se ao isolamento. Com Gertrud, Dreyer acrescentou mais um personagem à sua série de retratos femininos, e ela não é, de forma alguma, o menos sutil ou menos fascinante deles. Ao mesmo tempo, mais uma vez ele demonstrou sua habilidade – em poucos encontrada – em expor conflitos espirituais em todos os elementos da direção do filme.

Gertrud viria a ser o último trabalho de Dreyer. Na sequência, Dreyer queria fazer um filme baseado em *Medeia*, mas tinha, antes disso, projetos para outro filme sobre Jesus de Nazaré. Quando morreu, em 20 de março de 1968, ele estava concentrado no planejamento do filme sobre Cristo, e seu sonho talvez estivesse mais próximo da realização do que nunca. Um mundo estava à espera desse filme, que teria sido o desfecho óbvio da carreira artística de Carl Dreyer, e é triste imaginar que ele poderia ter sido realizado se mais pessoas tivessem se dado conta de que Dreyer foi um dos maiores artistas de nosso tempo.

Três ensaios de Carl Dreyer

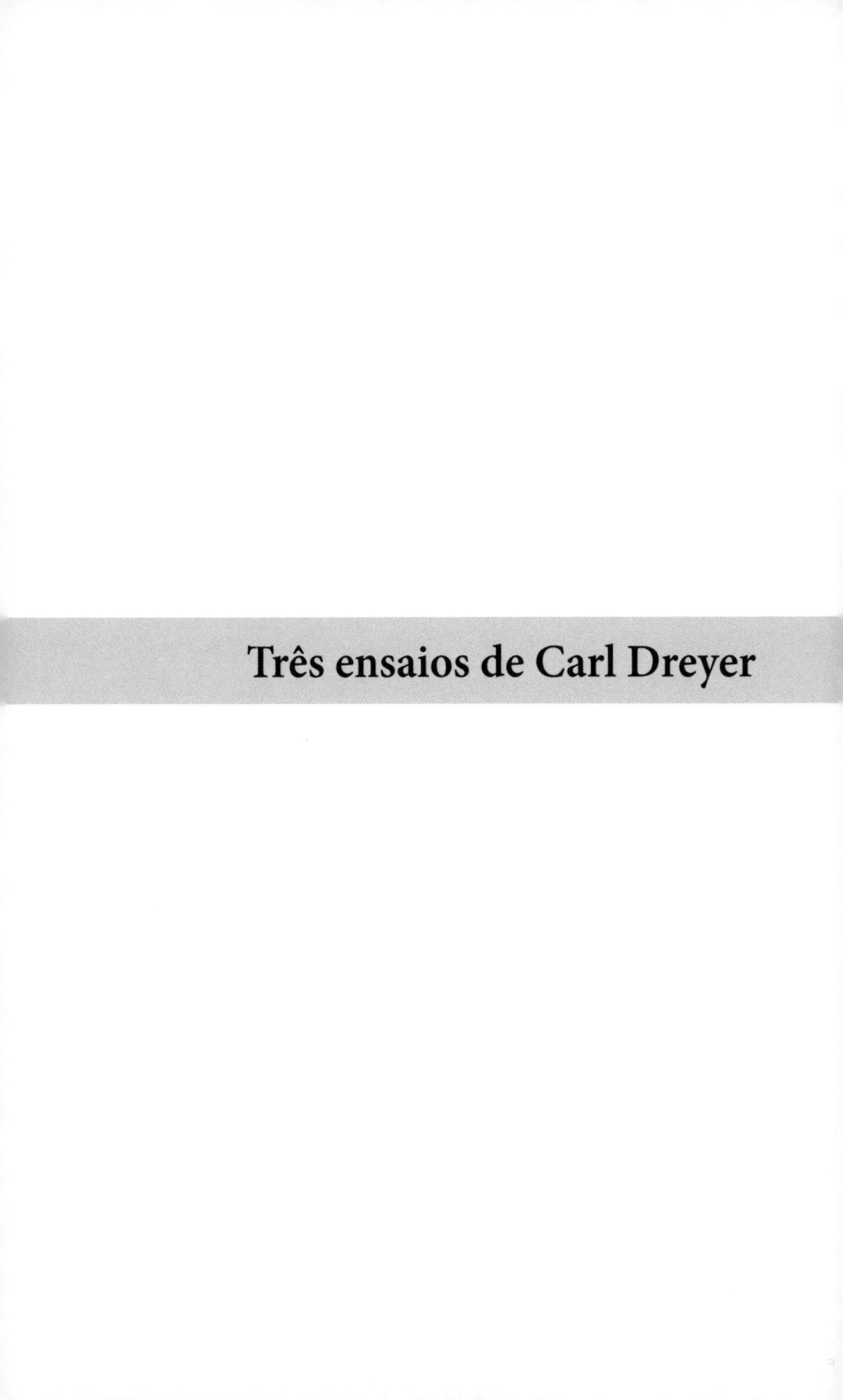

Quem crucificou Jesus?

Escrevi um roteiro para um filme sobre Jesus, nos Estados Unidos, por sugestão do sr. Blevins Davis, no final da década de 1940, mas antes disso eu já havia formado minhas próprias teorias sobre os eventos que devem ter precedido a prisão de Jesus. Alguns dias depois que os alemães ocuparam a Dinamarca, ocorreu-me que a situação em que nós, dinamarqueses, estávamos era similar à dos judeus na Judeia nos tempos do Império Romano. O ódio que sentíamos dos nazistas, os judeus devem ter sentido dos romanos. Pareceu-me que a captura, a condenação e a morte de Jesus foram resultado de um conflito entre Jesus e os romanos.

Logo depois de minha chegada aos Estados Unidos, deparei-me com um livro recém-publicado que concordava, em substância, com as minhas ideias. Chamava-se *Who Crucified Jesus?*, do dr. Solomon Zeitlin, professor de estudos rabínicos no Dropsie College na Filadélfia e um catedrático judeu de reputação internacional.

Pôncio Pilatos, o governador romano, era o governante de fato da Judeia, mas o sumo sacerdote Caifás, que era o líder efetivo da população judaica, gozava de autoridade supostamente igual, ainda que nomeado por Pilatos. Além de ocupar a posição religiosa mais elevada, Caifás era também o chefe secular do Estado judeu e, juntamente com outras autoridades, estabeleceu uma política do tipo "esperar-para-ver" em relação aos romanos, voltada a obter as condições mais toleráveis possíveis para a população, por meio da cooperação e da negociação pacífica com seus superiores romanos. Para pacificar os judeus, os romanos concederam-lhes certos privilégios, como liberdade religiosa e governo municipal, polícia e tribunais próprios. Nos casos em que a segurança de Roma estivesse em jogo, eles reservavam a si o direito de pronunciar sentenças e executar punições. Essa fachada de governo próprio era semelhante a métodos usados pelos alemães durante a ocupação da Dinamarca.

Em seu desespero devido a essa supressão de direitos, os judeus nunca perderam a esperança de que um reino judeu viesse a se erguer novamente quando o Messias, previsto pelos profetas, chegasse para vingar Israel e expulsar os romanos de sua terra. Alguns mantinham-se corajosos e suportavam o jugo romano apoiados nessa esperança, mas havia os que não toleravam o sofrimento com paciência, preferindo enfrentar o terror com terror. Estes uniram-se em uma seita, a dos "sicários", e iniciaram um movimento de resistência clandestino contra os romanos. Suas tentativas de rebelião eram repetidamente esmagadas, mas eles não desistiam. Também perseguiam seus conterrâneos que cooperavam com os romanos, entre eles alguns dos grandes proprietários de terras que deixavam os romanos ficarem com suas colheitas de grãos. Os sicários afirmavam que esses judeus – os "colaboracionistas" da época – eram traidores, então queimavam ou "liquidavam" suas plantações.

O dr. Zeitlin comenta a existência de outra seita, a dos "fariseus apocalípticos", cuja esperança de uma revolução dependia da intervenção direta de Deus. Provavelmente, esperavam um Messias dotado de poderes sobrenaturais. O conhecimento das crenças e atividades dessas duas seitas é necessário para qualquer exame da atitude dos romanos em relação às atividades de Jesus. Em Betânia, nos arredores de Jerusalém, Jesus ressuscitou Lázaro dos mortos; na própria Jerusalém, curou um homem que era aleijado havia 38 anos e restaurou a visão de um jovem cego de nascença. O aleijado pôde andar e o cego pôde ver: seria talvez Jesus o Messias com poderes sobrenaturais que os fariseus apocalípticos estavam esperando? Os romanos mantinham-se atentos aos sicários e aos fariseus apocalípticos, pois ambos eram considerados rebeldes igualmente perigosos, e membros das duas seitas eram crucificados em grande escala.

Marcos, Lucas e João mencionam que Jesus, depois de ser preso no jardim de Getsêmani, foi levado à casa do sumo sacerdote e, lá, posto diante de "um conselho de anciãos e escribas". Para entender as razões da crucificação de Jesus, é fundamental determinar que tipo de conselho era esse.

Desde tempos remotos, havia um conselho legislativo chamado Grande Sinédrio, constituído de 71 membros, cuja tarefa era interpretar a lei bíblica. Além desse, outro conselho, o Pequeno Sinédrio, composto de 23 membros, tinha autoridade para julgar casos de crimes envolvendo leis religiosas e também crimes morais que exigissem pena capital, como assassinato, incesto, profanação pública do sábado e blasfêmia. O Pequeno Sinédrio reunia-se todos os dias da semana, exceto aos sábados, feriados e dias que precediam esses dias festivos. Enquanto os romanos decretavam sentenças de morte sem nenhum escrúpulo, os judeus eram conscienciosamente humanos em seus tribunais, evitando a pena máxima sempre que possível. Um homem podia ser absolvido no mesmo dia em que havia sido trazido a julgamento, mas não era sentenciado à morte antes do dia seguinte. E, mesmo depois de a sentença de morte ser pronunciada, o caso podia ser reaberto se novas informações, independentemente de suas fontes, fossem apresentadas em favor do condenado.

O medo dos juízes judeus de executar um homem inocente era tanto que, quando o condenado era levado ao local da execução, um oficial do tribunal ia à frente do cortejo carregando uma placa, presa no topo de uma longa haste, com a ordem de que qualquer pessoa que possuísse informações favoráveis ao prisioneiro deveria comparecer ao conselho imediatamente. Se alguém aparecesse, a execução era adiada e o caso era novamente estudado. Como Jesus foi crucificado no dia anterior ao *Pessach*, não pode ter sido ao Pequeno Sinédrio que ele foi levado depois de sua prisão, uma vez que o Pequeno Sinédrio não se reunia antes dos feriados. Que tipo de conselho era esse, então, a cuja presença Jesus foi levado? O dr. Zeitlin explica que, na Judeia, existia havia muito um Sinédrio político, independente dos dois Sinédrios religiosos, cuja responsabilidade era julgar aqueles que cometiam crimes contra o Estado ou contra seus líderes, e cujos membros eram indicados pelo chefe do Estado. Durante a ocupação romana, esses casos civis eram entregues à jurisdição dos romanos. Como o sumo sacerdote era responsável pela ordem social e política na Judeia, era sua função prender os suspeitos de atividade rebelde. O prisioneiro, então, era levado à presença do sumo sacerdote e seu conselho – o Sinédrio político. Esse conselho não tinha o direito de sentenciar o acusado, apenas de ouvi-lo e interrogar testemunhas. Era o governador romano quem determinava a sentença e a mandava executar.

Em todos os casos conhecidos, segundo o dr. Zeitlin, o conselho político só era convocado depois da prisão de um criminoso político e não se reunia com nenhuma regularidade estabelecida. Diferentemente dos procedimentos dos Sinédrios religiosos, o conselho político podia fazer suas reuniões a qualquer hora do dia ou da noite e em qualquer local, se as circunstâncias exigissem. O dr.

Zeitlin conclui que foi a esse conselho político que Jesus foi levado na noite de sua captura. Sendo esse o caso, então Jesus foi considerado um criminoso político. A próxima questão é: havia razão para supor que Jesus fosse um rebelde e inimigo do Estado? O dr. Zeitlin lembra-nos que, em sua entrada em Jerusalém, Jesus foi aclamado como "Filho de Davi" e recebido com o brado: "Bendito seja o reino de nosso pai Davi, que vem em nome do Senhor" (Marcos 11,10).

Os antigos profetas que falavam em nome de Deus haviam previsto que, enviado por Ele, um homem da família de Davi viria um dia como um Messias e se declararia rei dos judeus.

Jesus não só foi saudado como filho de Davi, mas também foi recebido com gritos como "Hoshana: Bendito seja o Rei de Israel que vem em nome do Senhor" (João 12,13).

Ao permitir esses epítetos, Jesus despertou a suspeita dos romanos de que ele seria um cúmplice dos grupos revolucionários, e sua entrada na cidade foi em si um desafio direto à autoridade romana. Portanto, do ponto de vista romano, havia justificativa em exigir que Jesus fosse colocado sob sua jurisdição. Além disso, depois de sua entrada, Jesus havia expulsado os cambistas do pátio do Templo (Marcos 11,15). Isso era um rompimento tão grande dos costumes sociais que tanto os romanos como as autoridades judaicas responsáveis sentiram-se ultrajados; obviamente, parecia que era o bem-estar do povo judeu que Jesus estava pondo em risco com sua conduta.

De acordo com o dr. Zeitlin, o sumo sacerdote era obrigado a ordenar que Jesus fosse preso, interrogado na presença do conselho político e, então – quando Jesus confessou que se via como o Messias –, entregá-lo a Pôncio Pilatos.

Considero possível que tenham sido os romanos que ordenaram a prisão de Jesus, pois eles, que comandavam uma bem organizada "gestapo", eram informados de tudo o que acontecia na Judeia, especialmente em Jerusalém durante o *Pessach*. Na Dinamarca, houve um caso análogo durante a Ocupação, quando os alemães, em 24 de fevereiro de 1942, ordenaram a prisão de Vilhelm la Cour e fizeram-no ser transferido para a sua jurisdição.

Os comentários de Caifás, citados em João, reforçam o fato de que uma questão política específica estava em jogo: "Não sabes nada, nem consideras que é conveniente para nós que um só homem morra pelo povo e que a nação toda não pereça". O tom irritado, mal-humorado, parece indicar que Caifás, mesmo dentro do pequeno conselho político, havia encontrado resistência à entrega de Jesus entre os conselheiros que, por outro lado, eram marionetes em suas mãos.

Quando Jesus foi posto diante de Pilatos na manhã seguinte, a primeira pergunta que o governador romano lhe fez foi: "Tu és o rei dos judeus?", ao que Jesus deu a resposta evasiva: "Tu o disseste" (João 15,2).

Diante disso, parece óbvio, como conclui o dr. Zeitlin, que Jesus tenha sido entregue aos romanos como um criminoso político que havia cometido uma ofensa contra o Estado romano ao aspirar a tornar-se rei dos judeus.

Tive o prazer de conversar com o dr. Zeitlin depois de ter concluído meu manuscrito. Ele o leu e o discutiu longamente comigo. Concordamos em todos os pontos, exceto em um. Em seu livro, o dr. Zeitlin é duro com Caifás, descrevendo-o como um "traidor". Eu não penso assim. É possível chamá-lo de colaboracionista, mas definitivamente não de "traidor". Não há, em minha humilde opinião, nada que indique que Caifás não fosse um homem consciencioso que tinha o bem-estar do povo em seus pensamentos. Ele era um político realista e, como tal, considerava que era mais sábio para o povo judeu cooperar do que enfrentar a perda da pouca liberdade que ainda lhes restava. Para os romanos, a religião era subordinada ao Estado; para os judeus, a religião estava acima do Estado – a religião era tudo. E, assim, segui minhas próprias ideias quanto à descrição de Caifás em meu manuscrito. Mas, mais importante, sou profundamente grato ao dr. Zeitlin por ter alcançado a meta a que se propôs: refutar a acusação de que os judeus assassinaram Jesus. Essa acusação infame foi pronunciada pela primeira vez durante o primeiro século depois da morte de Jesus. O antissemitismo é antigo assim. Todos nós sabemos que essa infâmia trouxe aos judeus dores e lágrimas, sofrimento e morte.

As raízes do antissemitismo

O escrupuloso e consciencioso oficial nazista Rudolf Höss foi chamado em 1941 de Auschwitz para uma reunião com Heinrich Himmler, que o informou que "der Führer" havia se decidido quanto a uma "solução final" para a questão dos judeus e que Himmler, por sua vez, decidira confiar a execução do plano a Höss.

Com essas instruções, Höss retornou a Auschwitz e encomendou quatro crematórios, com fornalhas e câmaras de gás, à firma Erfurt de Topf und Söhne, para instalação "o mais rápido possível".

Os quatro crematórios tinham capacidade para queimar 12 mil corpos por dia, de modo que era possível queimar 4.380.000 corpos por ano. No entanto, de maio a agosto de 1944, mesmo essas quatro fornalhas não conseguiram atender a necessidade. Assim, alguns carregamentos de judeus húngaros tiveram de ser executados em piras ao ar livre. Em agosto de 1944, houve 24 mil cremações em um único dia.

Em sua autobiografia, Höss escreve: "Gostaria de mencionar que, de minha parte, nunca nutri nenhum sentimento de ódio pelos judeus. Sentir ódio é algo totalmente estranho para mim".

Depois que a náusea diminui, colocamos a cabeça entre as mãos e nos perguntamos: como o antissemitismo surgiu neste mundo, afinal? Qual foi sua origem, seu histórico?

Para encontrar respostas para essas perguntas, temos de voltar 1900 anos no tempo. Voltar a Gólgota. Aqui, também, livravam-se dos judeus. Um deles foi o judeu Jesus. Para ele, também, uma "solução final" foi encontrada – pelo menos os romanos assim pensavam. Mas Jesus havia morrido na cruz como um rebelde político. Seus seguidores difundiram sua doutrina e a pequena comunidade fraterna ampliou-se em uma seita chamada Nazarenos. Não era uma seita cristã, mas judaica. O cristianismo como conceito teológico ainda não existia. Os membros da seita eram todos judeus que obedeciam a Torá e cumpriam todos os preceitos cerimoniais. Então ocorreram alguns eventos decisivos dentro da seita que determinaram seu futuro. Sete judeus helenísticos que tinham vindo a Jerusalém foram aceitos entre eles. Certo dia, um deles, Estêvão, foi acusado pelo conselho judaico de traição aos líderes do Templo e de blasfêmia por proclamar a divindade de Jesus. Estêvão foi apedrejado até a morte fora da cidade e, presente nessa execução, estava um jovem fabricante de tendas, vindo de Tarso, chamado Saulo. Dado seu temperamento impulsivo, é provável que Saulo não tenha sido uma testemunha passiva. Em seu caminho para as sinagogas de Damasco com o intuito de tentar encontrar outros discípulos de Jesus, Saulo teve uma "visão celestial" – possivelmente resultado de uma crise psicológica de consciência relacionada ao apedrejamento de que fora testemunha. Jesus apareceu diante dele e disse: "Saulo, Saulo, por que me persegues?". Saulo caiu ao chão e ficou cego. Só recuperou a visão três dias depois. Um homem da seita dos nazarenos, Ananias, abriu-lhe os olhos e aconselhou-o a não ser contra, mas a favor da nova fé. Depois de grande conflito espiritual, Saulo decidiu unir-se aos nazarenos.

Desde o início, parece ter sido claro para Saulo que, para que os nazarenos não permanecessem como uma pequena seita judaica que, mais cedo ou mais tarde, iria se desintegrar e se desfazer por falta de adeptos, era preciso agir com mais iniciativa. De onde eles poderiam esperar um influxo de membros se não entre os pagãos de fora da Palestina e, lá, especialmente, dentro das fronteiras do extenso Império Romano? Mas essa tarefa só poderia ser desempenhada por um judeu helenístico que falasse tanto hebraico quanto grego e estivesse familiarizado com as atitudes dos povos pagãos quanto à religião e à ética – um pregador e um agitador. Saulo conhecia um homem que estava à altura dessa tarefa – ele mesmo – e passou, daí por diante, a ser conhecido como Paulo. Ao mesmo tempo, identificou-se como apóstolo. Foi chamado a Antioquia, onde seus seguidores disseram que preferiam não ser mais conhecidos como nazarenos, mas como cristãos. É a primeira vez que encontramos essa designação. Mais tarde, a comunidade cristã decidiu enviar Paulo em uma viagem missionária às nações pagãs da vizinhança, e ele, assim, teve suas maiores esperanças atendidas. Em sua missão, já seria de esperar que Paulo não ficasse surpreso com o grande número de judeus que encontrou, pois a maior parte deles não vivia na Palestina. Havia na Palestina 3 milhões de judeus e, espalhados por outros lugares, 3,5 milhões, a grande maioria dos quais vivia dentro do Império Romano e em suas províncias na Europa, Ásia Menor, Egito e norte da África. Eles tinham suas próprias sinagogas na maioria das cidades e sentiam-se fortemente ligados à sua fé, em geral, e a seu centro religioso, no Templo de Jerusalém. Incentivados por seus líderes em Jerusalém, esses judeus eram proselitistas e haviam obtido um número considerável de conversões entre os pagãos. Entre estes, o prestígio dos antigos deuses e deusas estava em declínio. Ao lado do desprezo pelos deuses e da pobreza de sua existência terrena, os pagãos ansiavam por uma nova fé que lhes desse a esperança de uma vida após a morte.

O caminho estava aberto para Paulo e sua nova religião. Ele percebeu que a grande oportunidade do cristianismo estava no fato de satisfazer uma necessidade crucial da época. Os pagãos estavam ansiosos por uma nova religião e, de preferência, que seus rituais diários não fossem difíceis. Em sua forma mais exata, a fé judaica exigia a observância de não menos que 613 mandamentos (que mesmo os judeus de nascimento tinham alguma dificuldade em seguir). Paulo simplificou a questão substituindo os 613 mandamentos por uma exigência única: a crença em Jesus. As regras referentes à circuncisão e a leis alimentares foram eliminadas. Para o cristianismo, Paulo reteve apenas duas práticas: batismo e comunhão.

Os judeus que, em seu íntimo, tinham permanecido fiéis à religião ancestral estavam profundamente ofendidos com a frouxidão moral com que Paulo lidava com as questões religiosas que, para eles, eram da maior importância. O próprio Jesus não havia dito: "Não penseis que eu vim para destruir as leis. Não vim para destruí-las, mas para cumpri-las"? Mas Paulo passava por cima da lei! O comportamento de Paulo despertou de tal forma a indignação virtuosa dos judeus ortodoxos que eles se uniram e o expulsaram de suas cidades. Embora a nova fé de Paulo se desviasse cada vez mais da verdadeira doutrina judaica, Paulo ainda se considerava um judeu, algo que era por nascimento e por convicção. Para ele, a fé que pregava era judaísmo em uma forma simplificada. Ele mesmo obedecia lealmente e conscienciosamente às leis cerimoniais, mas não exigia tal obediência dos outros, pois considerava algumas leis absurdas e outras supérfluas.

O historiador judeu Joseph Klausner diz sobre o apóstolo:

Paulo havia transformado uma pequena seita judaica em uma religião meio-judaica, meio-cristã que se espalhou por todo o mundo. Ele foi o verdadeiro fundador do cristianismo. Pode-se dizer com segurança: sem Jesus, não haveria Paulo. Mas pode-se dizer com igual confiança: sem Paulo, não haveria uma religião cristã mundial com uma teologia claramente desenvolvida e facilmente compreensível.

Acredita-se que a seção dos Atos dos Apóstolos que trata de Paulo tenha sido escrita por um grego-cristão, Lucas, autor do Evangelho segundo São Lucas e amigo próximo de Paulo. Seu elemento mais marcante e singular é a atitude hostil em relação aos judeus. Em pelo menos vinte pontos, os judeus são mencionados com um tom de repulsa. De acordo com esse documento, os judeus são a fonte de todo o mal. Eles perseguem os cristãos e tentam prejudicá-los caluniando-os para os romanos. Muitas coisas indicam que Paulo inspirou Lucas a esses ataques dissimulados aos judeus. Se for esse o caso, vemo-nos diante de um fenômeno muito peculiar: "o judeu antissemita".

Alguns críticos da Bíblia ofereceram uma explicação lógica para isso. Intuitivamente, Paulo encontra uma ideia religiosa grande e revolucionária. Sendo um agitador notavelmente eficaz, ele forja a base dessa nova religião. Os pagãos unem-se em volta dele. Surge uma comunidade cristã após outra. Logo ele se vê no centro de uma grande teia e precisa apenas puxar os fios. Ainda assim, há obstáculos perigosos que poderiam romper essa teia recém-tecida: de um lado, os judeus ortodoxos; de outro, os romanos. Paulo, cujo coração, diziam, "não se parecia com seu rosto", sabe como ganhar a confiança dos romanos e acalmar suas desconfianças quanto à doutrina que está disseminando. Paulo não ressalta que o Jesus que os pagãos são incitados a cultuar é o mesmo que os romanos crucificaram anos antes por atividade rebelde. Jesus tornou-se um homem desconhecido cujas qualidades divinas apareceram apenas quando ele ressuscitou dos mortos. E não foram os romanos que ordenaram a crucificação, mas os sumos sacerdotes e os escribas. Essa ilusão, que absolve os romanos e culpa os judeus, ainda está ativa até hoje. Fanáticos do tipo de Paulo raramente têm algum escrúpulo quando se trata de promover a causa pela qual estão lutando.

Em sua forma final, supõe-se que o livro dos Atos dos Apóstolos tenha sido concluído aproximadamente no ano 95. A crucificação aconteceu no ano 30 e, no ano 70, ocorreu a destruição do Templo, quando Tito demoliu Jerusalém e os habitantes judeus foram vendidos como escravos. No momento em que o relato de Paulo alcançou um grande público, os judeus não estavam em condições de oferecer nenhum contra-ataque.

Sem pensar nas consequências, Paulo plantou as sementes do antissemitismo cristão, que, durante os primeiros tempos da Igreja Romana, viria a crescer e se espalhar como uma erva daninha. A tendência a bajular os romanos e difamar os judeus também aparece no Evangelho segundo São João, que foi escrito na mesma época que os Atos dos Apóstolos e apresenta a mesma hostilidade contra os judeus. Duas coisas são marcantes em uma leitura desse Evangelho. Em primeiro lugar, nele a palavra "judeu" é encontrada com mais frequência do que nos outros três Evangelhos. Enquanto o termo aparece cinco vezes em Lucas e Mateus e seis vezes em Marcos, ele ocorre setenta vezes em João. Além disso, João fala dos judeus como se estivesse se referindo a um povo estrangeiro – estrangeiro a Jesus e estrangeiro a si próprio, e sempre de maneira desdenhosa, depreciativa. A explicação provavelmente é similar à que foi dada para o caso de Paulo: a tentativa de atenuar os temores e a hostilidade dos romanos.

Em seu livro *Jésus et Israel*[1], o historiador judeu-francês Jules Isaac (cuja página de dedicatória diz: "À minha esposa e à minha filha/mortas pelos alemães/mortas/simplesmente porque seu sobrenome era Isaac.") detalha como o cristianismo, durante séculos, fertilizou as mudas sinistras do antissemitismo. Um esquema geral dos primeiros períodos produz o seguinte:

SÉCULO SEGUNDO. *O santo Justino*: "Sua circuncisão é a marca da infâmia com a qual a providência onisciente os marcou antecipadamente como os assassinos de Jesus e dos profetas".

SÉCULO TERCEIRO. *O teólogo e intérprete da Bíblia, Orígenes*: "Foram os judeus que pregaram Jesus na cruz".

SÉCULO QUARTO. *O historiador da Igreja, bispo de Cesareia*: "Assim os judeus foram castigados como punição por seu crime e sua impiedade".
O santo Efrém chama os judeus de "cães circuncidados".
O padre da Igreja, Jerônimo, marca os judeus como "cobras à imagem de Judas" e promete-lhes solenemente o ódio dos cristãos.

---

1 No Brasil: ISAAC, Jules. *Jesus e Israel*. Trad. J. Guinsburg, Plinio Martins Filho e Attílio Cancian. São Paulo: Perspectiva, 1986. (N. T.)

O santo João Crisóstomo: "Como cristãos de fé não têm vergonha de manter contato com aqueles que derramaram o sangue de Jesus?".

SÉCULO QUINTO. *O santo Agostinho*: "A hora final chegou para nosso Senhor, Jesus! Eles o prenderam – os judeus. Eles o insultaram – os judeus. Eles o amarraram – os judeus. Eles o coroaram com espinhos, eles o sujaram com seu cuspe, eles o açoitaram, eles o cobriram de desprezo, eles o pregaram na cruz, eles enfiaram as lanças em sua carne".

Durante toda a Idade Média, os padres católicos plantaram as sementes do ódio pelos judeus. Então, os reformadores entraram em cena. Lutero declara que, se encontrar um judeu piedoso para batizar, ele o levará até a ponte sobre o Elba, o amarrará, prenderá uma pedra em seu pescoço e o lançará ao rio com as palavras: "Eu te batizo em nome de Abraão"!

Lutero pode dar o braço aos padres católicos. Cada um deles deve assumir a responsabilidade pela morte de Anne Frank. Mas não vamos bater no peito e acreditar que nosso tempo é melhor. O que pensar, por exemplo, de uma pequena "lenda" que Papini conta sobre um rabino judeu de alta posição que procura o Papa para lhe propor um acordo? O rabino oferece a conversão de um número muito grande de judeus se, em troca, a Igreja concordar em riscar a Semana Santa de seu calendário. Além disso, o rabino lhe oferece uma montanha de ouro. O Papa responde com sublime dignidade: "Não me force a dizer que um Judas vive dentro de cada judeu. Vocês venderam Jesus por trinta moedas de prata e agora querem comprá-lo de volta com parte do ouro que juntaram por meio de pilhagem e usura ao longo dos séculos". Essa lenda foi composta em 1938.

Oito anos depois, Daniel Rops escreveu em sua história sagrada sobre Jesus: "Os judeus haviam gritado: 'Que o seu sangue se derrame sobre nós e nossos filhos'. Deus, em sua justiça, os ouviu". E ele continua: "A face de Israel perseguido ocupa a história, mas não nos faz esquecer aquela outra face, manchada de sangue e cuspe – essa outra face pela qual os judeus não sentiram nenhuma piedade".

Por fim, no livro de Herbert Pundik, *Israel 1948-1958*, lê-se o seguinte:

> *No dia 26 de junho de 1947, o comandante-chefe inglês na Palestina, Sir Evelyn Barker, enviou uma ordem ao exército em que proibia as tropas inglesas de confraternizar com os judeus na Palestina. A ordem terminava com as palavras: "Entendo que essas medidas criarão dificuldades para os soldados, [mas] elas punirão os judeus exatamente da maneira que essa raça odeia mais que qualquer outra coisa: desferindo um golpe contra seu bolso e mostrando a eles o quanto os detestamos".*

Por 1900 anos, os judeus foram considerados responsáveis pela morte de Jesus e estigmatizados como assassinos – os assassinos de Cristo. A maldição os seguiu, contra eles pregou-se o ódio, e eles foram torturados e mortos em grande número. Isso tem de parar. A aversão dos cristãos pelos judeus é tola e ilógica. É preciso pensar no que os cristãos receberam dos judeus; acima de tudo, a fé em um só Deus que é Deus tanto de cristãos como de judeus. E também na ideia de que todos os seres humanos são iguais para Deus. O cristianismo é um filho do judaísmo, e o Novo Testamento tem suas raízes na tradição judaica. Os olhos cristãos devem ser abertos para a conexão entre a fé judaica e a fé cristã e a ética judaica e a ética cristã. Apenas no entendimento mútuo, respeito mútuo e solidariedade, apenas nisso e em nada mais, é possível ver uma "solução final".

Minha única grande paixão

Sobre seu filme *O martírio de Joana d'Arc*, Dreyer disse:

"No filme, os soldados ingleses, no julgamento de Joana, usam capacetes de aço, e vários críticos reclamaram disso. Mas a verdade é que os soldados do século XV de fato usavam capacetes de aço exatamente como os que os soldados ingleses usaram durante a Primeira Guerra Mundial. Os mesmos críticos também fizeram um estardalhaço porque no filme um dos monges usava óculos de aro de tartaruga que, em 1927 (quando o filme foi feito), estavam muito em moda. Mas eu obtive ilustrações que mostram pessoas do século XV usando óculos de aro de tartaruga. Nas ilustrações, encontramos também um estilo cênico que nos permitiu sugerir a época sem sobrecarregar o enredo. Segui o mesmo princípio em *Dias de ira* e também vou segui-lo em meu filme sobre Cristo. O realismo em si não é arte, mas deve haver harmonia entre a autenticidade dos sentimentos e a autenticidade das coisas. Tento inserir a realidade em uma forma de simplificação e abreviação que possibilite alcançar o que chamo de realismo psicológico."

O entrevistador perguntou se Dreyer, apesar do caráter atemporal de seus filmes, não estava fortemente ligado ao presente, ao que ele respondeu:

"Com referência a *Joana d'Arc* e *Dias de ira*, só posso dizer que nunca se sabe o que se passa no próprio inconsciente, mas, quanto ao filme proposto sobre Cristo, há realmente alguma razão no que você diz. A primeira vez em que pensei nos Evangelhos como material para um filme foi logo depois de ter concluído *Joana d'Arc*, e comecei a procurar uma perspectiva que fosse diferente da tradicional. A ocupação alemã da Dinamarca me forneceu uma. A nossa situação deve ter sido similar à provação dos judeus na Palestina. Para os judeus dos tempos romanos, eram os romanos; nós, dinamarqueses, tínhamos os alemães. Para eles, era Pilatos; nós tínhamos Renthe-Fink. Os judeus tinham seu movimento clandestino, jovens judeus patriotas chamados 'zelotes', que atacavam guarnições romanas periféricas e punham fogo nas casas e campos dos judeus colaboracionistas."

Sobre "imparcialidade" em seus filmes, Dreyer disse:

"... Tanto em *Joana d'Arc* como em *Dias de ira*, procurei conscientemente permanecer imparcial. O clero, nos dois filmes, de fato condenou Joana e a velha bruxa inofensiva à fogueira, mas não foi por ser mal e cruel. Eles apenas estavam envolvidos nas convicções religiosas de seu tempo. Quando torturavam suas vítimas para forçar uma confissão, faziam-no porque a confissão garantia para o acusado a vida eterna."

Quanto ao público:

"Tirando o fato de eu ter naturalmente tido o trabalho de organizar o material para que a audiência pudesse entendê-lo com facilidade, devo ser honesto e dizer que, fora isso, não tenho o público em meus pensamentos em nenhum momento. Não faço nada para "agradar" ao público. Só penso em trabalhar de modo a chegar a uma solução que satisfaça minha própria consciência artística. E, sabe, acredito que esse seja o jeito certo de trabalhar. Em alguns casos, tive a experiência de buscar um meio-termo em minha concepção e isso só foi prejudicial para mim."

Por que Dreyer se sente atraído pela tragédia?

"Porque acho mais fácil, na tragédia, trabalhar com minha própria personalidade e minha própria perspectiva (em relação à vida) – introduzir esse 'algo' que, para usar uma frase batida, as pessoas levem consigo para casa."

Existe alguma intenção no filme sobre Jesus?

"Sim, existe, na medida em que acho que ele ajudará a diminuir o antagonismo entre cristãos e judeus. Por essa razão, entre outras, sei que quero que Jesus seja mostrado como um judeu. O povo em geral tem uma concepção profundamente arraigada de que Jesus era louro e ariano. É uma boa oportunidade, acredito, de deixar evidente o preconceito."

O próprio diretor do filme deveria escrever o roteiro?

"Idealmente, o diretor deveria escrever seu próprio manuscrito. Ele só se torna um artista *criador* (em oposição a um artista *reprodutor*) no sentido profundo quando ele próprio escreveu o manuscrito. Nesse caso, ele não é apenas um assistente a serviço da visão de outra pessoa. O manuscrito ganhou existência sob a pressão de um impulso interior de escrever exatamente aquele filme. E, assim, ele próprio dá ao filme tanto o conteúdo quanto a forma; ele próprio, dessa maneira, assegura sua coerência dramática e psicológica íntima."

Por fim, o entrevistador perguntou: "O que é o cinema para o senhor?", e Dreyer respondeu:

"Minha única grande paixão."

Jesus de Nazaré

O manuscrito de um filme

NARRADOR: *Havia um homem enviado por Deus, cujo nome era João. Ele não era a Luz, mas veio para dar testemunho da Luz, a verdadeira Luz. Ele estava no Mundo, mas o Mundo não o conheceu.* [João 1,6-10.]

No Rio Jordão. O homem chamado Batista faz uma breve oração. Uma multidão se aglomera às margens do rio para ouvir atentamente João Batista, que lhes fala. São pessoas comuns, gente simples, que, com suas necessidades, vieram até ele. Mas, entre eles, há também fariseus e saduceus, vindos de Jerusalém para ouvir esse estranho homem e sua poderosa pregação, que já havia alcançado as partes mais distantes da terra. O movimento que João e seus discípulos tinham iniciado aumentava diariamente em número de adeptos.

Entre as pessoas está Jesus, que é desconhecido, mas chama a atenção por sua postura, seu espírito calmo e pacífico, seu rosto e seus olhos sensíveis.

João Batista está de pé sobre uma grande pedra. Ele diz:

> *O Reino de Deus está próximo e o dia do Juízo está chegando. Portanto, arrependei-vos, porque o machado está posto junto à raiz das árvores. Assim, cada árvore que não produzir bons frutos será cortada e lançada ao fogo.*

Os fariseus e os saduceus trocam olhares. Chega o momento de fazer as perguntas que tinham em mente.

PRIMEIRO FARISEU: *Quem és tu?*
JOÃO BATISTA: *Eu não sou o Messias.*
SEGUNDO FARISEU: *Então quem és? És Elias?*
JOÃO BATISTA: *Não.*
TERCEIRO FARISEU: *Tu és aquele Profeta? Qual?*
JOÃO BATISTA: *Não.*
PRIMEIRO SADUCEU: *Quem és tu? Para que lhes levássemos uma resposta nos enviaram. O que tu dizes de ti mesmo?*
SEGUNDO SADUCEU: *Por que batizas, se não és o Messias, nem Elias, nem o Profeta?*
JOÃO BATISTA: *Batizo com água; mas entre vós está alguém que não conheceis e que vos batizará com o Espírito Santo e com fogo.*

João Batista vira-se e olha na direção de Jesus, e as pessoas seguem seu olhar. Jesus se levanta e sai. André e João, discípulos de Batista, seguem-no, atraídos por um poder que sentem, mas que não conseguem compreender. A voz de João Batista vai sumindo ao longe.

É ele que, vindo depois de mim, está na minha frente, cujo cordão da sandália eu não sou digno de desatar. Ele que vem do Céu está acima de tudo.

Durante as últimas palavras, os fariseus e os saduceus deixam a multidão e caminham até suas mulas, que descansam tranquilas sob uma árvore. Discutem em voz baixa tudo o que viram e ouviram.

Jesus caminha pela margem do Lago de Genesaré[2], um lindo lugar. Meninos brincam na água. André e João caminham atrás dele. Jesus percebe que André e João o seguem, vira-se e diz:

O que procurais?

Por um momento, os dois não sabem o que dizer. Por fim, André fala:

Mestre, onde habitas?

Com um sorriso calmo, Jesus lhes faz um convite:

Venham e vejam.

E eles foram juntos.

Os fariseus e saduceus, em conversa animada, fazem o trajeto de volta a Jerusalém montados em suas mulas.

Caminhando pela margem do lago, Jesus, André e João chegam a um barco atracado na areia. Próximo a ele, um pescador, Felipe, conserta suas redes. Ele levanta os olhos questionadores quando os outros se aproximam. Nunca tinha visto Jesus antes. João diz:

Encontramos o Messias.

---

2   Lago de Genesaré ou Mar da Galileia. Apesar de tratar-se do mesmo local, o texto apresenta as duas formas, que foram mantidas conforme o original. (N. E.)

Jesus olha para ele, e Felipe, como se atraído por algum poder invisível, levanta-se. Por um momento, os dois ficam parados frente a frente. Felipe sabe que encontrou seu Mestre. André diz:

Vai contar a boa-nova para Natanael.

Felipe sorri de um modo estranho enquanto se afasta correndo. Jesus o segue com o olhar e uma expressão de aprovação.

Eles continuam caminhando, enquanto uma camponesa se aproxima do lago para lavar vasilhas e pratos.

Felipe encontra Natanael sentado à sombra de uma figueira. Não tem certeza se Natanael está lendo o livro da Lei ou apenas sonhando.

FELIPE: *Nós o encontramos, aquele sobre quem o Profeta escreveu.*
NATANAEL: *Quem é ele?*
FELIPE: *Jesus...* (pausa) *de Nazaré.*
NATANAEL: *De Nazaré? Pode algo de bom sair de Nazaré?*
FELIPE: *Vem e vê.*

Com uma expressão de dúvida, Natanael se levanta e segue Felipe.

Jesus, André e João chegam a um ponto da margem onde há barcos de pesca atracados. Ali, eles veem o irmão de André, Simão, chamado Pedro, e o irmão de João, Tiago, limpando suas redes. Alguns meninos haviam acendido uma fogueira por perto e fritam peixes.

André chama o irmão.

Nós encontramos o Messias.

E leva Pedro até Jesus, que olha para ele e diz:

Tu és Simão, o filho de Jonas.

Pedro parece surpreso.

Como sabes?

Ele se vira para questionar o irmão, mas André só balança a cabeça, indicando que não sabe responder. Jesus então olha para Pedro e, nesse instante, entre eles forma-se um vínculo que nunca mais será rompido.

Felipe volta com Natanael.

JESUS (vendo Natanael): *Eis um judeu de fato, em quem não há fraude.*
NATANAEL: *De onde me conheces?*
JESUS: *Antes que Felipe te chamasse, eu te vi sob a figueira.*

Natanael (daí em diante chamado Bartolomeu) não tinha mais dúvidas. Ele percebe que nunca na vida havia estado na presença de um homem como aquele. Suas palavras são proferidas vagarosamente.

BARTOLOMEU: *Agora acredito que tu és o Filho de Deus.*
JESUS: *Acreditas em mim porque eu disse que te vi sob uma figueira. Vais ver coisas maiores que isso.*

Esses primeiros discípulos o ouvem com admiração. É claro para eles que Jesus é o Messias. Sentem-se atraídos para ele e, nas mãos de Jesus, entregam de bom grado o seu destino.

Sabendo o que se passa no coração dos discípulos, Jesus lhes fala.

> Segui-me, de agora em diante vós sois pescadores de homens.

Avidamente, os homens se reúnem em torno dele para escutar suas palavras.

NARRADOR: *Enquanto Jesus caminhava junto ao mar da Galileia, sua fama espalhava-se por toda a região e muitos vinham em barcos das cidades ao redor do lago para ouvi-lo pregar.*

Jesus está de pé na ponta do cais. Os discípulos sentam-se ao seu redor em posições confortáveis. Diante dele, muitos barcos se reuniram, com os mastros erguidos como árvores de uma jovem floresta. Os conveses dos barcos estão cheios de homens e meninos que escutam com atenção enquanto Jesus fala. De quando em quando, eles balançam a cabeça em sinal de aprovação, conforme Jesus transmite suas lições utilizando analogias com coisas que lhes são familiares.

JESUS: *Prestem atenção ao que ouvis. Quando vós vedes uma nuvem subir do oeste, na mesma hora dizeis que vem chuva, e assim acontece. E quando sentes o vento soprar do sul, dizeis que fará calor, e assim acontece. E quando anoitece vós dizeis "fará tempo bom*", *porque o céu está vermelho ao pôr do sol. Sabeis discernir a face do céu e da terra; então como não discernis estes tempos? Mesmo por si sós vós podeis julgar o que é certo. O tempo está cumprido e o Reino de Deus está próximo.*

UMA VOZ: *O que é o Reino de Deus?*

Nesse momento, o administrador da sinagoga toca sua corneta (o *shofar*) para anunciar o sábado. Jesus levanta a mão direita, exortando seus companheiros a escutar o *shofar*, que chama a congregação para a Casa de Deus – para o Reino de Deus.

JESUS: *O tempo é chegado e o Reino de Deus está próximo. Portanto, arrependei-vos e obedecei à palavra de Deus.*

NARRADOR: *E Jesus percorreu toda a Galileia e ensinou aos sábados em suas sinagogas – sendo glorificado por todos.*

Exterior da sinagoga. Dois pastores envoltos em mantos feitos de pele de carneiro chegam – um pouco atrasados – à frente da sinagoga. Eles prendem seus rebanhos a uma árvore e correm para o saguão da sinagoga. No centro, há uma bacia para lavar as mãos. Quando os pastores passam pela porta interna, a voz de Jesus é ouvida lendo versículos dos Profetas (e seu *Targum*[3] após cada três versículos). Como o culto está lotado, os homens têm dificuldade para encontrar assentos.

Ouve-se a voz de Jesus por todo o ambiente. Enquanto ele fala, a câmera move-se pela multidão que escuta na sala composta de três

---

3   Tradução ou paráfrase do Antigo Testamento feita em aramaico. (N. E.)

naves, indo em direção à parede sul, onde está uma mesa com os pergaminhos. Diante dela há uma plataforma com uma estante de leitura e uma poltrona. Quando Jesus surge na imagem da câmera, ele ainda está de pé no púlpito, mas tinha acabado de concluir sua leitura. Ele entrega o pergaminho ao administrador, que o enrola e o leva para a mesa dos pergaminhos. Jesus sentou-se na poltrona e, sentado (como era a prática), começa sua pregação, com um sermão baseado nos versículos que leu.

JESUS: *Uma vez mais ouvis que isso foi dito por eles há muito tempo, que não deveis jurar em falso, mas cumprir vossos juramentos para com o Senhor. Mas eu vos digo: não façais nenhum juramento. Que vossa comunicação seja, Sim, Sim; Não, Não; pois o que for mais do que isso vem do mal.*

Conforme Jesus prega, vemos rostos da comunidade – os idosos de longas barbas brancas ao lado de meninos pequenos. Há ricos e pobres, além de mulheres. Todos estão atônitos com a doutrina de Jesus, pois ele ensina com uma autoridade segura, diferente dos escribas. Olham intrigados uns para os outros. Será essa uma nova doutrina?

Sentados entre a mesa com os pergaminhos e a plataforma de onde Jesus prega estão os fariseus, de frente para a congregação. Escutam com simpatia, interessados na interpretação do pregador, embora suas expressões, de quando em quando, indiquem que não estão totalmente de acordo.

No escuro de uma nave lateral está um homem conhecido por toda a cidade. Acreditam que ele esteja possuído por um mau espírito, e seus frequentes ataques de fúria dão crédito a essa opinião. Na verdade, ele sofre de uma doença mental que se manifesta em explosões periódicas de histeria. A cena seguinte mostra o estado ambivalente da mente que caracteriza os acometidos por essa doença. Por um lado, ele é atraído por Jesus e deseja ser curado; por outro, sente repulsa e quer distância dele. A agitação religiosa é apenas a causa fortuita de seu acesso de raiva.

Embora interessado na pregação de Jesus, ele é perturbado por uma sensação de inquietude. Várias vezes olha para a porta, como se quisesse ir embora. Talvez esteja com medo de ter um acesso, mas a grande quantidade de pessoas dificulta sua movimentação para qualquer lado. A ansiedade aumenta até não poder mais controlá-la, e ele levanta num pulo, com os olhos inflamados de agitação. Ele grita:

> *Deixa-nos em paz. O que temos a ver contigo – tu, Jesus de Nazaré? Tu vieste para nos destruir? Eu sei quem tu és.*

Ele soca o ar violentamente. Os que estão sentados perto se afastam enquanto ele repete várias vezes:

> *Eu sei quem tu és.*

Ele fica transtornado e começa a gritar. Tomado por um espasmo, desaba no chão. Com os lábios espumando e o rosto deformado, ele grita e grita. Involuntariamente, seus braços são lançados para trás. As mãos parecem atrofiadas e os dedos estão dobrados como garras.

Jesus para e desce da plataforma. Em silêncio, avança em direção à pobre criatura pelo caminho que a multidão abre para sua passagem.

Quando se aproxima do atormentado, inclina-se sobre ele, mas o homem se arrasta até a parede, esconde o rosto com os braços e grita:

O que temos a ver contigo, Jesus – tu, Filho de Deus?

Jesus avança, segura-o firmemente e fala com autoridade para o mau espírito:

Cala-te e sai dele.

Mas o homem doente se solta e, com o rosto ainda distorcido, continua a gritar

Você, Filho de Deus... Filho de Deus...

Ele tenta cuspir, mas a saliva não vai além dos cantos da boca. Então seus olhos encontram os de Jesus e ele se acalma. Enxuga o queixo com as costas da mão e geme com uma sensação de alívio. Olha com surpresa para as pessoas reunidas à sua volta. O acesso passou. Mais que isso, ele percebe que Jesus o curou da enfermidade. Nesse momento, ouve-se o sacerdote pronunciando a bênção de Aarão. Todos se voltam para a parede sul e escutam devotamente. Após cada versículo, as pessoas respondem Amém. Jesus e o homem que ele curou estão de pé lado a lado.

Depois da bênção, Pedro faz um sinal a Jesus de que vai sair na frente e esperá-lo em casa. Ele sai apressado.

Enquanto isso, os líderes da sinagoga, com alguns dos fariseus, cercam Jesus e o homem. Olham com curiosidade e espanto para o homem antes tão atormentado, e agora curado, e dizem entre si:

Que palavra é essa? Com que poder ele dá ordens aos espíritos impuros e eles obedecem? [Lucas 4,36]

Jesus aproveita a confusão e, junto com seus discípulos, escapa pela porta dos fundos.

Pedro tinha saído às pressas da sinagoga porque a mãe de sua esposa está de cama, doente.

Ele chega à grande casa onde mora com a esposa, a sogra e seu irmão André. À porta, está fixado o mezuzá[4]. Como judeu devoto, Pedro toca o mezuzá e, em seguida, beija as pontas dos dedos que tocaram o objeto sagrado.

Na ponta dos pés, Pedro entra no quarto onde a sogra está deitada. Sua esposa a assiste sentada à cabeceira. Um olhar para a esposa é suficiente para lhe dizer que não houve melhora.

[A sogra está doente com "a grande febre". Os médicos gregos distinguem entre a "grande febre" e a "pequena febre". A primeira era acompanhada de delírios transitórios como os que são encontrados em casos de histeria.]

Ansioso, Pedro olha para a sogra. O ardor da febre está em suas faces afogueadas e nos lábios secos. Ela se agita na cama, inquieta, falando em seu delírio sobre um peixe que vai comer uma ovelha.

Pedro a desperta do delírio. Ela olha em volta com ar espantado. Fixa o olhar febril no rosto de Pedro e, então, esgotada pela febre, desaba sobre a cama, gemendo e se desesperando por

---

[4] Pergaminho fixado no batente direito das casas das famílias judias que contém uma passagem bíblica. (N. E.)

sua situação. Lágrimas enchem os olhos da esposa de Pedro, que tenta consolá-la.

> *Jesus logo estará aqui; ele a curará.*

Mas ela não para de chorar. Tentando animá-la, Pedro fala da cura milagrosa que havia testemunhado na sinagoga.

> *Ele acaba de curar um homem de um espírito mau. Tu conheces Zadok, o endemoniado? Jesus ordenou que o espírito impuro saísse dele.*

Sua esposa está ouvindo agora. Ela olha para o marido entre lágrimas.

A ESPOSA: *E ele não o machucou?*
PEDRO: *Não.*

A mulher se anima.

PEDRO: *Vou procurá-lo.*

Ele sai do quarto. Alternadamente a sogra geme e balbucia coisas incoerentes em seu delírio.

Fora da casa. Jesus e os discípulos chegam na hora em que Pedro está saindo. Pedro se aproxima de Jesus e explica a situação.

> *A mãe de minha esposa está doente, Mestre. Sei que, se quiseres, podes curá-la...*

Jesus pousa o braço sobre os ombros dele para confortá-lo.

Onde ela está?

Jesus e Pedro entram na casa, mas não antes de Jesus ter tocado a mezuzá, porque ele também é um judeu devoto.

Quarto com a paciente. Jesus e Pedro entram. A mulher de Pedro levanta para sair, mas Jesus faz um sinal para que ela fique. A mulher doente ainda está gemendo em seu delírio.

Jesus olha para ela em silêncio e se aproxima da cabeceira. Pedro o ajuda e ambos fazem a paciente se sentar. Jesus se senta ao lado dela, enquanto Pedro e a esposa cuidam para que ela não caia. É evidente que a mulher doente está sofrendo muito. Seus olhos têm um brilho baço e a garganta está seca de sede. A esposa de Pedro lhe dá água.

Jesus segura-lhe a mão e consegue atrair e manter sua atenção. Pedro inclina-se e fala com ela, em uma voz suave e sincera.

Não tenhas medo... Tu ficarás curada...

Há uma alteração repentina na condição da mulher. Ela começa a transpirar abundantemente e gotas de suor correm por sua testa e face. Confiante, ela mantém os olhos fixos em Jesus. Um estranho poder de cura passou de Jesus para a paciente. A esposa de Pedro enxuga o rosto da mãe várias vezes com um guardanapo.

Por fim, os arquejos param e a mulher doente respira normalmente. Ela fecha os olhos e Jesus faz um sinal para que Pedro e a esposa a deitem na cama e a deixem descansar. Quase instantaneamente, ela cai em sono profundo.

A esposa de Pedro olha para Jesus com gratidão e, então, sai do quarto para cuidar dos preparativos do jantar. Jesus e Pedro logo a seguem. Depois que saem, a sogra de repente acorda como se estivesse saindo de um longo e revigorante sono. Sentindo-se descansada, levanta da cama, veste-se rapidamente e vai à cozinha encontrar a filha, que mal sabe o que pensar daquela recuperação tão rápida. Uma vizinha, que tinha vindo perguntar da paciente, espanta-se e corre para espalhar a novidade.

A sogra de Pedro retoma as atividades domésticas e, quase antes de os outros perceberem, está outra vez no comando da casa. Tirando uma bandeja de pão das mãos da filha, ela a leva à sala onde Jesus e os discípulos aguardam o jantar. Há uma taça de vinho sobre a mesa, porque é costume servir vinho nos sábados à noite. Os homens alegram-se ao vê-la, mas ela dá todo o crédito e louvor a Jesus por sua cura milagrosa.

De repente, o som do *shofar* da sinagoga é ouvido, marcando o fim do sábado. Todos se levantam, o vinho é despejado na taça e Pedro, como chefe da casa, profere a bênção.

Depois disso, o jantar é servido e, como é costume comer com os dedos, é preciso primeiro lavá-los. A esposa de Pedro traz uma bacia e um jarro de água e começa a despejar água nas mãos dos hóspedes.

Cenas interligadas mostram os vizinhos espalhando a notícia da cura milagrosa.

Outros vizinhos vêm à porta para visitar a sogra e ver Jesus. Perguntam se ele vai passar a noite e se fará algum outro sermão. Por fim, Pedro convence-os a saírem e tranca a porta para garantir que Jesus e os discípulos não voltem a ser perturbados naquela noite.

A notícia sobre a sogra de Pedro espalha-se rapidamente pela cidade e provoca fervorosas discussões na sinagoga. Terminado o sábado, multidões encaminham-se para a casa de Pedro, algumas querendo ouvir outro sermão, outras carregando consigo parentes doentes na esperança de que Jesus os cure. As pessoas vêm de todas as direções, e cada uma tem suas necessidades. Um cego é conduzido pela filha; um coxo apoia-se nos ombros de dois irmãos; um homem caminha com a ajuda de bengalas e outro com muletas. Uma jovem mãe traz seu bebê doente e uma garota acompanha a avó, que, devido aos acessos de tosse, precisa parar quase a cada passo. Um casal traz à força a filha deficiente mental, esperando que Jesus expulse dela o mau espírito, assim como havia feito com o homem na sinagoga.

Não tarda para que meia cidade esteja aglomerada diante da casa de Pedro, enquanto outros continuam a vir em uma procissão interminável. A enorme multidão espera pacientemente por Jesus.

Dentro da casa, Pedro e seus hóspedes terminaram a refeição. André olha pela janela.

Toda a cidade está reunida aqui na porta.

Pedro e os outros olham para Jesus, perguntando-se o que ele fará. Seus rostos demonstram satisfação quando ele se levanta e se dirige à porta.

Pedro abre a porta e sai primeiro. Uma onda de agitação percorre a multidão quando Jesus aparece e demonstra que vai falar.

Vinde a mim, todos vós que trabalhais e suportais cargas pesadas, e eu vos darei descanso. Aprendei comigo e encontrareis descanso em vossa alma. Benditos sois vós que chorais agora, porque rireis depois.

Enquanto Jesus fala, a câmera gira em panorama pela multidão. Mostra alguns escribas e fariseus na frente, como estavam na sinagoga. [Deve ser notado que a atitude deles em relação a Jesus não é hostil. Para essas pessoas, problemas religiosos e teológicos eram da maior importância. O judaísmo daquele período incluía tantos matizes diversos de pensamento teológico que um a mais ou a menos não fazia grande diferença. As pregações de Jesus são para eles apenas "algo novo" que precisa ser estudado com atenção. Por isso, eles ouvem atentamente, querendo aprender sobre essa doutrina.]

Vemos também um grupo de três homens de expressão séria e resoluta: eles são os revolucionários. Já os vimos na sinagoga. Eles também – mas por outras razões – estão ouvindo Jesus. Uma patrulha de soldados romanos dá uma olhada para ter certeza de que a reunião não é política. Os três rapazes lançam olhares de ódio para os soldados, que se afastam com um sorriso zombeteiro no rosto. Nada está acontecendo a não ser a pregação de mais um daqueles "fanáticos religiosos loucos".

Quatro homens chegam carregando um paralítico em um catre. Um deles é um velho de barba branca. Os outros três são jovens. O velho parece ser o pai e os outros três os filhos do doente. Eles tentam levar o paralítico até Jesus, mas não conseguem alcançá-lo por causa da multidão. Alguns dos discípulos ajudam o homem a ser colocado em segurança aos pés de Jesus. Um dos filhos fala da doença do pai.

> *Este é meu pai... Ele ficou paralítico... Olhe, ele não mexe nenhuma das pernas.*

Outro filho descobre as pernas do pai e mostra como os músculos estão atrofiados e flácidos. Ele diz:

Vê.

Ele pega uma longa agulha e espeta a panturrilha do pai. Felipe fala com o paralítico.

FELIPE: *O senhor não sente dor?*
PARALÍTICO: *Nada.*

Todos olham para Jesus em suspense: os discípulos, os dois filhos, o pai idoso e o terceiro filho, que está espiando por um buraco no teto. Da multidão, nenhuma palavra se ouve. Há um silêncio de expectativa.

Jesus olha com compaixão para o inválido, cujos olhos nunca se afastam do rosto do Mestre. Por fim, Jesus fala-lhe gentilmente.

Homem, seus pecados estão perdoados.

A essas palavras, os fariseus e os escribas se entreolham e cada um sabe o pensamento que passa pela cabeça dos outros. Isso não é blasfêmia? Quem pode perdoar pecados a não ser Deus? Mas Jesus também percebe o que estão pensando. Vira-se para eles e pergunta:

Por que pensais essas coisas em seu coração?

Há um longo silêncio. Os fariseus e os escribas não respondem, porque não há uma razão específica para responderem. De acordo com suas leis, apenas Deus pode perdoar pecados. Ninguém pode duvidar ou negar esse fato. Eles acham que Jesus foi longe demais e estão curiosos para ver o que ele fará em seguida.

Jesus continua, mas não há aspereza no tom de sua voz.

> *O que achais? Que é mais fácil dizer ao paralítico: "Teus pecados sejam perdoados", ou dizer: "Levanta, pega teu catre e anda"?*

Há outro silêncio. A multidão olha primeiro para Jesus, depois para os fariseus, mas sem animosidade em relação a nenhum deles. Os fariseus são os líderes respeitados do povo, e o povo sabe que essa não é uma briga entre homens, mas uma discussão teológica.

Como os fariseus não respondem, Jesus se volta novamente para o doente e diz, em tom de autoridade:

> *Eu te ordeno: levanta.*

Um tremor seguido de uma série de espasmos percorre o corpo do homem, cujos olhos ainda estão fixos em Jesus. Este faz um sinal aos dois filhos, que erguem o pai do catre. Com a ajuda deles, o homem fica em pé. Os filhos ainda querem ajudar, mas ele os afasta e começa a andar sozinho, mais confiante a cada passo.

Todas as pessoas, incluindo os escribas e os fariseus, estão boquiabertas. Há lágrimas de contentamento em muitos olhos. Jesus fala outra vez com o homem que foi curado.

> *Pega teu catre e vai para casa.*

Com uma expressão de surpresa, o homem pega a cama, coloca-a sobre os ombros e vai embora, seguido pelos filhos e pelo velho pai. Expressões de júbilo são ouvidas de todos os lados e uma voz da multidão grita:

> *Em verdade, hoje vimos coisas estranhas.*

Jesus se vira para a grande multidão de doentes diante da casa de Pedro que se aglomera em torno dele.

Os três jovens revolucionários, impressionados com o milagre que testemunharam, deixam o lugar e logo desaparecem na multidão. Eles vão para uma reunião secreta com outros revolucionários que vieram das cidades ao redor do lago.

O local de reunião é à margem do lago, não muito longe da casa de Pedro. Vemos um telheiro com cestos, barris, redes, mastros e outros equipamentos de pesca. Há pouco perigo de ser pego de surpresa, mas, como precaução extra, um homem é deixado de guarda para alertar sobre qualquer patrulha romana que possa passar por ali. A câmera segue os três homens a caminho desse local.

NARRADOR: *Os fariseus toleravam os romanos enquanto esperavam que Deus lhes trouxesse a libertação. Mas havia outros que estavam resolutamente determinados a escapar do jugo romano o mais rápido possível. Esses eram os revolucionários e constituíam o movimento clandestino daquele tempo. Observavam Jesus com atenção, na esperança de encontrar nele o líder de que precisavam.*

Os que vieram de cidades próximas já haviam chegado. Nós já conhecemos os três jovens revolucionários. Eles estão entusiasmados com o que viram e ouviram, e tentam convencer os outros a irem com eles testemunhar os milagres de Jesus.

PRIMEIRO REVOLUCIONÁRIO: *Vós tendes de vir conosco para vê-lo.*
SEGUNDO REVOLUCIONÁRIO: *Deveis vê-lo e* ouvi-lo.
QUARTO REVOLUCIONÁRIO: *Quem?*
TERCEIRO REVOLUCIONÁRIO: *Jesus de Nazaré.*
QUARTO REVOLUCIONÁRIO: *Ah! O pregador.*
PRIMEIRO REVOLUCIONÁRIO: *Ele mesmo.*

O Quarto Revolucionário faz um gesto de decepção.

QUINTO REVOLUCIONÁRIO: *Que tipo de homem ele é?*
SEGUNDO REVOLUCIONÁRIO: *Nunca encontramos um homem como ele.*
PRIMEIRO REVOLUCIONÁRIO: *Acabamos de vê-lo curar um homem paralítico.*
SEXTO REVOLUCIONÁRIO: *Não pode ser!*
TERCEIRO REVOLUCIONÁRIO: *Sim! E até espíritos impuros lhe obedecem.*
SÉTIMO REVOLUCIONÁRIO: *É mesmo?*
PRIMEIRO REVOLUCIONÁRIO: *As pessoas dizem que ele é o Messias.*
SEGUNDO REVOLUCIONÁRIO: *Ouvi, nós temos homens suficientes; precisamos é de um líder.*
TERCEIRO REVOLUCIONÁRIO: *Sim, e ele é o homem.*
NONO REVOLUCIONÁRIO: *Não aceitamos nenhum chefe exceto Deus.*

Ouve-se um assobio de alerta do homem que está de guarda, e ele entra correndo no telheiro. Todos se escondem atrás dos barris e cestos. Lá de dentro, observam a patrulha romana andando pela margem do lago. Mas nada desperta desconfiança, e a patrulha segue em frente, afastando-se da margem. Os revolucionários saem dos esconderijos e, depois de ter certeza de que foram embora, dispersam-se em pequenos grupos, indo para a casa de Pedro.

Na frente da casa de Pedro, Jesus, cheio de compaixão, caminha entre a enorme multidão e cura muitos dos doentes. Jesus move-se com uma espécie de serenidade radiante. Em seu rosto vê-se uma expressão de doce amor e terna compaixão. Ele vai de um a outro, perguntando em voz baixa a cada pessoa qual é a natureza e os sintomas de sua doença. Produz-se uma excitação que é liberada de maneiras diversas pelos vários doentes. Alguns são tomados por espasmos, seguidos de cura imediata. Outros caem no sono.

Amigos e parentes reúnem-se em torno dos que foram curados. São ouvidas exclamações de alegria. Uma mulher idosa expressa os pensamentos de todos quando diz:

Um poder como o dele só pode vir de Deus.

Então, todas as pessoas cantam juntas um hino.

Conforme a cena vai chegando ao fim, vemos um dos curados por Jesus partindo, sacudindo alegremente as muletas sobre a cabeça.

A última cena dessa sequência, filmada à luz do anoitecer, é uma longa tomada mostrando a multidão em primeiro plano e a casa de Pedro ao fundo. Sem nenhuma mudança na posição da câmera, a cena se dissolve suavemente em outra cena à luz da manhã, mostrando exatamente o mesmo exterior, só que agora deserto.

NARRADOR: *E, de manhã, Jesus saiu e partiu para um lugar solitário.*

Apenas a esposa de Pedro, que está moendo farinha, é vista fora da casa. O ruído da moenda manual é o único som que se ouve. Notamos, fora da casa, dois cochos de pedra cheios de água. Eles são usados para o ritual de purificação.
Jesus sai da casa. A sogra de Pedro vem pegar a farinha. Sua filha entra com ela na casa.

Na margem do lago, Jesus passa por dois pescadores que passam alcatrão em seus barcos. Ele fala a saudação judaica.

Shalom!

E eles respondem.

Shalom!

Dentro da casa de Pedro. A sogra e a esposa preparam a massa de pão.

Jesus sobe uma encosta gramada. O outro lado dela é bastante íngreme. Ele passa pelo topo da encosta e some de vista.

Fora da casa de Pedro. André está subindo para o telhado pela escada externa, levando ferramentas e materiais necessários para consertar o buraco que foi feito no momento da cura do homem paralítico. Pedro sai, procurando Jesus. Como não vê ninguém, aproxima-se da escada e pergunta a André.

Onde está Jesus?

André encolhe os ombros, mas sugere:

Procura-o na margem do lago.

Pedro concorda com a cabeça e sai na direção do lago. André começa a trabalhar no telhado, amassando barro, areia e pequenas pedras para formar um cimento.

Pedro passa por dois pescadores que estão untando os barcos com alcatrão.

PEDRO: *Estou procurando Jesus.*
PESCADOR: *Nós o vimos indo para lá.*

Eles apontam na direção da encosta gramada. Pedro dá um passo, depois se volta e pergunta:

Vós saireis para pescar?

Um dos dois faz um gesto para o céu, mostrando que não está confiante no tempo. Depois acrescenta:

Melhor perder tempo do que perder a vida.

Pedro concorda e segue para a encosta.

Fora da casa de Pedro. André está espalhando o cimento de barro e tapando o buraco no teto.

Pedro sobe a encosta e, do outro lado, vê Jesus ajoelhado e absorto em oração. Pedro se emociona com a cena e um poder parece transformar o rude pescador. É como se uma luz brilhasse de dentro dele, refletindo a nova pureza encontrada. Ele se afasta um pouco e descansa na grama, esperando por Jesus.

Fora da casa de Pedro. André terminou de espalhar o cimento de barro e começa a aplainá-lo com um rolo de pedra.

Jesus volta para a encosta e vê Pedro, que explica sua presença dizendo:

Tu não estavas em casa, então vim procurar-te.

Jesus faz um gesto de apreciação com a cabeça e, ainda no clima de devoção, os dois homens voltam em silêncio.

Fora da casa de Pedro. André terminou de trabalhar no telhado e está descendo a escada. Ele guarda as ferramentas e lava as mãos. Ao mesmo tempo, a esposa e a sogra de Pedro arrumam a mesa no pátio, preparando a primeira refeição do dia. André se aproxima da esposa de Pedro, mostrando que rasgou a manga da camisa. Ele diz:

Olha.

Ela entra em casa e volta com uma agulha, guardada em uma caixinha de osso. Ela pega a agulha e começa a costurar, quando Jesus e Pedro chegam. Eles se sentam e a sogra de Pedro serve-lhes leite de cabra e os convida a comer pão, uvas e tâmaras. Enquanto termina a costura da manga de André, chegam alguns dos fariseus que lá estavam na noite anterior. Recebem as boas-vindas e são convidados a compartilhar a refeição. Eles aceitam, mas, antes de sentar, aproximam-se do cocho de pedra para a lavagem ritual das mãos. Com uma concha, a água é derramada nas mãos, de onde se deixa que escorra para fora do cocho. Depois que a cerimônia é concluída, eles se sentam e começam a comer.

[A sucessão de situações desta cena é tão rápida que não haverá necessidade de diálogos especiais e supérfluos como os que se dão nas pequenas cortesias da vida.]

João e Tiago chegam. Eles também são convidados para a refeição. Os dois aceitam e começam a comer de imediato, sem a cerimônia de lavagem das mãos. Um dos fariseus, um homem idoso (Primeiro Fariseu), fala com João e Tiago e, em sua voz, há um tom de repreensão.

PRIMEIRO FARISEU: *Vós comeis pão sem lavar as mãos?*

João dá de ombros.

TERCEIRO FARISEU: *O pão é uma dádiva de Deus e tu o profanas aos olhos dele se não o recebes com as mãos limpas.*
TIAGO: *Isso não está escrito na Lei.*
PRIMEIRO FARISEU: *Mas está nas tradições...*
JOÃO (interrompendo): *As tradições não são a Lei.*

SEGUNDO FARISEU: *As tradições são dadas por Deus assim como a Lei.*

TIAGO: *As tradições não são de Deus, mas do homem.*

TERCEIRO FARISEU: *Aquele que não dá importância à lavagem das mãos perecerá da terra.*

[Não há tensão entre os que participam da conversa. É apenas uma discussão amistosa que revela pontos de vista novos e antigos.]

O Primeiro Fariseu volta-se agora para Jesus.

E o que tu dizes? Por que teus discípulos comem pão sem lavar as mãos?

Jesus não responde. Em vez disso, olha para suas mãos como se pudesse encontrar a resposta ali. Então diz:

Não há nada de fora de um homem que possa entrar nele e torná-lo impuro.

Ele faz uma pausa. Os fariseus e os discípulos ouvem com atenção, embora tenham alguma dificuldade em acompanhar sua linha de pensamento. Ele continua:

Mas o que sai do coração, é isso que torna um homem impuro.

Jesus olha outra vez para suas mãos e, então, levanta-se e entra na casa. Há um silêncio. Os fariseus estão perplexos, pois não compreendem o sentido profundo das palavras de Jesus. A seus olhos, ele é um criador de paradoxos e não deveria ser levado muito a sério.

O Primeiro Fariseu estava tão absorto no que dizia Jesus que nem notou sua partida. Está prestes a falar quando percebe que Jesus havia saído. Sua expressão mostra que ele ficou um pouco perturbado. Controlando-se, porém, vira-se para os outros fariseus e diz:

Acho que nós também devíamos ir.

Ele se levanta. O Segundo Fariseu, vendo que os discípulos estão constrangidos com a situação, explica a partida apressada dizendo:

Estão à nossa espera na sinagoga.

E eles se vão.

Os quatro discípulos, deixados sozinhos, entreolham-se. Toda vez que Jesus remove algum costume ou tradição profundamente arraigada, eles ficam perturbados, quando não chocados. Não conseguem entender seu comportamento aparentemente rude com os fariseus que tinham vindo como amigos.

Pedro rompe o silêncio.

Vinde.

Os quatro entram na casa.

[De acordo com "as tradições dos Anciãos", a lavagem das mãos antes das refeições era um dever religioso e os fariseus tinham mais consideração pela tradição do que pela Lei. Alguns fariseus eram tão escrupulosos que as lavavam duas vezes, antes e depois de cada refeição. Mas, sem dúvida, havia muitos que não obedeciam às regras de forma tão rígida. Cada parte via a questão de sua própria perspectiva. Os fariseus viam-na como uma questão social, política e religiosa, enquanto Jesus pensava nela em termos éticos e espirituais. Ambos estavam certos. Entre os fariseus, duas tendências eram dominantes: a escola rigorosa de *Shammai* e a escola mais liberal de *Hillel*.]

Dentro da casa de Pedro, sua esposa remenda algumas roupas velhas. Jesus está sentado ao lado dela, observando o modo como ela costura um pedaço de tecido *velho* em uma roupa *velha*.

Pedro e os outros três entram na sala. Pedro fala com Jesus.

Os fariseus ficaram ofendidos.

Jesus não olha nem fala, indicando assim que não há nada que possa fazer a respeito.

JOÃO: *Eles não entenderam.*

O tom de João sugere que nem ele nem os outros tinham entendido o significado das palavras de Jesus mais do que os fariseus. Jesus, então, olha para eles e pergunta:

Vós também não entendestes?

O rosto deles expressa seus sentimentos. Jesus suspira. Terá de ensiná-los passo a passo.

Vós não entendestes ainda que tudo o que entra na boca vai para a barriga e é lançado fora na fossa? Mas que as coisas que saem da boca vêm do coração e são estas que tornam o homem impuro. Pois do coração saem maus pensamentos, assassinatos, adultérios, fornicações, roubos, falso testemunho, blasfêmias: estas são as coisas que tornam um homem impuro; contudo, comer sem lavar as mãos não torna um homem impuro.

Agora os discípulos compreendem, e o rosto de cada um expressa contentamento. Estão ao mesmo tempo envergonhados e orgulhosos: envergonhados por sua falta de confiança e orgulhosos por serem discípulos dele. Eles não *entendem totalmente*, mas sua intuição lhes diz que nenhum homem comum jamais falou daquele jeito antes.

Os três fariseus chegam à sinagoga. Antes de entrar, falam sobre Jesus.

PRIMEIRO FARISEU: *É sempre assim com ele. Eu falo do Leste e ele fala do Oeste.*
SEGUNDO FARISEU: *Sim, e se eu lhe faço uma pergunta direta...*
TERCEIRO FARISEU: *Recebe uma resposta vaga.*
PRIMEIRO FARISEU: *Ou evasiva.*

Ele faz um sinal para que seus irmãos o sigam para a sinagoga.

Dentro da sinagoga. Do lado de fora, ouvimos um coro de vozes agudas de meninos a quem as primeiras lições das Sagradas Escrituras estão sendo ministradas pelo Administrador.

Entrando na casa de Deus, vemos os meninos sentados no chão de pedra em volta do professor, que recita um versículo após outro. Eles movem seus pequenos corpos ritmadamente de acordo com o ritmo da leitura e com o tempo marcado pela vareta do professor, aprendendo a Lei e os Profetas pela repetição exaustiva de cada versículo.

Os três fariseus param para ouvir as crianças que leem Ezequiel 36,26.

> *Dar-vos-ei um coração novo e um novo espírito porei dentro de vós; e tirarei da vossa carne o coração de pedra e vos darei um coração de carne.*

O professor pede que eles parem. Os fariseus sorriem com aprovação. O chefe da sinagoga aproxima-se para recebê-los, enquanto o professor fala com os meninos.

PROFESSOR: *Eu já não vos disse que um homem tem 248 juntas? E que o que vós aprendeis de cor aqui não podeis entrar em vossas 248 juntas se não falardes bem alto? Eu não vos disse isso?*
MENINOS: *Sim!*
PROFESSOR: *Bem, então vamos começar outra vez desde o versículo 25. E desta vez vamos falar muito mais alto.*

O professor tem o pergaminho sobre os joelhos e, enquanto ouvimos os meninos recitando muito alto os versículos, vemos em close o dedo do professor deslizando sobre a página, seguindo as linhas de Ezequiel 36,25.

Então borrifarei água limpa sobre vós e ficareis limpos: de todas as vossas imundícies e de todos os vossos ídolos eu vos purificarei.

O close da página do Livro de Ezequiel dissolve-se suavemente em uma cena da alfândega e da porta da alfândega da cidade.

NARRADOR: *Os opressores romanos estavam sugando a vida dos judeus com impostos intoleráveis. E quem os coletava eram cobradores de impostos judeus que eram desprezados por seu próprio povo.*

O cobrador de impostos Levi, que tinha estado na multidão diante da casa de Pedro, está sentado em seu escritório, perdido em pensamentos. Com ele há dois ou três outros funcionários judeus da alfândega. Um grupo de soldados romanos está de guarda no portão para o caso de ser necessária uma exibição de autoridade.

Um camponês se aproxima da porta puxando um burro carregado de couves-flores. Um dos funcionários sai e, depois de inspecionar a carga, determina a tarifa. O camponês protesta vivamente diante da exigência.

CAMPONÊS: *Ontem eu só paguei metade disso.*
FUNCIONÁRIO: *Ontem não é hoje.*
CAMPONÊS: *Mas* por que *o dobro? Por quê? Por quê?*
FUNCIONÁRIO: *Paga logo. Não me faças perder tempo.*
CAMPONÊS: *Não, eu não vou pagar o dobro.*
FUNCIONÁRIO: *Não vais?*
CAMPONÊS: *Não!*

O funcionário da alfândega vira para os soldados, mas o sargento já está vindo. Basta fazer notar sua presença para o camponês pagar. O sargento retorna para junto dos soldados. Ao passar pelo portão, o camponês não resiste à tentação e cospe na direção do funcionário.

Levi ergue os olhos e vê Jesus e seus seis discípulos se aproximando da porta. O surgimento dele parece uma resposta às suas preces. Ele se levanta e vai até Jesus, cai de joelhos diante dele e diz:

> *Bom Mestre, tenhas piedade de mim.*

Jesus o ajuda a se levantar.

> *O que quer que eu faça por ti?*

Levi olha em volta um pouco inquieto. Ele está constrangido de falar assim diante dos discípulos, pois conhece o preconceito comum de todos os judeus contra os cobradores de impostos. Entendendo a situação, Jesus coloca o braço sobre os ombros de Levi e o conduz a um canto mais calmo para conversar. Levi fala, hesitante:

> *Quando eu te ouvi falando, senti que me ajudarias a ter uma vida melhor.*

Jesus ouve em silêncio, fitando-o. Algo nele, talvez a luz em seus olhos, incentiva Levi a continuar.

> *E eu pensei como eles são abençoados, aqueles que são escolhidos como teus discípulos – e que talvez tu me permitisses ser também um deles.*

Levi acabou de falar. Jesus o examina com atenção. Depois diz:

> *Quem quiser ser meu discípulo precisa abandonar tudo... tudo.*

Levi ergue os olhos e faz um sinal de aceitação com a cabeça. Jesus levanta e lhe diz

> *Segue-me.*

Jesus e Levi (daí em diante chamado Mateus) se unem aos discípulos que esperam junto à porta. Todos eles entram na cidade. Logo depois de passarem pela porta, um pastor com um rebanho de ovelhas passa também, seguindo na mesma direção. No meio do rebanho há uma única ovelha negra.

A cena do rebanho de ovelhas se dissolve suavemente e dá lugar ao interior da sala de jantar na casa de Mateus. Ele convidou Jesus e os discípulos para a refeição, junto com seus colegas cobradores de impostos, talvez com a intenção de dar a estes uma oportunidade de conhecer Jesus.

Esses homens sabem que são pecadores e estão acostumados com o desprezo das pessoas "honestas" da cidade. Mas ficam contentes com a atitude gentil de Jesus e com o fato de que, em vez de desprezá-los, ele tenta compreender seus problemas e mostra-se disposto a perdoar.

JESUS: *Esse mercador que procurava boas pérolas, quando encontrou uma pérola de alto preço, foi e vendeu todas as que tinha e a comprou.*

COBRADOR DE IMPOSTOS: *De novo,* tudo *o que tinha.*

João e Pedro, por algum motivo, saem da sala.

MATEUS: *Ah, eu entendo. Para ganhar o Reino de Deus, preciso abandonar todo o resto. E é o que vou fazer.* (Para Jesus) *Estou pronto para pagar o preço.*

Jesus sorri com aprovação.
Três fariseus estão no portão que leva ao pátio da casa de Mateus. Como é a casa de uma pessoa rica, há um porteiro. Os fariseus falam com ele. João e Pedro aparecem no pátio.

PRIMEIRO FARISEU: *É verdade que Jesus e seus discípulos estão aí dentro?*
PORTEIRO: *Sim, há uma grande festa em homenagem a ele.*
PRIMEIRO FARISEU: *Obrigado.*

O Primeiro Fariseu olha para seus dois colegas como se dissesse: viram, eu estava certo. Então, vê João e Pedro no pátio e fala com eles.

PRIMEIRO FARISEU: *Como Jesus come e bebe com publicanos?*
PEDRO: *Ele fez de Mateus um de seus discípulos.*
SEGUNDO FARISEU: *Isso é possível?*
TERCEIRO FARISEU: *Achei que Jesus fosse um dos nossos.*
SEGUNDO FARISEU: *Isso é de fato uma coisa inédita.*
JOÃO: *O quê?*
SEGUNDO FARISEU: *Que ele esteja se misturando com esse tipo de gentalha.*

PRIMEIRO FARISEU: *Ele não odeia o pecado?*
PEDRO: *Claro que sim. Mas não odeia os pecadores.*
PRIMEIRO FARISEU: *Tu mesmo chamas essas pessoas de pecadores.*
TERCEIRO FARISEU: *Acho que o compreendo. Eu também recebi pecadores em minha própria mesa para convencê-los a levar uma vida piedosa.*
PRIMEIRO FARISEU: *Mas tu não sentarias à mesa deles. Ou sentarias?*
TERCEIRO FARISEU: *Ah, não. Nunca. E claro que o pecador teria de dar o primeiro passo.*
PRIMEIRO FARISEU: *Está vendo, essa é a diferença.*
JOÃO: *Sim, essa é a diferença. Vós excluís o pecador; ele o procura.*
PRIMEIRO FARISEU (sacudindo a cabeça): *Procurando pecadores.*
SEGUNDO FARISEU: *Sem dúvida isso é algo novo.*
TERCEIRO FARISEU: *Sim, de fato, é uma coisa nova, e teremos de refletir muito seriamente sobre isso.*

Jesus, que tinha visto da sala de jantar seus dois discípulos conversando com os fariseus, agora se aproxima do grupo. O Primeiro Fariseu o vê.

PRIMEIRO FARISEU: *Aí estás tu. Estávamos falando a teu respeito.*
TERCEIRO FARISEU: *Nós não entendemos...*

Jesus fita-os com ar questionador.

SEGUNDO FARISEU: *Não esperávamos isso de ti... um mestre religioso.*

Jesus agora volta seu olhar de interrogação para o Primeiro Fariseu.

PRIMEIRO FARISEU: *Tu repartes o pão com publicanos e pecadores.*

Jesus os olha e move a cabeça, pensativo. Então, senta-se entre eles e diz:

> *Não são os que têm saúde que precisam de um médico, mas os doentes... pois eu não vim para chamar os justos, mas os pecadores ao arrependimento.* [Mateus 9,12-13.]

[Não há tensão ou rudeza. Os fariseus estão surpresos e chocados, mas não se mostram hostis, nem Jesus.]
Durante uma mudança de cena, ouvimos:

NARRADOR: *E Jesus lhes contou uma parábola, dizendo: Eis que um homem tinha dois filhos...*

Vemos o pai, um rico fazendeiro, e seus dois filhos em uma sala. O filho mais velho, que vai herdar a fazenda quando o pai morrer, é um jovem de aparência séria, um trabalhador, escravo do dever, teimoso e rígido. O filho mais novo é despreocupado, generoso e cheio de alegria de viver, mas também frívolo e fraco; não é ruim, apenas instável. O filho mais novo pediu a parte dos bens que só seria sua após a morte do pai. O pai prometeu pensar. Agora, o pai e os dois filhos estão reunidos para discutir o assunto.

PAI: *Tu não mudaste de ideia?*
FILHO MAIS NOVO: *Não, pai, não aguento mais esse modo de vida.*

FILHO MAIS VELHO: *Começa a trabalhar e para de sonhar: este é o conselho que te dou.*
FILHO MAIS NOVO: *O trabalho na fazenda não me agrada nem um pouco.*
FILHO MAIS VELHO: *Por quê? A mim agrada.*
FILHO MAIS NOVO: *Contigo é diferente. Um dia a fazenda será tua. Então eu terei de ir embora. Melhor sair agora e começar minha própria vida.*

O pai coloca as mãos nos ombros do filho mais novo.

PAI: *Tens certeza de que quer partir?*
FILHO MAIS NOVO: *Tenho certeza.*
PAI: *Será como tu quiseres.*
FILHO MAIS VELHO: *Tolo.*
PAI: *Não, teu irmão não é criança. Tem idade suficiente para decidir por si.* (Para o filho mais novo, apontando a pilha de dinheiro sobre a mesa). *Aquele é o teu terço.*
FILHO MAIS NOVO: *Obrigado, pai.*

Ele pega o dinheiro depressa e o guarda em um pequeno baú. O pai olha para ele com tristeza.

[CORTA PARA A PRÓXIMA CENA.]

No portão da fazenda, o rapaz está prestes a se despedir do pai e do irmão mais velho. Este último o trata com frieza e tem um sorriso forçado no rosto. O pai abraça o filho com carinho e, antes de deixá-lo partir, tira um anel de ouro de um dos dedos e o coloca na mão do jovem. O rapaz parte. O pai o observa até ele desaparecer em uma curva da estrada. Tem os olhos cheios de lágrimas. O filho mais velho balança a cabeça, desgostoso, e os dois retornam à fazenda.

[CORTA PARA A PRÓXIMA CENA.]

A estrada. O filho mais novo é visto por trás, seguindo viagem. A estrada divide a imagem verticalmente em duas partes iguais. Esta cena se dissolve suavemente em uma rua de uma cidade oriental, como Damasco. A rua divide a imagem em duas partes, assim como a estrada. Na rua, os toldos desenham sombras no chão.

No meio da multidão, vemos o filho mais novo que acaba de chegar. Nós o seguimos virando uma esquina. Ele entra em uma barbearia e explica ao barbeiro como quer que seu cabelo seja cortado.

Tira a barba e corta o cabelo à moda grega.

O barbeiro começa a trabalhar, usando tesouras, navalha, pente e modelador de cachos.

A barbearia fica diante de uma pequena praça onde se vê uma garota sentada sob uma árvore. Ela começa a tocar uma flauta. Seus olhos estão contornados de preto e a face e os lábios pintados de carmim. Há uma troca de sorrisos entre o rapaz e a moça, que continua tocando a flauta. Quando ele sai da barbearia, os dois se encontram e vão embora juntos.

[CORTA PARA A PRÓXIMA CENA.]

A prostituta e o rapaz entram em uma taberna de aspecto sórdido. A moça pisca para o proprietário, dando-lhe a entender que pegou um otário. O proprietário, então, desfaz-se em amabilidades, e o rapaz fica impressionado. A garota pede vinho e *escargots* para comer. Eles são servidos imediatamente. Enquanto estão sentados à mesa, o rapaz se desculpa por não conhecer a língua grega. A moça promete lhe ensinar e eles já começam a primeira aula: rindo muito, usam os dedos e a linguagem de sinais. O proprietário da taberna, vendo aquilo, acompanha-os nas risadas e recomenda a garota ao rapaz, dizendo:

Ela é uma boa moça e tem o coração no lugar certo.

Um vendedor ambulante entra na taberna e se aproxima do jovem casal. Está vendendo joias de ouro. A moça se entusiasma com um bracelete e o rapaz compra-lhe dois, um para cada braço. Ela está delirantemente feliz enquanto o ensina a comer os *escargots* com uma pinça. A aula de degustação de *escargots* é motivo para muitas risadas.

[CORTA PARA A PRÓXIMA CENA.]

Uma alameda. Luar. A moça caminha à frente do rapaz. Ela entra de repente em uma casa, arrastando o jovem consigo.

[CORTA PARA A PRÓXIMA CENA.]

Uma cena muito curta na casa da moça. À luz do luar, vemos apenas as costas do homem e os braços nus da garota envolvendo-lhe o pescoço.

[CORTA PARA A PRÓXIMA CENA.]

Mesmo local. Novamente, em um raio de luar, vemos apenas o braço nu da moça erguendo o braço do rapaz para a luz. Ela retira de seu dedo o anel de ouro que o pai lhe havia dado no momento da partida.

[CORTA PARA A PRÓXIMA CENA.]

A taberna. O rapaz entra e se aproxima timidamente do proprietário.

RAPAZ: *Tu poderias me vender alguma comida a crédito?*
PROPRIETÁRIO: *Não, eu nunca vendo a crédito.*
RAPAZ: *Poderias me emprestar cinco dracmas?*
PROPRIETÁRIO: *Não.*
RAPAZ: *Duas dracmas?*
PROPRIETÁRIO (irritado): *Não é permitido esmolar aqui. Sai! Rápido!*

O proprietário expulsa o rapaz da taberna.

[CORTA PARA A PRÓXIMA CENA.]

Fora da casa da moça. É noite. O rapaz bate à porta. Ele agora está vestido com roupas velhas. Bate de novo.

MOÇA: *Quem é?*
RAPAZ: *Abre a porta.*

MOÇA: *Não. O que tu queres?*
RAPAZ: *Não tenho dinheiro nem onde dormir.*
MOÇA: *E o que eu tenho com isso?*
RAPAZ: *Eu sei que tens dinheiro.*
MOÇA: *Vai embora. Não quero mais nada contigo. Vai embora!*

Ele se vai.

[CORTA PARA A PRÓXIMA CENA.]

Uma praça na cidade com uma grande pedra no centro sobre a qual estão os escravos que serão vendidos. Aqui também reúnem-se os trabalhadores diaristas à procura de trabalho. Entre eles está o rapaz. Um camponês que veio à cidade procurar um ajudante para na frente dele, inspecionando-o atentamente como se ele fosse uma vaca ou um cavalo.

CAMPONÊS: *Tens alguma experiência de trabalho no campo?*
RAPAZ: *Meu pai é fazendeiro.*
CAMPONÊS: *Onde?*
RAPAZ (evasivo): *Longe daqui.*

O camponês, imaginando que o rapaz havia brigado com o pai, não insiste em mais explicações e o convida a trabalhar em sua fazenda.

[CORTA PARA A PRÓXIMA CENA.]

O camponês leva o rapaz para cuidar de seus porcos. Ele, um judeu, tornou-se tratador de porcos para um camponês pagão.

Durante o dia, a vara de porcos procura comida no campo. À noite, eles são mantidos no chiqueiro, onde o tratador deve dormir também. Como há escassez de alimentos na região, a comida dos porcos às vezes é melhor que a comida do tratador. Para aplacar a fome, com frequência ele tem de comer as alfarrobas que são dadas aos porcos.

Uma noite, sentado no chiqueiro com os porcos, ele se lembra das noites felizes na casa de seu pai, com todos os servos reunidos à mesa da família para o jantar. Pensa então na despedida do pai e chora em silêncio, até que grandes soluços começam a sacudir seu corpo. Ele morde o casaco para que ninguém o escute chorar. De repente, controla as emoções e toma uma decisão. Levanta-se, abre a porta e sai.

[CORTA PARA A PRÓXIMA CENA.]

O rapaz na estrada, no caminho de volta, em andrajos, como um mendigo.

[CORTA PARA A PRÓXIMA CENA.]

O pai está no campo, observando os condutores de arado que abrem sulcos no solo. De quando em quando, volta os olhos para a estrada. Dia após dia ele se mantém atento, mas sempre em vão. Mas naquele dia era como se sua visão estivesse mais aguçada, pois consegue reconhecer o filho a grande distância, mesmo em andrajos. O pai corre ao seu encontro e o abraça com carinho. E o filho diz:

> *Pai, eu pequei e não sou mais digno de ser chamado teu filho.*

Mas o pai nem escuta. Não para de beijá-lo e de abraçá-lo. Não há uma palavra zangada sequer, nenhum gesto de repreensão. Vemos apenas o grande coração de um pai amoroso.

Quando se aproximam da casa, o pai chama seus servos, dizendo:

Trazei o novilho cevado e matai-o; comamos e festejemos.
[Lucas 15,23.]

[CORTA PARA A PRÓXIMA CENA.]

O banquete no pátio da casa está em pleno curso. O filho mais novo está sentado à direita do pai, no lugar de honra. Veste roupas novas e tem sandálias novas nos pés. E, agora, o pai põe um anel de ouro em seu dedo. Todos estão alegres e as risadas ecoam no ar, acompanhadas de cantos e música. Um pouco distante da festa dos homens, as meninas e moças da fazenda divertem-se com suas danças populares.

Nesse momento, o filho mais velho chega. Ele se atrasou trabalhando nos campos. Surpreso ao ouvir os cantos e música, chama um dos servos.

FILHO MAIS VELHO: *O que está acontecendo?*
SERVO: *Teu irmão voltou.*
FILHO MAIS VELHO: *Como ele estava?*
SERVO: *Miserável. Muito pobre mesmo. Em andrajos.*
FILHO MAIS VELHO: *Então o que é tudo isso?*
SERVO: *Teu pai mandou matar o novilho cevado.*
FILHO MAIS VELHO: *Por quê?*

SERVO: *Porque recebeu de novo o filho em casa são e salvo.*

O filho mais velho se encheu de raiva.

SERVO: *Não vens encontrar teu irmão?*
FILHO MAIS VELHO: *Não.*

O servo vai até o pai e conta a ele sobre sua conversa com o filho mais velho.

SERVO: *Teu filho chegou dos campos.*
PAI: *Ele não vem aqui dar as boas-vindas ao irmão?*
SERVO: *Eu o chamei, mas ele disse que não viria.*

O pai fica aborrecido e vai procurar o filho mais velho.

PAI: *Por que não vens receber teu irmão?*
FILHO MAIS VELHO: *Pai, vê bem, durante todos esses anos eu te servi, jamais transgredi nenhum de teus mandamentos; no entanto, tu nunca me deste um cabrito para que eu festejasse com meus amigos.*
PAI: *Tu nunca me pediste.*
FILHO MAIS VELHO (fingindo não ouvir): *Mas quando esse teu filho chega, depois de ter devorado os teus bens com prostitutas, tu fazes matar para ele o novilho cevado.*

O pai olha para o filho por um longo momento e responde, calmamente:

Filho, tu estás sempre comigo e tudo o que tenho é teu. Era preciso que festejássemos e ficássemos felizes; pois esse teu irmão estava morto e tornou a viver, estava perdido e foi encontrado.

O pai espera. Por um momento, pai e filho ficam frente a frente. Então, em um súbito impulso, o filho se vira e toma o rumo dos campos. O pai o observa com tristeza. Depois, retorna à festa.

Enquanto o filho mais velho está atravessando os campos, muitos pensamentos passam-lhe pela mente, principalmente o de que foi injustiçado. Está aborrecido e ofendido por seu pai estar dando tamanha festa para um irmão imprestável, que desgraçou a família. Sente que foi enganado porque seu pai, aparentemente, prefere aquele imbecil a ele. Quem vê poderia até imaginar que seu pai tivesse apenas um filho, aquele para quem a casa da família não era boa o bastante. No entanto, embora o pai tivesse perdido a cabeça, ele, o filho mais velho, manteria o juízo e continuaria a cuidar de tudo da maneira mais adequada.

NARRADOR: *Jesus concluiu: Mais alegria haverá no Céu por um pecador que se arrependa do que por 99 justos que não precisem de arrependimento.*

O filho mais velho senta-se em uma cerca de pedra. Atrás dele, a alguma distância, está um pastor com um rebanho de ovelhas. O pastor o saúda:

Shalom.

Mas o filho mais velho não o escuta.

A distância, ouvem-se os cantos e a música vindos da fazenda, mas esse som vai desaparecendo pouco a pouco e é substituído pelo som da flauta de junco que o pastor toca para se distrair.

Por meio de uma panorâmica semicircular, seguimos o pastor e suas ovelhas e deixamos o filho mais velho. Vemos, então, Jesus e os discípulos. Paramos com eles, e o pastor e suas ovelhas deixam a cena.

Jesus está sentado no tronco de uma árvore, cercado por seis de seus discípulos: André, João e seu irmão Tiago, Felipe, Bartolomeu (Natanael) e Mateus. Eles esperam por Pedro, que logo chega acompanhado de outros cinco novos discípulos escolhidos por Jesus. São eles Tomé, Tiago (Jacó) filho de Alfeu (Alphai), Tadeu (Taddai), Simão Cananeu (às vezes chamado de Zelote) e Judas ish Qeryoth (da cidade de Qeryoth), habitualmente chamado de Judas Iscariotes.

[Todos eles, aparentemente, tinham vindo da classe média, que, na época de Cristo, estava particularmente interessada em questões espirituais e religiosas. Eram muito diferentes em caráter e temperamento. O mais notável entre eles sem dúvida era Pedro, de grande coração, dedicado em sua lealdade a Jesus, ao mesmo tempo forte e fraco, mas profundamente sincero. Seu irmão André era tão sincero quanto ele e mais calmo e gentil. João e Tiago eram impulsivos e impetuosos e, por isso, tinham o apelido de "filhos do trovão". Tomé era cético e cauteloso, mas também correto e corajoso. Bartolomeu já havia sido cético, mas era agora um ardoroso fiel de Jesus. De Judas, falaremos mais tarde.]

Quando Pedro se aproxima de Jesus, este apresenta os novos discípulos um por um, e cada um deles o beija como sinal de amor e respeito.

TOMÉ: *Eu te seguirei para onde fores.*
JUDAS: *Eu também te seguirei para onde fores.*

Jesus, então, fala com Tiago, o filho de Alfeu.

JESUS: *Segue-me.*
TIAGO: *Deixa-me primeiro me despedir dos que estão em minha casa.*

Mas Jesus lhe diz:

> *Nenhum homem que põe a mão no arado e olha para trás é apto para o Reino de Deus.*

Tiago, o filho de Alfeu, sorri, expressando sua lealdade, e beija Jesus.
Jesus se vira, então, para Simão Cananeu.

JESUS: *Segue-me.*
SIMÃO: *Deixa-me primeiro ir enterrar meu pai.*
JESUS: *Que os mortos enterrem os seus mortos; mas tu vem anunciar o Reino de Deus.*

Simão, o Cananeu, concorda e beija Jesus. É a vez de Tadeu aproximar-se.

TADEU: *Eu te seguirei para onde fores.*

Ele beija Jesus. Jesus se levanta. Os discípulos reúnem-se em torno dele e, juntos, retomam seu caminho, conversando entre si.

A distância, ouve-se o som de sinos de carneiros e os pastores falando familiarmente com o rebanho em uma estranha linguagem rítmica que é, de alguma forma, semelhante aos sons feitos pelos próprios animais.

Enquanto caminham, Jesus aponta a campina cheia de flores de cores deslumbrantes.

JESUS: *Vede os lírios no campo, como crescem. Não se afadigam nem fiam.*

Os discípulos olham para as flores.

JESUS: *Por isso, não preocupeis com o que ides vestir, pois vosso Pai celestial sabe que vós tendes necessidade disso. Buscai primeiro o Reino de Deus e todas essas coisas vos serão acrescentadas.*

Jesus e os discípulos continuam sua caminhada por uma aldeia. A rota os faz passar por um muro de pedra. É possível ver que há uma casa de fazenda atrás do muro. De dentro da casa, ouve-se a voz doce de uma mulher, cantando suavemente e ninando um bebê para fazê-lo dormir. Não muito longe da casa, há um celeiro de feno.

Jesus e seus discípulos param para escutar a voz da mulher. Então, Jesus diz a Pedro:

> *Vai e diz a eles que passaremos a noite aqui, no celeiro de feno.*

Enquanto Pedro entra na casa, Jesus e os outros vão para o celeiro, onde os discípulos se acomodam no chão.

Pedro encontra o jovem fazendeiro que, com hospitalidade oriental, dá as boas-vindas a Jesus e aos discípulos. Ele e a esposa fazem os preparativos para uma refeição.

No celeiro, os discípulos estão à vontade. Sem chamar atenção, Jesus sai, e sua ausência só é notada quando Pedro retorna. Pedro diz:

Ele foi rezar.

Um dos discípulos olha pelas tábuas no fundo do celeiro e vê Jesus rezando em um local isolado. Todos os discípulos se emocionam com a beleza de seu semblante; eles querem saber rezar do mesmo modo.

O fazendeiro leva-lhes uma refeição simples: leite, pão, figos e tâmaras. Os discípulos estão terminando de comer quando Jesus chega. Ele toma uma xícara de leite e, em seguida, o fazendeiro lhes dá boa-noite e sai. Pedro, então, aproxima-se de Jesus e diz:

Ensina-nos a rezar.

Jesus faz um sinal afirmativo com a cabeça e os discípulos unem-se à sua volta. E ele lhes fala:

Quando fordes orar, depois que tiverdes fechado a porta, orai para o Pai, que está lá em segredo, e o Pai, que vê em segredo, vos recompensará abertamente. Orai, portanto, desta maneira:
Pai nosso que estás no Céu,
santificado seja o teu nome.

Venha a nós o teu Reino.
Seja feita a tua vontade, assim na terra como no céu.
O pão nosso de cada dia dá-nos hoje.
E perdoa-nos as nossas dívidas, como perdoamos aos nossos devedores.
Não nos deixa cair em tentação,
mas livra-nos do mal:
Pois teu é o reino, o poder e a glória para sempre.
Amém. [Mateus 6,9-13.]

Conforme Jesus pronuncia cada frase da oração, os discípulos repetem as palavras.

Depois do "Amém", há um silêncio devoto. Então Jesus se levanta e deseja a todos uma boa-noite. Todos vão descansar.

Sem nenhum movimento da câmera, essa cena à luz da noite dissolve-se suavemente em uma cena do celeiro de feno pela manhã. Jesus e os discípulos acordam e se levantam.

[CORTA PARA A PRÓXIMA CENA.]

No pátio da fazenda. Os discípulos estão lavando as mãos e o rosto. Enquanto uns se lavam, outros trazem água em baldes do poço da fazenda.

Estrada fora da fazenda. Três carroças puxadas por burros passam carregadas de calcário de uma pedreira próxima. As pedras destinam-se a uma nova construção que está sendo erguida nos arredores da cidade vizinha.

Fazenda. Tendo terminado de se lavar, Jesus e os discípulos sentam-se a uma mesa que o fazendeiro e a esposa prepararam para eles no pátio. Sobre a mesa há manteiga, leite, queijo e grandes cestos de pão. Antes de comer, um dos discípulos pronuncia a bênção.

As três carroças passam e ouvimos os condutores praguejando e gritando.

Jesus e os discípulos deixam a fazenda enquanto o fazendeiro e sua esposa acenam em despedida.

As três carroças chegam à nova construção. Há uma dúzia de pessoas trabalhando ali. As paredes já alcançaram uma altura considerável. O próprio construtor está de pé no alto da obra, cantando para manter elevado o ânimo dos pedreiros e ajudantes. O construtor grita para os condutores das carroças descarregarem as pedras e volta a cantar. Os pedreiros estão ocupados em seu trabalho. Sólidas pranchas de madeira sobem do chão até a parte mais alta da construção e são usadas pelos trabalhadores para transportar o material necessário: pedras, água, argamassa etc. Há também o barulho dos cinzéis dos talhadores de pedras. Ao lado da obra, há um depósito de calcário.

A nova construção está situada no entroncamento de duas estradas, uma que vai para o sul e a outra, para oeste.

De repente um dos trabalhadores nota um cortejo vindo do sul. À frente vêm alguns dos anciãos da cidade próxima e, com eles, o comandante do grupo, puxando seu cavalo pelas rédeas. Ele não é romano, porque essa parte da região está fora do território militar romano. É um gentio e comandante dos soldados mercenários a serviço do rei Herodes Antipas.

A uma distância considerável, o cortejo é seguido por uma multidão.

Um menino, enviado à frente por um dos anciãos para fazer o reconhecimento, volta apressado anunciando que Jesus e seus discípulos estão vindo pela estrada oeste. Os anciãos confabulam entre si e com o comandante e decidem que devem encontrar-se com Jesus no entroncamento. Todos os operários da construção pararam de trabalhar e de cantar e observam o que acontece na estrada.

Um dos anciãos fala a Jesus.

PRIMEIRO ANCIÃO: *Estás vendo aquele homem ali?*

Jesus olha na direção do comandante.

SEGUNDO ANCIÃO: *Ele é o comandante de nossa cidade.*

Jesus acena afirmativamente com a cabeça.

PRIMEIRO ANCIÃO: *Ele tem um servo muito querido que está doente, quase morrendo.*

Jesus olha interrogativamente para o ancião.

SEGUNDO ANCIÃO: *Ele quer que tu o ajudes nessa hora de necessidade.*
TERCEIRO ANCIÃO: *E merece ser ajudado, porque ama nossa pátria e construiu nossa sinagoga.*
PRIMEIRO ANCIÃO: *Ele pode vir falar contigo?*
JESUS: *Sim.*

Os anciãos acenam chamando o comandante.

COMANDANTE: *Meu servo está em casa doente de paralisia e sofrendo dores terríveis.*

Jesus olha rapidamente para ele e diz:

Vou lá curá-lo.

O comandante parece muito aliviado, mas diz:

Eu não sou digno de receber-te sob meu teto; fala uma palavra apenas e meu servo ficará curado. Pois sou um homem sob ordens e tenho soldados sob meu comando. Digo a um homem: vai, e ele vai; e a outro: vem, e ele vem; e a um criado: faz isso, e ele faz.

Jesus fica admirado com aquilo e, olhando para os anciãos e os discípulos, diz:

Em verdade, eu vos digo, não encontrei em Israel ninguém que tivesse tamanha fé.

Então, Jesus se volta para o comandante, dizendo

Segue o teu caminho; de acordo com tua fé, assim vos será feito.

O comandante hesita e olha confuso para Jesus.

Segue teu caminho. Teu servo viverá.

O comandante acredita e, montando no cavalo, vai embora.

Enquanto isso, uma multidão se formou em torno de Jesus, e de todos os lados imploram que fale com eles, chamando-o.

Senhor, senhor. Vem nos ensinar.

Jesus sobe por uma das pranchas inclinadas. Com a construção ao fundo, ele olha a multidão e começa a falar.

Por que chamar-me de Senhor e não fazer as coisas que digo? Pois todo aquele que ouve estas minhas palavras e as põe em prática será comparado a um homem sábio, que construiu sua casa sobre uma rocha. E a chuva desceu, e vieram as enxurradas, e os ventos sopraram e bateram contra essa casa; e ela não caiu, porque estava alicerçada na rocha. E todo aquele que ouve estas minhas palavras e não as pratica será comparado a um homem tolo, que construiu sua casa sobre a areia. E as chuvas desceram e vieram as enxurradas, e os ventos sopraram e bateram contra essa casa; e ela caiu. E grande foi sua queda. Portanto, nem todo homem que me diz "Senhor, Senhor" entrará no Reino dos Céus, mas sim aquele que pratica a vontade de meu Pai que está nos céus.

Quando Jesus termina de falar, as pessoas estão perplexas. Ele desce da construção e muitos tentam tocá-lo, porque o poder da virtude divina emana dele. Mas os discípulos contêm a multidão.

No momento em que Jesus e seus discípulos estão deixando o local, o chefe da sinagoga da cidade, chamado Jairo, vem em seu encontro. Assim que o vê, implora:

> *Minha filhinha está à beira da morte. Eu te imploro, vem e cobre-a com tuas mãos para que ela se cure e viva.*

Jesus vai com ele e muitas pessoas o seguem, amontoando-se à sua volta.

Em algumas cenas intercaladas, vemos o comandante voltando para casa a cavalo. À sua chegada, os servos vêm encontrá-lo cheios de alegria.

COMANDANTE: *Como está ele?*
SERVOS: *Ele vive.*

O comandante corre para o quarto de seu servo doente, que está sentado na cama, comendo com bom apetite. O comandante pergunta aos outros servos:

> *Como ele melhorou?*

Os servos explicam:

> *Ele começou a se sentir melhor de repente, pouco tempo atrás.*

Terraço de uma casa pobre. Galinhas e frangos correm ao redor. Uma mulher está sentada no chão, protegida do sol por uma barraca de pano. Talos de feno estão espalhados em bandejas para secar. Há um tear manual montado em um canto. Sua filha sobe a escada externa com um copo de leite para a mãe. Depois de entregar-lhe o leite, ela senta junto ao tear e começa a tecer. A imagem centra-se na mulher, que toma o leite em pequenos goles.

NARRADOR: *Certa mulher sofria há doze anos de um fluxo de sangue e gastara todo o seu dinheiro com médicos, sem conseguir cura nem melhora, pelo contrário, a doença só piorava. Quando ouviu falar de Jesus, disse a si mesma: se eu puder ao menos tocar suas vestes, ficarei curada.*

As vozes da multidão são ouvidas. A filha levanta, corre até o parapeito do terraço, olha na direção do barulho e grita para a mãe:

Deve ser Jesus... Sim, mãe, é Jesus!

A mãe a ouve alvoroçada e chama a filha:

Vem me ajudar.

A filha a ajuda a levantar e descer as escadas. Na rua, a mulher corre sem ajuda, abrindo caminho pela multidão que cerca Jesus. Ela se espreme entre as pessoas atrás de Jesus e consegue tocar a fímbria de sua veste – e sente no corpo que está curada.

Jesus, percebendo de imediato que uma força emanara de si, vira-se para trás e pergunta:

Quem tocou em mim?

Ele olha com expressão interrogativa para os que estão atrás de si, mas ninguém responde. Pedro e os outros que estão com ele balançam a cabeça, sem entender o que ele quer dizer.

PEDRO: *Estás vendo essa multidão comprimindo-se à tua volta e perguntas: quem me tocou?*
JESUS: *Alguém me tocou, pois percebo a força que emanou de mim.*

E Jesus olha em volta para ver quem havia feito aquilo. Quando a mulher percebe que não adiantaria se esconder, avança amedrontada e conta-lhe a verdade.

MULHER: *Fui eu que te toquei, e fui curada.*

Jesus a olha com compaixão.

JESUS: *Vai em paz. Tua fé a curou.*

A mulher despede-se e corre a maior parte do caminho até sua casa.

Enquanto Jesus está falando com a mulher, um servo vem até o chefe da sinagoga com uma mensagem.

SERVO: *Tua filha morreu. Por que continuar incomodando o Mestre?*

Mas, ao ouvir isso, Jesus diz ao chefe da sinagoga:

Não tenhas medo, apenas creias, e ela ficará bem.

A intenção de Jesus ao dizer isso é encorajar o pai e inspirar-lhe fé e esperança, removendo o medo e as dúvidas. Ele consegue e o pai acredita tacitamente em Jesus e em seu poder de cura.

Jesus chega à casa do chefe. No pátio, passando o portão, encontra os menestréis tocando flautas e as mulheres em altos lamentos. Jesus fala-lhes com autoridade.

Abri espaço.

Ele e seus discípulos entram no pátio e ele fala novamente aos menestréis e às mulheres carpideiras.

Por que tanto alvoroço? A menina não morreu.

Surpresos, eles param de tocar e de se lamentar e olham com espanto para o chefe, que os faz entender que não precisa mais deles e que mandará chamá-los se necessário. Enquanto isso, Jesus dá a seus discípulos instruções para que fechem o portão quando todos saírem e não permitam que mais ninguém entre.

Escolhe, então, Pedro, João e Tiago para acompanhá-lo à casa, deixando os outros no portão para evitar a entrada de incrédulos. Judas fica contrariado por não ter sido escolhido para entrar com Jesus, mas André o faz compreender que as ordens de Jesus devem ser obedecidas.

Jesus entra no quarto. A menina de 12 anos está deitada na cama, aparentemente morta. Ao lado da cama está a mãe, chorando em silêncio. Ela levanta os olhos quando o marido entra com Jesus. A sala está cheia de parentes e amigos, em sua maioria mulheres, que, de acordo com os costumes, foram chamados para estarem presentes no momento da morte.

Alguns deles descobriram a cabeça. Outros cobriram a parte inferior do rosto até o lábio superior. Como sinal de luto, estão todos sentados ou deitados no chão, sem as sandálias. Alguns põem uma das mãos na cabeça. Expressam o luto sem restrições, com lágrimas e lamentos de dor.

Ai, ai, minha irmã, ai de mim.

Quando Jesus entra e os vê chorando pela menina, diz:

Não chorem, ela não está morta, apenas dorme.

Sabendo que ela está morta, eles balançam a cabeça e alguns sorriem em descrença.

Jesus manda que saiam do quarto. Eles vão para o pátio e ficam com os discípulos.

O pai e a mãe não entendem por que seus parentes e amigos que vieram prestar homenagem à menina são retirados do quarto, mas não interferem. Colocam-se nas mãos de Deus – e de Jesus. O pai aproxima-se da cama, põe a mão sobre o cobertor e toca os pés da filha. Estão frios como gelo. Ele e a esposa entreolham-se, mas, depositando sua fé em Jesus, unem-se em uma prece silenciosa.

A intenção de Jesus ao pedir que parentes e amigos saiam é criar uma atmosfera positiva de fé, esperança e confiança, eliminando a influência negativa das lamentações e qualquer tendência à dúvida e à descrença. Pela mesma razão, apenas seus três discípulos mais fiéis são aceitos no quarto, além do pai e da mãe. Sua tarefa é trazer de volta à vida o espírito da menina inspirando sua mente subconsciente, mas ainda acessível.

Durante algum tempo, o silêncio no quarto é total.

Assim que Jesus sente ter o controle do subconsciente da menina, coloca em prática seu excepcional e misterioso poder de sugestão. Aproxima-se da cama, pega a mão ainda fria da criança e lhe diz:

JESUS: *Talítha kúmi.* (Menina, eu te digo, levanta-te.) [Marcos 5,41.]

Os presentes assistem a tudo com atenção e ansiedade. Todos olham para a menina, e o espírito de fato retorna a ela. Ela se move, abre os olhos, depois levanta e anda. "E eles ficaram extremamente espantados." (Marcos 5,42)

A mãe abraça a filha. Jesus lhe diz:

Dá-lhe algo para comer.

A mãe sai depressa para buscar alguma comida. O pai beija e acaricia a filha com ternura. A mãe volta com algumas frutas, que a menina come. Jesus chama o pai de lado, alertando-o para que não conte a ninguém o que aconteceu ali.

Cuida para que ninguém saiba disso.

[Jesus sempre insistia com as pessoas que ajudava quanto à importância de não contar a ninguém sobre a cura miraculosa. Pois uma pessoa que é curada pelo poder da sugestão com frequência se depara com dúvidas e descrenças que enfraquecem sua fé, fazendo com que as causas psicológicas da doença retornem.]

Jesus e seus discípulos despedem-se da menina e da mãe. O pai os acompanha até o portão. Os parentes reúnem-se à volta deles, fazendo muitas perguntas.

VOZES: *Ela está viva outra vez? Ela está viva?*
PAI: *Sim, ela está viva.*
JESUS: *Eu vos disse que ela não estava morta, apenas dormia.*

Jesus e os três discípulos encontram os outros no portão e eles partem.

Quarto da doente. A filha, enquanto come as frutas, é exaustivamente interrogada pela mãe.

MÃE: *Achamos que você estivesse morta.*
FILHA: *Eu sei.*
MÃE (surpresa): *Como sabes?*
FILHA: *Eu ouvi o médico dizer.*
MÃE (espantada): *Tu disseste que ouviu o médico?*
FILHA: *Sim, mamãe.*
MÃE: *E não ficaste surpresa?*
FILHA: *Não.*
MÃE: *Nem com medo?*
FILHA: *Não.*
MÃE (depois de uma pausa): *Tu também ouviste os choros e lamentos?*
FILHA: *Sei tudo o que aconteceu.*

MÃE: *Também que estávamos preparando o teu enterro?*
FILHA: *Sim.*
MÃE: *Por que não te levantaste? Por que não gritaste?*
FILHA: *Eu não conseguia me mover nem dizer nenhuma palavra.*

A mãe sacode a cabeça, imaginando se não foi tudo um sonho.

Do pátio da casa do chefe da sinagoga, um portão lateral leva à rua. Os parentes saem da casa por esse portão. A câmera está colocada na rua, de frente para essa saída. O chefe da sinagoga está junto ao portão, despedindo-se dos parentes. Eles vão para a direita enquanto a câmera, sobre um caminhão, move-se para a esquerda, passando por pessoas que andam pela rua e fazem compras. Entre as pessoas, vemos duas mocinhas na frente de uma loja. Dois soldados romanos tentam flertar com elas, mas as moças ficam bravas, o que os deixa constrangidos. A câmera vira uma esquina e para diante de um portão aberto que leva à casa de um homem rico, que é banqueiro e comerciante. Com a câmera, passamos pelo porteiro e entramos no pátio. À direita está o escritório particular do banqueiro e, ao lado, uma sala repleta de funcionários. A câmera se aproxima da sala do banqueiro.

NARRADOR: *Um homem rico que se dedicava a muitos negócios diferentes decide acertar contas com seus servos.*

Escritório particular do banqueiro. O banqueiro está sentado, com o administrador a seu lado. Ele é um homem culto, que parece humano e tolerante. O administrador também parece acessível. De pé diante do banqueiro está um homem aparentemente pobre, provavelmente um arrendatário.

ARRENDATÁRIO: *O senhor sabe que a colheita foi ruim.*
BANQUEIRO: *Sim, eu sei.*
ARRENDATÁRIO: *É a primeira vez que não consigo pagar.*
BANQUEIRO: *Sim, sei disso também. Bem, eu te darei mais três meses para pagar. Isso será suficiente?*
ARRENDATÁRIO: *Sim, obrigado, senhor.*

O administrador conduz o homem para a sala principal e, ao mesmo tempo, abre a porta para o próximo devedor que foi convocado.

NARRADOR: *E foi trazido a ele um homem que lhe devia 10 mil talentos.*

O empregado que entra tem um caráter duvidoso. Durante a conversa a seguir, o banqueiro examina os papéis.

BANQUEIRO: *Tu me deves uma quantia considerável, não?*
EMPREGADO: *Sim, senhor.*
BANQUEIRO: *Dez mil talentos?*
EMPREGADO: *Sim, senhor. Vê que...*
BANQUEIRO: *Eu vejo que tu não fazes nenhum dos pagamentos prometidos. (Pausa) Por quê?*
EMPREGADO: *Eu tive perdas.*
BANQUEIRO: *Perdas? Como?*
EMPREGADO (hesitante): *Eu especulei.*
BANQUEIRO: *Especulaste? Pelas minhas costas, com o meu dinheiro?*
   O dinheiro que eu te dei para melhores fins? Quanto perdeste?
EMPREGADO: *Até o último centavo.*

BANQUEIRO: *Mas tu deves ter algo de valor.*
EMPREGADO: *Nada.*
BANQUEIRO: *Tua casa?*
EMPREGADO: *Está hipotecada.*
BANQUEIRO: *As joias de tua mulher?*
EMPREGADO: *Vendidas.*

O banqueiro se levanta, tentando controlar a fúria e a indignação.

BANQUEIRO: *Sabe o que tu és? Um malandro e um canalha.*
EMPREGADO: *Agi com a melhor das intenções. Tem paciência comigo.*
BANQUEIRO: *Não.*
EMPREGADO: *Eu vou pagar. Darei ao senhor metade de tudo o que eu ganhar até ter pago tudo o que devo.*
BANQUEIRO: *Não, não. Não vou mais fazer negócios contigo.* (Para o administrador) *Leva este homem, sua mulher e seus filhos para serem vendidos como escravos.*
EMPREGADO: *O senhor não tem coração?*
BANQUEIRO: *Sim, eu tenho. Tu és um homem desonesto e inescrupuloso.*

O empregado implora com grande humildade.

EMPREGADO: *Tem piedade de mim. Se não por mim mesmo, ao menos por minha esposa e filhos.*

O administrador chama o banqueiro de lado e fala com ele em voz baixa, aparentemente dizendo algo em favor da mulher do empregado. O banqueiro, movido pela compaixão, vira-se de novo para o empregado e diz:

> Bem, por tua esposa e filhos, eu terei piedade de ti e perdoarei tua dívida.

O rosto do empregado ilumina-se de alegria. Ele expressa seu agradecimento e sai rapidamente do escritório. Seria de esperar que estivesse grato por ter sido poupado da escravidão. Mas não é bem assim. Do lado de fora, ele encontra outro servo, que lhe deve meros cem denários. O empregado o aborda, gritando:

EMPREGADO: *Onde estão aqueles cem denários que tu me deves?*
SERVO: *Sinto muito, eu não tenho o dinheiro.*
EMPREGADO: *Por que não? Já estás em dívida comigo há um mês.*
SERVO: *Minha esposa esteve doente.*
EMPREGADO: *E o que eu tenho com isso? Preciso do dinheiro agora.*

> O empregado o segura. O servo implora piedade.

SERVO: *Tem paciência comigo e eu pagarei tudo.*
EMPREGADO (com rispidez): *Não!*
SERVO: *Tem piedade de mim; se não por mim, pelo menos por minha mulher, que está doente.*
EMPREGADO (inflexível): *Eu disse não.*

> O empregado chama seus dois escravos, que o aguardavam, e lhes diz:

O manuscrito de um filme – **111**

Levai-o para a prisão até que tenha pago sua dívida comigo.

Os outros servos haviam se aglomerado em volta. Estão indignados com o empregado e sentem-se ofendidos por seu comportamento cruel. Levantam a voz e protestam com energia contra o que ele está fazendo.

Nesse momento, o banqueiro e seu administrador aparecem. Eles notam a confusão e perguntam a alguns escravos o que está acontecendo.

PRIMEIRO ESCRAVO: *É aquele empregado. Ele mandou José para a prisão.*
BANQUEIRO: *Por quê?*
SEGUNDO ESCRAVO: *José lhe deve cem denários.*
BANQUEIRO: *E por essa soma ele o está mandando para a prisão?*
PRIMEIRO ESCRAVO: *Ele mesmo que foi perdoado por muito mais!*

O banqueiro vira-se para o administrador.

BANQUEIRO: *Chama-o ao meu escritório.*

O banqueiro entra no escritório. Poucos momentos depois, o administrador aparece; atrás dele estão o empregado e vários escravos. O banqueiro agora está terrivelmente bravo e já tomou sua decisão. O empregado impiedoso merece castigo por aquela injustiça. Assim que ele entra na sala, o banqueiro lhe fala:

Tu és um homem mau e cruel. Eu perdoei toda a tua dívida. Não devias ter tido também compaixão de teu colega, como eu tive de ti?

E, voltando-se para o administrador, ordena:

Entrega-o aos carrascos.

Os escravos o seguram e o empregado é levado fortemente escoltado do pátio para a rua e de lá para a prisão.

A câmera, colocada em um caminhão na rua, está de frente para o portão da casa do banqueiro. Ela começa a seguir os movimentos do empregado, mas deixa-o quando ele e os guardas viram uma esquina. Movendo-se pela rua, a câmera encontra alguns fariseus e observamos como as pessoas levantam-se e fazem reverência a eles, exceto os artesãos, que têm permissão para continuar sentados. A câmera para diante de uma taberna e entramos nela. Há quatro ou cinco moças, prostitutas, sentadas pelo recinto, bebendo com algumas companhias. Suas pálpebras estão pintadas de preto, as mãos carregadas de joias e as unhas coloridas com hena. Têm o cabelo untado com óleo. Uma das moças tem até adornos de ouro nas narinas. As moças e seus amigos são alegres e barulhentos; alguns estão extremamente bêbados. Uma das garotas, porém, não participa da festa. Seu nome é Rute e ela permanece sentada, fitando a distância com olhar perdido. Um dos rapazes tenta provocá-la, mas é repelido, e outro recebe o mesmo tratamento. Uma das moças faz sinal aos rapazes para deixarem Rute em paz. Quando os fariseus passam pela porta, essa moça lembra uma história que ouviu recentemente e começa a contá-la.

PRIMEIRA MOÇA: *Uma garota, vós sabeis... uma garota como nós estava apaixonada por um jovem estudante que ia se tornar escriba. Mas ele não gostava dela.*
SEGUNDA MOÇA: *Por quê?*
PRIMEIRA MOÇA: *Dizia que ela era "impura". Ela ficou magoada e decidiu vingar-se dele. Podeis imaginar o que ela fez?*
AS OUTRAS: *Não, não! O que ela fez? Conta!*
PRIMEIRA MOÇA: *Ela roubou seus pergaminhos de oração, foi até a sinagoga e mostrou-os para os anciãos, dizendo: "Olhai, por falta de dinheiro, ele me deu isto."*
AS OUTRAS: *E o que aconteceu?*
PRIMEIRA MOÇA: *Ele negou, mas os anciãos não acreditaram.*
TERCEIRA MOÇA: *E aí?*
PRIMEIRA MOÇA: *Ele subiu no telhado e pulou.*
AS OUTRAS: *E morreu?*
PRIMEIRA MOÇA: *Morreu.*
SEGUNDA MOÇA: *Pobrezinho.*
PRIMEIRA MOÇA: *Pobrezinho? Não sei, não. Os escribas e os fariseus também são sempre muito duros conosco, não são?*

Aprovação geral.

Absorta em seus próprios pensamentos, Rute não ouviu nada daquilo. Ela está cansada daquela vida entre bebidas e pecados. Gostaria de começar uma vida nova e melhor, mas não sabe como. Está solitária e infeliz, ansiando por algum apoio confiável no qual possa se segurar. Há lágrimas em seus olhos. De repente, ela levanta e sai do recinto. As outras moças a acompanham com o olhar, sacudindo a cabeça. Sabem por experiência própria como a colega se sente. Para romper o silêncio, outra moça começa a contar uma história.

Na praça perto da prisão, Jesus fala para a multidão. Os fariseus que vimos na rua estão presentes. Eles não perdem nenhuma oportunidade de examinar Jesus e ouvir suas pregações. Também reconhecemos os jovens revolucionários que estiveram nas primeiras reuniões.

JESUS: *Dai e vos será dado, pois a mesma medida que repartirem será medida de volta para vós. Pedi e vos será dado. Procurai e encontrareis. Batei e a porta vos será aberta. Pois todos os que pedem recebem. E o que procura acha. E àquele que bate a porta será aberta.*

Enquanto Jesus fala, a moça chamada Rute caminhou até a praça. Ela escuta as palavras de Jesus e sente reviver seu espírito. Dois homens idosos tentam impedi-la de prosseguir. Um deles diz:

Isso não é para mulheres como tu.

Determinada, Rute avança pelo meio da multidão até encontrar um lugar de onde possa ver e ouvir claramente o pregador.

JESUS: *E eu vos contarei esta parábola: um homem tinha uma figueira plantada em sua vinha. Veio a ela procurar frutos, mas não encontrou nenhum. Então disse ao vinhateiro: há três anos eu venho procurando frutos nessa figueira e não encontro. Corta-a. Por que deixá-la ocupando a terra? E ele respondeu, dizendo: Senhor, deixa-a aí mais este ano, para que eu possa cavar em volta dela e colocar adubo; se ela der frutos, muito bem; se não der, depois disso pode cortá-la.*

Os fariseus entreolham-se e balançam a cabeça. Jesus espantou-os uma vez mais. Um deles, chamado Simão, fala:

> *É hora do almoço. Vou convidar Jesus a vir comer o pão conosco.*

A sugestão tem aprovação geral, o que é mais uma prova dos bons sentimentos existentes entre Jesus e os fariseus.

Enquanto os outros fariseus vão na frente, Simão atravessa a multidão até Jesus, a quem diz:

> *Mestre, preparei um almoço para alguns amigos e gostaríamos que viesse fazer a refeição conosco.*

Jesus aceita o convite, despede-se de seus discípulos e vai para a casa de Simão, o fariseu.

Rute permanecia nas proximidades. Uma grande mudança acontecera nela. Ainda tem a sensação de um peso enorme sobre si, mas as palavras de Jesus lhe deram nova esperança e confiança. Se ao menos pudesse receber o perdão dele. Mas como faria para se aproximar? Na esperança de que talvez surja alguma oportunidade, ela segue Jesus e Simão, o fariseu, a uma distância considerável.

Por alguns momentos, acompanhamos o grupo de revolucionários que sai da assembleia. Pelo risco de haver espiões, eles escolhem as palavras com cuidado. Mas é fácil perceber que estão muito impressionados com as palavras de Jesus.

PRIMEIRO REVOLUCIONÁRIO: *Ele tem cada vez mais seguidores.*

SEGUNDO REVOLUCIONÁRIO: *E faz as pessoas ouvirem.*
TERCEIRO REVOLUCIONÁRIO: *E as inspira.*
QUARTO REVOLUCIONÁRIO: *Sim, palavras, palavras. Mas nós precisamos é de ação.*
SEGUNDO REVOLUCIONÁRIO: *E depressa.*

Eles decidem convocar uma reunião dos revolucionários para aquela mesma tarde.

Casa luxuosa de Simão, o fariseu. Os fariseus acabam de chegar da assembleia. Escravos e servos os atendem. Tiram-lhes as sandálias, lavam-lhes os pés e ungem-lhes a cabeça. Enquanto isso, eles discutem animadamente a pregação de Jesus.

Sala de refeições. Rute passou sem ser percebida por entre a profusão de servos e entrou na sala. Os fariseus ficam perturbados ao ver aquela mulher de má reputação, pois, além de ser impróprio que uma mulher se aproxime de homens à mesa, é inusitado que uma moça daquelas entre na casa de um fariseu.

Ela chega perto de Jesus. A princípio, intimida-se com os olhares desaprovadores dos fariseus. Mas seus olhos encontram os de Jesus e ela se tranquiliza. Por um momento, não lhe vêm as palavras. Ela começa a chorar e as lágrimas quentes descem por seu rosto. Sente-se deprimida e impura na presença de Jesus. Por fim, duas palavras lhe saem dos lábios.

RUTE: *Perdoa-me.*

Ela cai aos pés de Jesus, molhando-os com suas lágrimas e beijando-os fervorosamente. Procura um pano com o qual possa secar-lhe os pés, mas, como não encontra nada apropriado, junta os cabelos revoltos nas mãos e enxuga com eles as lágrimas. De um bolso em sua túnica, tira uma caixinha de alabastro com óleo e unge os pés de Jesus. Nenhuma palavra é dita durante essa cena. Os fariseus são testemunhas boquiabertas, mas silenciosas.

Simão não diz nada, mas, internamente, está certo de que Jesus não pode ser um profeta, porque, se o fosse, saberia quem e que tipo de mulher era aquela. Jesus lê seus pensamentos.

JESUS (gentil): *Simão, tenho algo para te dizer.*
SIMÃO: *Diz, Mestre.*
JESUS: *Havia um credor que tinha dois devedores. Um devia quinhentos denários e o outro, cinquenta. E, como não tinham com que pagar, ele perdoou a ambos. Diga-me, pois, qual dos dois o amará mais?*

Simão compreende a intenção da pergunta, mas não tem escolha. Precisa dar a resposta que Jesus espera.

SIMÃO: *Imagino que aquele a quem ele mais perdoou.*
JESUS: *Julgaste bem.*

Jesus volta-se para a moça, faz-lhe sinal para que se levante e diz a Simão:

> *Esta mulher viu que entrei em tua casa. Tu não me deste água para os pés, mas ela lavou-me os pés com lágrimas e secou-os com os cabelos. Tu não me deste um beijo, mas esta mulher não parou de beijar meus pés. Em*

> *minha cabeça tu não derramaste óleo, mas esta mulher ungiu meus pés com óleo perfumado. Por isso, eu te digo: os pecados dela, que são muitos, estão perdoados porque ela ama muito, mas aquele a quem pouco é perdoado, este ama pouco.*

E Jesus diz à moça:

> *Teus pecados estão perdoados.*

Rute tenta murmurar alguma palavra de agradecimento, mas seus lábios estão trêmulos e lágrimas de alegria correm-lhe pelo rosto. Jesus continua:

> *Tua fé te salvou. Vai em paz.*

Com um sorriso angelical para Jesus, a moça vira-se e deixa a sala.

Os fariseus balançam a cabeça. Uma vez mais, Jesus perdoou pecados. Quem ele pensa que é? É evidente que uma lacuna está se abrindo entre Jesus e os fariseus.

Vemos de relance a moça caminhando na rua. Sua postura e movimentos confiantes demonstram o respeito próprio que recuperou.

A reunião secreta dos revolucionários acontece em um moinho de milho abandonado. As paredes estão revestidas de pó de milho branco, que também cobre o chão. Os velhos moinhos manuais não são usados há muito tempo.

PRIMEIRO REVOLUCIONÁRIO: *Eu acredito nele. Acredito que ele é o Messias que estamos esperando.*
SEGUNDO REVOLUCIONÁRIO: *Eu também.*
TERCEIRO REVOLUCIONÁRIO: *Se ao menos conseguíssemos que ele se proclamasse nosso líder.*
QUARTO REVOLUCIONÁRIO: *Mas ele é um líder?*
QUINTO REVOLUCIONÁRIO: *Acho que não. O plano dele não é como o nosso.*
SEXTO REVOLUCIONÁRIO: *Ele* tem *um plano?*
SÉTIMO REVOLUCIONÁRIO: *Ele não tem* nenhum *plano.*
PRIMEIRO REVOLUCIONÁRIO: *E os milagres?*
TERCEIRO REVOLUCIONÁRIO: *Hoje ele ressuscitou uma pessoa.*
SEGUNDO REVOLUCIONÁRIO: *Eu acredito que ele seja o Filho de Deus.*

Rute decidiu voltar para a casa de seus pais, que moram no sítio da família a alguma distância da cidade. Ela chega ao sítio no fim da tarde. Sua mãe está sozinha em casa e fica atônita ao ver a filha que julgava perdida para sempre. Seus olhares se encontram, mas elas não falam nada. Então a moça vai até um canto da sala. Sem dizer uma palavra, desfaz-se de todas as suas joias: gargantilhas, braceletes, tornozeleiras e anéis. A mãe, que não tira os olhos da filha, finalmente rompe o silêncio.

MÃE: *Tu voltaste.*
RUTE: *Sim, mãe.*
MÃE: *Para ficares aqui conosco?*
RUTE: *Sim, mãe.*

Nesse momento, a irmã de Rute vem chegando à casa. A mãe a chama com alegria.

MÃE: *Tua irmã está aqui!*
IRMÃ: *Rute?*
MÃE: *Quem mais?*

A irmã se aproxima de Rute, que não deixa que ela a beije.

RUTE: *Tu me ajudas a tomar um banho?*
IRMÃ: *Claro que sim.*

A mãe, extremamente feliz, move a cabeça em um gesto de aprovação.

MÃE: *Tu sabes que é sábado?*
RUTE: *Sim, mãe.*
MÃE: *Vou dar a notícia a teu pai.*

Ela sai da casa.

As duas irmãs entram em um pequeno anexo externo à casa. Aqui há um tanque que, quando cheio de água, é usado pelas mulheres para o banho ritual, que é tomado depois da menstruação ou quando, por alguma outra razão, elas se tornaram "impuras". As duas irmãs começam a encher o tanque com água.

A mãe encontra o pai no campo e conta a novidade. Ele fica tão feliz quanto a esposa, que volta depressa para casa a fim de preparar a refeição do sábado.

Cenas do banho são intercaladas com as da mãe preparando a refeição. O pai volta do campo. Ele saúda a filha e lhe dá as boas-vindas. É tudo muito simples e sem sentimentalismo, de acordo com os costumes orientais. Depois, reúnem-se em torno da mesa e esperam pelo pôr do sol. A mãe, agradecendo a Deus, acende a vela. O pai recita o Provérbio de Salomão, a homenagem à boa esposa:

> *Alegra-se com a esposa de tua juventude. Seja ela gazela amorosa, corça graciosa; que os seios dela sempre o fartem de prazer, e sempre o arrebatem os carinhos dela.*

Eles pedem que Rute diga a bênção. Depois que o pai parte o pão, sentam-se à mesa e começam a comer.

A cena dissolve-se suavemente para o interior da sinagoga. Ouvimos vozes. A câmera aproxima-se de Jesus, que está sentado na cadeira do pregador. À sua direita estão seus discípulos; à esquerda, os fariseus e alguns escribas. A sinagoga está cheia de gente. Na multidão, percebemos os revolucionários.

Jesus acaba de começar uma discussão com os fariseus. Tantos falsos Messias haviam aparecido em anos recentes que os fariseus têm boas razões para questionar a missão divina dele. Por isso, eles interrogam Jesus.

SEGUNDO FARISEU: *Que sinal podes nos mostrar para que possamos ver e acreditar em ti?*
QUARTO FARISEU: *Nossos antepassados realmente comeram maná no deserto, como está escrito.*
SEGUNDO FARISEU: *Moisés lhes deu o pão do céu para comer.*
TERCEIRO FARISEU: *E tu, o que podes fazer?*

Jesus sorri enquanto ouve os fariseus. Ele balança a cabeça, com indulgência.

JESUS: *Moisés não vos deu aquele pão do Céu. Meu Pai vos dá o verdadeiro pão do Céu.*

Os fariseus se entreolham. Em seu entendimento, as palavras de Jesus não passam de mais um paradoxo.

Jesus percebe que os fariseus não entenderam o que ele disse.

JESUS: *O verdadeiro pão de Deus é aquele que desce do Céu e dá vida ao mundo.*

Um dos fariseus, entrando no espírito do que Jesus está dizendo, faz um pedido.

QUINTO FARISEU: *Então dá-nos esse pão verdadeiro.*

Jesus responde, mas dessa vez dirige-se a toda a congregação, não só aos fariseus.

JESUS: *Eu sou o pão da vida. Aquele que vem a mim nunca mais terá fome; e o que acredita em mim nunca terá sede. Pois eu desci do Céu não para fazer a minha vontade, mas a vontade d'Ele, que me enviou. E esta é a vontade de meu Pai, que me enviou: que todo aquele que vir o Filho e acreditar nele tenha a vida eterna, e eu o ressuscitarei no último dia.*

As pessoas ouvem com atenção, mas os fariseus cochicham entre si. A câmera aproxima-se dos fariseus, e um deles fala um pouco mais alto que os demais.

TERCEIRO FARISEU: *Como ele pode dizer que desceu do Céu?*

Jesus volta-se para os fariseus.

JESUS: *Não murmurai entre vós.*

Novamente, Jesus se dirige à congregação.

JESUS: *Eu vos digo: aquele que acredita em mim tem a vida eterna. Eu sou o pão da vida.*

As pessoas estão prontas para acreditar em Jesus, mas a expressão dos fariseus mostra que eles não estão convencidos. Um deles (Sexto Fariseu), que até agora manteve-se quieto, rompe o silêncio. Homem velho, apoiado em muletas, ele tem uma longa barba branca, cabelos brancos e rosto afilado. Seus olhos fundos fixam-se fanaticamente em Jesus enquanto ele grita:

Como queres entender as letras sem teres estudado?

Os outros fariseus pedem que ele fique quieto. Eles não querem que a discussão baixe ao nível de meros ataques pessoais. Jesus responde com calma e autocontrole, respeitando a extrema idade do homem.

Minha doutrina não é minha, mas d'Ele que me enviou.

O velho fanático teria respondido de novo, mas os outros fariseus o convencem a ficar em silêncio.

JESUS: *Vou fazer uma pergunta a vós: é lícito no sábado fazer o bem ou fazer o mal? Salvar a vida ou destruí-la?*

Uma vez mais, Jesus fazia uma pergunta sutil aos fariseus, para a qual eles não têm uma resposta imediata, pois, se responderem de acordo com a letra da Lei, as pessoas os acusarão de impiedosos. Por isso, mantêm-se em silêncio e não dizem nada.

Jesus fala novamente. Ele se dirige aos fariseus.

JESUS: *Qual de vós, em um sábado, não irá tirar vossa ovelha caída em um poço? Quanto um homem é melhor que uma ovelha? Portanto, é lícito fazer o bem no sábado.*

Os fariseus recuam e Jesus não tem chance de responder, porque um sacerdote já subiu à plataforma pronunciando a bênção de Aarão.

Depois da bênção, as pessoas saem da sinagoga. Elas comentam sobre Jesus. Algumas dizem que ele é um homem bom, enquanto outras acham que os fariseus estão certos em questioná-lo. Os fariseus reúnem-se em um canto para discutir o que deve ser feito em relação a Jesus.

QUINTO FARISEU: *Vamos conversar sobre esse assunto. As coisas não podem continuar como estão.*

OS OUTROS: *Ele usa a Lei para destruir a Lei e usa os Profetas para destruir as tradições.*

QUINTO FARISEU: *Toleramos pacientemente as suas extravagâncias, mas agora ele está indo longe demais.*

SEXTO FARISEU: *Deixem que ele fale.*

QUINTO FARISEU: *Não, não deixaremos que ele fale. Agora nós iremos falar.*

SEGUNDO FARISEU: *Tu estás certo. As pregações dele são um insulto a nossa Lei e a nossas tradições.*

PRIMEIRO FARISEU: *E um perigo para a nossa fé.*

QUINTO FARISEU: *Se sua doutrina ganhar terreno entre a população, tudo o que construímos ruirá.*

QUARTO FARISEU: *Mais do que isso. Precisamos mantê-lo a distância e alertar as pessoas contra ele. Vamos sair e ver o que ele está fazendo. Vinde.*

Eles saem da sinagoga.

Muita gente se aglomerou nos degraus da sinagoga e na praça em frente. Alguns vieram trazendo doentes. Jesus caminha entre eles, confortando-os. Quando os fariseus saem da sinagoga, veem Jesus falando com um homem que é surdo e mudo há anos. Os fariseus se aproximam.

A esposa do homem doente explica a Jesus por que seu marido veio até ali.

ESPOSA: *Ele é surdo e tem dificuldade na fala. Se o senhor tocá-lo, ele ficará curado.*

O homem doente gagueja alguns sons ininteligíveis, mas seus olhos suplicam com uma eloquência que ele é incapaz de articular.

A esposa demonstra como ele é surdo batendo dois pedaços de madeira e produzindo um som como o de um tiro. O homem não se move.

Jesus afasta o homem doente da multidão, principalmente da influência hostil dos fariseus. Apenas a esposa tem permissão para seguir o marido e Jesus, que conduz o doente a um lugar onde não serão perturbados. Aqui, Jesus o faz sentar. Seus olhos fitam os olhos do doente. Ele põe os dedos nas orelhas do homem e toca-lhe a língua. E, voltando-se para o Céu, diz:

Ephphatha. (A palavra em aramaico para "Abre.")

Os olhos do homem doente não haviam se afastado um instante do rosto de Jesus. De repente, uma mudança é percebida. O rosto dele fica terrivelmente pálido. Uma vertigem o faz desequilibrar-se e sua esposa tem de ajudá-lo. Após alguns segundos, ele é tomado por convulsões violentas, que obrigam a esposa a usar toda a força para impedi-lo de cair. O homem os faz entender que está sofrendo dores terríveis na cabeça, em especial nos ouvidos. Ele vira a cabeça de um lado para o outro, tão rapidamente que não é possível distinguir os traços distorcidos de seu rosto. A esposa quer levá-lo embora, mas ele lhe faz um sinal para esperar. De súbito, as convulsões cessam. Por alguns momentos, ele apenas fica ali sentado com uma expressão abatida. Então, levanta a cabeça e olha em volta, como se escutasse alguma música distante. A esposa o observa assombrada.

ESPOSA: *Tu estás ouvindo agora?*

O homem apenas faz um sinal afirmativo com a cabeça, como se não quisesse ser perturbado.

ESPOSA: *Podes falar também?*

Ele não responde de imediato. Olha para Jesus, sorrindo com gratidão, depois segura a barra do manto de Jesus e a beija. Só então vira-se para a mulher e responde à pergunta.

HOMEM: *Estou curado.*

Ele levanta e volta para a praça diante da sinagoga, onde é cercado pelas pessoas, que lhe fazem todo tipo de pergunta.
Quando Jesus retorna, a multidão se aglomera em torno dele, tomada de espanto. Jesus se vira para os fariseus e fala com uma força e energia similares às dos antigos Profetas.

JESUS: *Mas eu vos digo que toda palavra ociosa que disserdes, dela terão de prestar contas no dia do Juízo, porque aquele que não está comigo está contra mim, e quem não ajunta comigo dispersa.*

Sem dúvida a vitória foi de Jesus. A multidão está com ele. Quando o fariseu fanático (Sexto Fariseu) fala novamente, isso só serve para enfraquecer ainda mais a sua posição.

SEXTO FARISEU: *Tu ousas ensinar a nós que lemos os livros divinos todos os dias! Devias parar com esses atos abomi-*

náveis e não enganar mais as pessoas com teus discursos temerários.

Os outros fariseus fazem o que podem para contê-lo, mas ele resiste até terminar o que queria dizer. Então vai embora da praça – e o som de suas muletas nas pedras do pavimento ecoa no ar por algum tempo.

Os fariseus, ainda que tenham sofrido um revés, não estão dispostos a se render. Um deles avança.

SEGUNDO FARISEU: *Uma vez mais nós te pedimos que nos dês um sinal para que possamos ver e acreditar.*
JESUS: *Eu vos digo: nenhum sinal será dado a esta geração.*

Ele tenta sair por entre a multidão, mas as pessoas seguram-se a ele e não o deixam passar. Mas Jesus ainda tem uma palavra final para os fariseus. Erguendo a mão, diz em voz alta e sonora:

> *Atentai às palavras do Profeta Isaías: Eis o meu servo, a quem escolhi.*

Ele vai embora com seus discípulos.

A multidão, impressionada pela força e intensidade de Jesus, não se dispersa e continua comentando e debatendo as suas palavras e a cura miraculosa do surdo-mudo. A disputa com os fariseus também é comentada. Alguns ficam do lado de Jesus, outros do lado dos fariseus.

Entre aqueles que estão do lado de Jesus, vemos um grupo de revolucionários, que murmuram entre si.

SEGUNDO REVOLUCIONÁRIO: *Estais vendo, ele tem um grande poder sobre o povo.*
QUARTO REVOLUCIONÁRIO: *Sim, ele parecia outro homem hoje.*
PRIMEIRO REVOLUCIONÁRIO: *Foi o que eu disse. Ele é um líder nato.*
TERCEIRO REVOLUCIONÁRIO: *Um homem de ação.*
QUINTO REVOLUCIONÁRIO: *Se ao menos pudéssemos trazê-lo para o nosso lado.*
SEGUNDO REVOLUCIONÁRIO: *Se? Nós vamos fazer isso.*
QUARTO REVOLUCIONÁRIO: *E se ele se recusar?*
PRIMEIRO REVOLUCIONÁRIO: *Nós o convenceremos. Venham.*
QUINTO REVOLUCIONÁRIO: *Agora? De imediato?*
SEGUNDO REVOLUCIONÁRIO: *Por que não?*

Para não chamar a atenção, eles se separam e caminham sem pressa na mesma direção que Jesus seguiu.

Jesus e seus doze discípulos chegam à casa de Pedro, que tranca a porta. Dentro, há outros seguidores que se consideravam discípulos, embora não pertencessem ao círculo mais íntimo. Estão agitados por causa da pregação de Jesus e murmuram entre si.

PRIMEIRO SEGUIDOR: *Foram palavras duras.*
SEGUNDO SEGUIDOR: *Quem poderia ouvir aquilo sem se sentir ofendido?*

Quando Jesus percebe o que estão comentando, dirige-se a eles.

JESUS: *Minhas palavras vos ofenderam?*
TERCEIRO SEGUIDOR: *Ofenderam os fariseus.*
JESUS: *Mas vos ofenderam?*

    Eles não respondem. Jesus continua.

    E se virdes o Filho do Homem subir para onde estava antes?

Uma vez mais, eles não respondem, mas as palavras de Jesus lhes parecem blasfemas.

JESUS: *As palavras que eu vos digo são o espírito e a vida. Mas há alguns de vós que não creem. Por que não tendes fé?*

    Jesus desvia o rosto. Aqueles a quem ele falou sentem-se ofendidos pela repreensão e, com a testa franzida, começam a sair da sala, alguns deles sacudindo a cabeça.
    Jesus percebe que está diante de uma crise. Ele quer saber como se sentem os que lhe são mais próximos e, por isso, decide pôr "os doze" à prova e deixá-los fazer sua escolha. Eles têm fé ou também estão começando a hesitar?
    Ele lhes diz:

    Vós também ides sair?

Pedro olha em volta, estudando o rosto dos outros discípulos. Então, responde:

> *Mestre, a quem iremos? Acreditamos que tu tens as palavras da vida eterna.*

Uma vez mais, Pedro olha em torno para ver a reação dos outros. Todos concordam com a cabeça. Apenas Judas hesita em dar sua aprovação.

Fora da casa, há uma multidão de pessoas comuns que acreditam em Jesus. No centro está o grupo de revolucionários. Eles começam a gritar, insistindo para que Jesus apareça. Jesus, sentado, faz um sinal a Pedro para que vá falar com eles.
Enquanto Pedro está fora da casa, os outros discípulos, curiosos para saber o que está acontecendo, aproximam-se da porta semiaberta. Pedro volta e, depois de trancar a porta cuidadosamente, diz a Jesus:

> *Eles querem ter-te como líder.*

Os outros discípulos olham para Jesus, ansiosos. Pela cabeça de todos eles já havia passado, em alguma medida, a ideia de um reino terrestre em que eles viessem a ocupar posições de destaque.
Jesus não responde, e Pedro continua:

> *Eles acreditam que Deus te enviou para libertar Israel dos romanos.*

Jesus parece perturbado. Ele percebe que sua missão está sendo um fracasso. Ninguém, nem mesmo seus discípulos, entende seus ensinamentos: que o Reino de Deus é um reino espiritual. Também percebe o perigo em que estará se sua atividade como mestre religioso e pregador for associada a algum partido político reconhecidamente hostil aos romanos.

Com expressão de triste resignação, Jesus examina os rostos à sua volta. Então Pedro fala, desta vez com um sorriso:

> *Eles dizem que, se tu não aceitares o pedido, vão entrar e levar-te-ão à força para coroar-te rei.*

A palavra "rei" faz Jesus deixar de lado os muitos pensamentos que vinham passando por sua mente e concentrar-se na necessidade do momento. Ele se levanta e fala com autoridade.

JESUS: *Vamos até um lugar tranquilo onde possamos ficar em paz.*
PEDRO: *Onde?*
JESUS: *A outra margem do lago.*

Os discípulos olham para ele intrigados. Não compreendem suas razões para recusar a proposta e seguem-no com relutância. Eles deixam a casa sem serem notados, vão até a praia, entram em um barco e partem para a outra margem.

Lado de fora da casa de Pedro. Uma patrulha romana, em sua ronda, desconfia de que a multidão esteja fazendo uma reunião política, e o sargento ordena que seus soldados fiquem ali de guarda. Ao ver os soldados romanos, os revolucionários tratam de ir saindo do local e logo as outras pessoas também se dispersam.

Alguns revolucionários e uma parte da multidão, procurando por Jesus e pelos discípulos, vão até a margem e veem o barco a

O manuscrito de um filme – 133

alguma distância. Muitos correm pela praia seguindo o barco, mas não são vistos pelos homens a bordo quando a embarcação some de vista em determinado ponto. Os revolucionários continuam a avançar pela margem do lago.

Quando o barco contorna aquele ponto, Jesus orienta os discípulos a entrar na baía rumo à margem. Ainda estão a alguma distância da margem quando percebem a multidão que vem correndo da cidade. O barco se aproxima e as pessoas se põem a gritar.

VOZES: *Não vás embora ainda! Não nos deixes! Viemos até aqui para ver-te!*

Jesus toma-se de compaixão pelas pessoas e diz aos discípulos:

São como ovelhas sem pastor.

Dirigindo-se à multidão na praia, ele grita:

O que posso fazer por vós?

Da praia, ouve-se uma voz entre a multidão.

Viemos consultar-te sobre um assunto.

Jesus diz para Pedro levar o barco até a praia. Logo estão a pouca distância da margem e um dos discípulos lança a âncora. O barco tem o costado voltado para a terra. Jesus posta-se na popa da embarcação, de onde pode ser visto e ouvido.

As pessoas na margem sentam-se na grama ou em blocos de pedra. Um jovem revolucionário fica em pé em cima de uma das pedras.

PRIMEIRO REVOLUCIONÁRIO: *Jesus, nós acreditamos em ti. Tuas palavras são divinas e tu tens feito milagres extraordinários. Estás agindo pela palavra e pela autoridade e por intermédio de algum poder invisível. Acreditamos que foste enviado por Deus para realizar muitas coisas. Queremos que sejas nosso líder, que uses teu poder para nos libertar das mãos dos romanos e, depois, que te tornes nosso rei, o Rei dos Judeus.*

VOZES: *Sim, serás rei, o nosso rei.*

Jesus não responde. Todos os discípulos olham para ele, em expectativa.

SEGUNDO REVOLUCIONÁRIO: *Tu és o Messias? Se és, dize-nos claramente.*

Jesus não responde.

TERCEIRO REVOLUCIONÁRIO: *És o rei que estamos esperando?*

Por fim, Jesus decide falar.

JESUS: *Eu vim estabelecer o Reino de Deus na terra.*
PRIMEIRA VOZ: *Disseste que o Reino de Deus está próximo. Por que, então, escondes-te aqui na Galileia?*

TERCEIRA VOZ: *Por que não vais para Jerusalém?*
SEGUNDA VOZ: *Por que te manténs em segredo?*
PRIMEIRA VOZ: *Sim, por quê? Mostra-te para o mundo.*
JESUS: *Minha hora ainda não chegou.*
QUARTA VOZ: *Por quanto tempo ainda nos deixarás em dúvida?*

Esses comentários curtos seguem-se em rápida sucessão. Há, então, um breve silêncio.

QUARTO REVOLUCIONÁRIO: *Quando virá o Reino de Deus?*
JESUS: *A vinda do Reino de Deus não é observável. O Reino de Deus está no meio de vós.*
QUINTO REVOLUCIONÁRIO: *Tu vais nos libertar?*
JESUS: *Se permanecerdes em minha palavra, conhecereis a verdade, e a verdade vos libertará.*
SEXTO REVOLUCIONÁRIO: *Não compreendemos o que queres dizer.*

Quanto mais Jesus fala, mais confusas as pessoas ficam.

JESUS: *Ouvistes o que foi dito, que deveis amar vosso próximo e odiar vosso inimigo. Mas eu vos digo: amai vossos inimigos, bendizei os que vos amaldiçoam, fazei o bem aos que vos odeiam e orai pelos que vos usam de modo desprezível e vos perseguem.*

Algumas pessoas na multidão riem com desdém.

QUINTA VOZ (irônica): *Devemos amar também os romanos?*

Jesus não responde à ironia.

JESUS: *Ouvistes o que foi dito: olho por olho, dente por dente. Mas eu vos digo: não resistais ao homem mau. E se alguém vos obrigar a andar uma milha, caminhai duas com ele.*
SEXTA VOZ: *Também se ele for um romano?*

Jesus prossegue com a mesma calma.

JESUS: *E a quem quer que vos fira na face direita, oferecei também a esquerda.*

Muitos começam a ir embora, porque aquelas palavras desfizeram suas esperanças de um líder para libertar Israel. Aos que permanecem, Jesus diz:

> *Como querem que os outros façam a vós, assim fazei também a eles. Pois esta é a Lei e os Profetas.*

Jesus faz sinal aos discípulos para levantar a âncora. Da praia, vem um último grito.

SEGUNDO REVOLUCIONÁRIO: *És tu aquele que deveria vir, o prometido, ou temos de procurar outro?*

Não há resposta dos que estão no barco. Os discípulos entregam-se à sua tarefa e, com remadas vigorosas, fazem o barco afastar-se da margem.

QUARTO REVOLUCIONÁRIO (para o Segundo Revolucionário): *Nosso líder perdido.*

A multidão que havia chegado com grandes expectativas está profundamente decepcionada. Em triste silêncio, as pessoas olham na direção do barco. Então, com muitos resmungos, retornam à cidade.

Mas o desapontamento não é menor entre os discípulos, que sentem que a popularidade de Jesus recebeu um sério golpe. A partida deles lhes parece mais uma fuga. Os dias felizes na Galileia, quando Jesus era recebido com amor e confiança por todos os lados, chegaram ao fim, e um tempo de dúvidas e ansiedade aguarda o Profeta e seus discípulos.

Deixamos o barco com os discípulos abatidos e a câmera gira para outro barco com dois pescadores em pé, remando ao ritmo de seu canto. Um deles conduz a melodia. Depois de alguns compassos, ele para e o outro entra com o refrão.

A cena de Jesus e os discípulos se afastando dissolve-se suavemente em um close da lamparina do sábado na sinagoga de Nazaré. Vemos a lamparina sendo acesa.

[MUDANÇA DE CENA]

NARRADOR: *E Jesus foi para sua própria terra, e chegou a Nazaré, onde havia crescido. Como era seu costume, dirigiu-se à sinagoga no sábado.*

A cena com a lamparina do sábado dissolve-se suavemente em uma cena na frente da sinagoga. As pessoas estão à espera de Jesus.

Vemos pais com seus filhos pequenos. Um menino de doze anos fala com um grupo de velhos de barbas longas. Estes o escutam com atenção, respondendo às suas perguntas e corrigindo-o quando ele erra.

Quando Jesus e os discípulos chegam, ele vê entre as pessoas uma mulher encurvada. Ela está sendo conduzida à sinagoga pela filha. Sofre há dezoito anos dessa enfermidade incapacitante. Jesus apieda-se dela. Aproxima-se da mulher e fala-lhe em um tom encorajador:

Mulher, estás livre de tua enfermidade.

A mulher não entende de imediato o que ele quer dizer. Jesus repete:

Estás livre de tua doença.

Dizendo isso, ele lhe impõe as mãos e coisas maravilhosas começam a acontecer. A mulher recupera a força e, ao mesmo tempo, o pleno controle dos membros. Para sua surpresa e de todos os que estavam ao redor, ela consegue se endireitar. Está radiante de alegria, emudecida pelas lágrimas e pela emoção.

A mulher quer agradecer a Jesus, mas não tem oportunidade, porque o chefe da sinagoga, que acaba de sair do santuário e presenciou a cura, fala em um tom amistoso de suave repreensão:

Há seis dias de trabalho: vinde, portanto, nesses dias para serem curados, mas não no dia de sábado.

A mulher olha para Jesus em busca de ajuda. Ele sorri para tranquilizá-la e responde ao chefe.

JESUS: *Não deveria esta mulher que Satanás prendeu há dezoito anos ser libertada dessa prisão?*

CHEFE: *Sim, mas não no sábado. Sua enfermidade poderia aguentar mais um dia.*

JESUS (depois de uma pausa): *Vós sois hipócritas.*

O chefe é um homem calmo, que fala com tranquilidade, consciente de ter a Lei ao seu lado. Mas a voz de Jesus tem um tom áspero que não havíamos ouvido antes.

A pobre mulher que foi curada não sabe o que dizer.

Algumas das pessoas concordam com o chefe da sinagoga, que eles sabem ser um homem bom e devoto; outros estão impressionados com a cura miraculosa da mulher.

Jesus, depois de suas últimas palavras para o chefe, vira-se e entra na sinagoga. Os discípulos o seguem. Essa cena dissolve-se em um close da mesa com os pergaminhos. Vemos as mãos do supervisor afastarem a cortina e pegarem um dos rolos inscritos. É o do Profeta Isaías. Enquanto os pergaminhos da Lei eram guarnecidos de bastões de madeira em ambas as extremidades, os pergaminhos dos Profetas tinham um bastão em apenas uma das pontas, de modo que o leitor tinha de enrolá-los de volta até o começo depois da leitura.

A cena dissolve-se suavemente para o interior da sinagoga. No início, veem-se apenas a plataforma com o púlpito e a poltrona do pregador. Jesus recebe do supervisor o pergaminho de Isaías. Ele o abre, desenrola até o capítulo 61 e lê o versículo 1.

JESUS: *O Espírito do Senhor Deus está sobre mim; porque o Senhor me ungiu para pregar a boa-nova aos humildes; enviou-me*

> *para curar os quebrantados de coração, para proclamar a liberdade aos cativos e a abertura da prisão aos que estão presos.*

Ele deixa o rolo e se senta. Os olhos de todos na sinagoga estão fixos nele. Há uma atmosfera de expectativa na sala. Então, Jesus fala com objetividade:

> *Hoje se cumpriu aos vossos ouvidos essa passagem da escritura.*

Enquanto as pessoas se espantam com aquelas palavras, os fariseus se entreolham e balançam a cabeça. Jesus olha para eles, depois abre o rolo de Isaías outra vez e lê:

> *Cegou-lhes os olhos e endureceu-lhes o coração, para que seus olhos não vejam, nem compreendam com o coração e sejam convertidos.*

Jesus entrega o pergaminho para o supervisor e se levanta. Há uma tensão no ar, já que o sentimento geral é o de que Jesus está prestes a criar polêmica. Uma vez mais, Jesus fala:

> *Quem crê em mim, não crê apenas em mim, mas naquele que me enviou. E quem me vê, vê aquele que me enviou.*

As pessoas se entreolham: o que ele quer dizer? Mas Jesus continua, imperturbável:

> *Pois não falei por mim mesmo, mas pelo Pai que me enviou; ele me deu um mandamento do que devo dizer e o que devo falar.*

Se Jesus se deparara com indiferença antes de entrar na sinagoga, torna-se agora alvo de desprezo. O que significa toda aquela arrogância?

Entre o público, notamos um grupo de judeus devotos, ascetas, que estão chocados com as palavras de Jesus. São os seus irmãos. O mais fanático é Jacó, um homem muito baixo. A mãe está com eles; ela mal pode conter as lágrimas. Suas duas filhas tentam consolá-la.

Há um breve silêncio depois das últimas palavras de Jesus. Então um homem da congregação se levanta, depois outro, depois mais um. A bomba está para explodir.

PRIMEIRO HOMEM: *Tu disseste que desceu do Céu. Vamos perguntar a tua mãe como isso aconteceu.*
SEGUNDO HOMEM: *Ela está sentada bem ali.*
TERCEIRO HOMEM: *Vê, ela está chorando. Está com vergonha por sua causa.*
QUARTO HOMEM: *Devias ter ficado em casa, como teus irmãos.*
QUINTO HOMEM: *E deixado a pregação para os pregadores.*
SEGUNDO HOMEM: *E a cura para os médicos.*
PRIMEIRO HOMEM: *Se és um médico, então cura a ti mesmo.*
QUARTO HOMEM: *És tu quem precisa de um médico.*
SEXTO HOMEM: *E de um dos bons.*

Jesus fica em silêncio enquanto a chuva de insultos continua. Os últimos comentários são abafados por uma onda de risos de escárnio e, depois disso, há uma pausa. As pessoas estão bravas e algumas o xingam.

O que dá a ele o direito de agir como um mestre religioso e profeta? Está louco, não há dúvida disso. Toda a congregação fala alto, com indignação. Insultam-no, enquanto vaiam e batem os pés no chão. Um tumulto está se formando, mas o barulho se interrompe por um momento quando é ouvida a voz de Jesus gritando:

> *Pois eu vos digo: nenhum profeta é bem recebido em sua própria terra.*

Novamente há protestos furiosos, com os quais Jesus parece não se importar. Ele sai da plataforma silenciosamente. Está claro que ali, em sua própria cidade, tanto os fariseus como o povo comum estão contra ele. Sentem-se ultrajados por seus atos e declarações e seguem-no para fora, cobrindo-o de zombarias e insultos.

Fora da sinagoga, uma grande multidão reúne-se em volta dele ameaçadoramente.

SÉTIMO HOMEM: *Tu disseste que não vieste destruir a Lei, mas é isso que estás fazendo.*
OITAVO HOMEM: *Blasfemo.*
QUINTO HOMEM: *Um falso profeta é o que tu és.*

A um lado, está um pequeno grupo: a mãe de Jesus e seus irmãos e irmãs. A mãe e as irmãs estão chorando. O chefe da sinagoga aproxima-se para confortá-los.

CHEFE: *Ele está fora de si.*

JACÓ (com aspereza): *Ele é louco.*
MÃE DE JESUS: *Se ao menos pudéssemos trazê-lo para junto de nós.*

O segundo irmão, que tentou forçar caminho entre a multidão, retorna.

SEGUNDO IRMÃO: *Não consigo chegar perto dele.*
CHEFE: *Esperem. Vou tentar.*

O chefe da sinagoga aproxima-se da multidão que cerca Jesus e as pessoas lhe abrem passagem. Ele chega até Jesus.

CHEFE: *Olha, tua mãe e teus irmãos te procuram.*
JESUS: *Quem é minha mãe e quem são meus irmãos?*

Ele olha para os discípulos que estão ao seu lado.

JESUS: *Aqui estão minha mãe e meus irmãos. Pois aquele que fizer a vontade de Deus, esse é meu irmão, irmã e mãe.*

O chefe da sinagoga olha para Jesus com espanto e volta para junto da mãe, que não consegue conter as lágrimas. Suas duas filhas a amparam. Mas Jacó, o irmão mais velho, não pode disfarçar a fúria. Ele aponta para Jesus e grita:

> *Esse é o jeito que tu és, desafiador, voluntarioso, sempre Eu, Eu, Eu. Pois agora eu te digo: vai embora o mais rápido possível, tu não és mais um dos nossos.*

Vozes levantam-se da multidão.

Sim, vai embora. Sai daqui.

As pessoas entendem as palavras de Jesus literalmente. Estão chocadas com sua aparente insensibilidade e erguem os punhos para ele.

Um homem da multidão sobe em uma pedra e grita:

Não haverá paz nesta cidade enquanto esse homem estiver entre nós.

Mas Jesus já está a caminho da saída da cidade, seguido pelos discípulos. A multidão vai atrás.

A estrada margeia uma ravina. Os discípulos estão ocupados falando com as pessoas, tentando fazê-las ouvir a razão e explicando como as palavras de Jesus devem ser entendidas. Jesus caminha a uma pequena distância de seus discípulos. De repente, vê-se cercado de fanáticos violentos. Está sozinho, de costas para a ravina. Aparentemente, seus agressores pretendem cercá-lo e atirá-lo pela encosta. As pessoas estão gritando.

VOZ: *Morre, blasfemo.*
OUTRA VOZ: *Vamos apedrejá-lo.*

Os agressores pegam pedras ao lado da estrada e estão prestes a lançá-las, mas Jesus não se move. Imperturbável, mantém-se de pé, com os braços estendidos, de frente para os homens. Sua calma faz a multidão silenciar e, um por um, os homens largam as pedras.

Sem medo, Jesus move-se em direção aos agressores, que recuam: há um silêncio mortal. Ele passa pelo meio dos homens e continua seu caminho, com os discípulos a segui-lo.

Uma larga faixa de água com a superfície agitada por pesadas gotas de chuva. Relâmpagos incendeiam a superfície. Trovões são ouvidos.

Segue-se, então, uma rápida sequência de cenas. Há uma torrencial chuva palestina. Fortes rajadas de vento batem com violência nas árvores e casas. Poças de lama ocupam as estradas. Enxurradas levam consigo blocos de terra e provocam deslizamentos; as águas correm para os vales e inundam os campos. E tudo isso é acompanhado de raios e trovões.

NARRADOR: *Jesus havia desencadeado uma tempestade. Desprezado pela família e em luta aberta com os fariseus, ele se afastou dos judeus e voltou-se para os gentios. E, assim, nós o encontramos algum tempo depois na cidade pagã de Cesareia de Filipe. O nome mais antigo da cidade fora Panias, assim chamada devido a um santuário erigido nas rochas próximas para o deus grego Pã.*

A sequência da tempestade dissolve-se suavemente em uma cena mostrando uma estátua de Pã em um nicho escavado na rocha. Em uma ampla tomada em panorâmica e *travelling*, movemo-nos de Pã para Jesus e seus discípulos parados perto da pedra.

A adversidade fez a atitude de Jesus mudar, especialmente em relação à crença em sua própria autoridade divina. Há um novo tom em sua voz. Os discípulos permaneceram fiéis e seu amor e lealdade fortalecem a crença do próprio Jesus em si mesmo.

Jesus tem uma ideia fixa em mente. Lembra as palavras ditas na praia que o alcançaram no barco: "És tu aquele que deveria vir, o prometido?". Com essas palavras remexendo sem cessar em sua mente, ele se pergunta se poderia de fato ser assim. E os discípulos fazem de tudo para alimentar essa ideia. Pouco a pouco, Jesus passa a se ver sob uma nova luz: não poderia ser ele realmente o escolhido, o Messias? Tem um pressentimento sobre a missão para a qual é chamado.

Jesus está sentado sozinho, pensando. A alguma distância, os discípulos, falando em voz baixa, discutem o problema de quem Jesus é e qual é sua missão na Terra.

JOÃO: *A questão é: o que Jesus é para ele mesmo?*
BARTOLOMEU: *O que ele é para* nós?
TOMÉ: *Para mim, um profeta.*
MATEUS: *Mais que um profeta.*
PEDRO: *Filho de Deus. O Messias.*
ANDRÉ: *João Batista disse isso.*
TADEU: *E há todos os seus milagres.*
JUDAS: *Mas por que manter tudo em segredo?*

Jesus levanta e se aproxima. Pedro diz aos discípulos para ficarem quietos. Jesus senta-se com eles. De repente, faz-lhes uma pergunta:

Quem as pessoas dizem que eu sou?

Os discípulos entreolham-se, momentaneamente constrangidos. O rosto de Jesus não revela seus pensamentos. Ele apenas ouve.

TIAGO: *Alguns dizem que Elias.*
TOMÉ: *Alguns falam em Jeremias.*
JOÃO: *Alguns dizem até que és um dos antigos profetas que ressuscitou.*

Jesus acena afirmativamente com a cabeça, mas não diz nada. Parece estar pensando no que os discípulos falaram. Deve ter notado especialmente que ninguém disse que ele é o Messias. Talvez também esteja pensando em quantos dos profetas foram mortos no passado.

A primeira pergunta de Jesus teve apenas a intenção de puxar a conversa. Agora ele vai ao seu objetivo real. Depois de uma pausa, olha-os atentamente e pergunta:

Mas quem vós dizeis que eu sou?

Os discípulos ficam em silêncio por alguns momentos, imaginando se Jesus teria percebido o que eles conversavam instantes atrás.

Como de hábito, Pedro fala pelos outros:

Nós acreditamos em ti e temos certeza de que és o Messias.

Os outros expressam sua aprovação.

Jesus, profundamente comovido e satisfeito, olha para Pedro e diz:

Tu és bem-aventurado, Pedro, porque isso te foi revelado por meu Pai que está no Céu.

Então, voltando-se para todos os discípulos, acrescenta:

> *Mas eu vos digo que não deveis dizer a ninguém que eu sou o Messias.*

É uma grande decepção para os discípulos serem proibidos novamente de proclamar Jesus como o Messias. Eles não compreendem por que isso deve ser mantido em segredo. Judas balança a cabeça. Jesus lhes fala:

> *Tenho algo para vos dizer. Eu sou o Messias. E conheço meu destino.*

Os discípulos ficam tensos e olham interrogativamente para Jesus.

JESUS: *Eu fui prenunciado por Isaías.*
JOÃO (surpreso): *Isaías?*

Bartolomeu, que conhece a Lei e os Profetas de cor, responde por Jesus, recitando Isaías 53,5:

> *Ele foi ferido por causa das nossas transgressões, foi esmagado por nossas iniquidades. O castigo que havia de trazer-nos a paz caiu sobre ele; e por suas feridas fomos curados.*

Jesus assente com a cabeça e acrescenta, tristemente:

O manuscrito de um filme – **149**

Também eu sofrerei muito...

Uma grande inquietação toma os discípulos, enquanto Jesus continua:

E serei morto.

Tudo isso soa excessivamente estranho para os discípulos.

ANDRÉ: *Por que deves passar por todas essas coisas?*
JESUS: *Para preparar o caminho para o Reino de Deus.*
TIAGO, FILHO DE ALFEU: *Onde sofrerás dessa maneira?*
JESUS: *Em Jerusalém.*

E ele levanta e diz com grande ênfase:

Mas eu ressuscitarei do túmulo como o verdadeiro Messias.

Amorosamente, ele abraça todo o grupo de discípulos. Depois, vira-se e caminha até uma nascente em uma rocha próxima. Ali, agacha e bebe a água.

Enquanto isso, os discípulos discutem em voz baixa o significado daquelas palavras. Aquela previsão de sofrimento é totalmente estranha e impensável para eles. É contrária a todas as expectativas exaltadas que os judeus geralmente associam à vinda do Messias. Eles tentam, em sua mente, resolver o paradoxo de um Messias sofredor, mas a situação é inesperada demais.

JUDAS: *Isso é loucura.*
SIMÃO CANANEU: *O quê?*
JUDAS: *Ir para Jerusalém.*
TADEU: *Até em sua cidade de origem ele esteve em perigo.*
TOMÉ: *Como, então, será em Jerusalém?*
MATEUS: *Ele entrará imediatamente em conflito com os fariseus.*
FILIPE: *E depois com os saduceus.*
BARTOLOMEU: *E, mais cedo ou mais tarde, com os romanos.*
TIAGO: *Em Jerusalém, ele estará mais em perigo do que em qualquer outro lugar.*
JOÃO: *É inútil, um ato de desespero.*

Há uma breve pausa. Então, André, como porta-voz dos outros discípulos, fala com seu irmão:

Pedro, tenta convencê-lo a não fazer isso.

Depois de hesitar por um momento, Pedro concorda e vai até Jesus. Os outros discípulos o observam atentamente.

PEDRO: *Mestre, precisas abandonar essa ideia de sofrimento e morte.*

Jesus levanta a cabeça para ouvir.

PEDRO: *Que isso não te aconteça, que não caia sobre ti. Não deves passar por nenhum sofrimento; tu és o Messias que as pessoas estão esperando.*

Jesus levanta e olha para ele. Com um tom de autoridade, como o que poderia ter sido usado por um dos antigos profetas, diz:

> *Afasta-te de mim, Satanás, tu me serves de pedra de tropeço, porque não pensas nas coisas de Deus, mas nas do homem.*

Pedro percebe que não foi sábio ao parecer preferir um Messias conquistador a um Messias sofredor. Humildemente, abaixa a cabeça.

Jesus deixou claro que escolheu o caminho da dor e do sofrimento. Ele sabe que a morte provavelmente está à sua espera se for para Jerusalém, mas o medo não pode abalar sua determinação.

Seguido por Pedro, ele volta para junto dos outros discípulos. Quer que eles compreendam bem e livrem-se de todos os sonhos tolos, todas as falsas expectativas e todas as interpretações equivocadas do Reino de Deus. Se quiserem ser seus discípulos, devem sofrer com ele. Por isso, fala-lhes solenemente:

> *Se alguém quer vir atrás de mim, negue a si mesmo e me siga. Pois aquele que quiser salvar a sua vida vai perdê-la, e aquele que perder a vida por causa mim, esse a salvará. Pois que proveito terá o homem se ganhar o mundo inteiro e arruinar a própria alma?*

Os discípulos, com a seriedade de seu espírito estampada no rosto, ouvem Jesus. É uma dura verdade que lhes está sendo ensinada. Mas todos eles estão plenamente comprometidos com Jesus e prontos a segui-lo para onde ele decidir.

Em um tom mais suave, Jesus prossegue:

> *Eu vos digo verdadeiramente que alguns dos que aqui estão presentes não provarão a morte até que vejam o Reino de Deus.* [Lucas 9,27.]

Os discípulos entendem as palavras de Jesus até certo ponto, mas não conseguem ainda compreender seu significado profundo.

Jesus sinaliza que eles devem levantar e prosseguir. A estrada em que Jesus e os discípulos viajam, saindo de Cesareia de Filipe, bifurca-se a certa altura. Um lado ruma para nordeste, no sentido do Monte Hermon, e o outro vai para uma aldeia próxima, a noroeste de Cesareia de Filipe. Eles seguem o caminho para o Monte Hermon.

Jesus e os discípulos chegam às proximidades do Monte Hermon. Seguindo um plano que já haviam estabelecido, Jesus chama Pedro, João e Tiago e eles sobem à montanha para orar, deixando os outros à espera no sopé do monte.

Jesus e os três discípulos subindo a montanha. Eles vão até o topo. Enquanto Jesus, como é seu costume, afasta-se para rezar, os discípulos descansam deitados sob uma árvore. Depois da longa subida, estão cansados e sonolentos.

Montanha. A alguns metros dos discípulos adormecidos, Jesus está de pé, com o rosto voltado para Jerusalém, orando. Tem o olhar fixo, como se visse algo a distância.

Os discípulos dormem. De repente, uma luz forte ilumina-lhes o rosto. Eles acordam e veem Jesus em sua transfiguração. As roupas dele estão incrivelmente brancas. Seu rosto também está alterado e brilha com uma luz interior. Os discípulos enchem-se de espanto. Não sabem se estão sonhando ou se estão de fato vendo Jesus.

Com grande inquietação, acompanham com os olhos uma nuvem branca que passa entre eles e Jesus. Quando a névoa se dissipa, veem dois homens ao lado de Jesus, que lhes parecem ser Moisés e o Profeta Elias. Diante dessa visão, os discípulos sentem medo e agarram-se uns aos outros.

MOISÉS: *Em verdade, és o único Filho de Deus e escolhido para estabelecer seu Reino na Terra.*
ELIAS: *E força te será dada para tudo o que está por vir.*

Os discípulos percebem que Moisés e Elias estão prestes a partir. Pedro, maravilhado, pensa de repente que, talvez, seja possível convencê-los a ficar. Erguendo-se um pouco, ele fala a Jesus:

> *Mestre, é bom estarmos aqui. Vamos erguer três tendas, uma para ti, outra para Moisés e outra para Elias.*

Não há resposta. Uma nuvem brilhante cobre Jesus, Moisés e Elias, que ficam ocultos dos discípulos. De dentro da nuvem, ouve-se uma voz:

DEUS PAI: *Este é o meu Filho amado, em que me comprazo. Ouvi-o.*

Quando os discípulos escutam a voz do Todo-Poderoso falando diretamente a eles, ficam assustados e prostram-se no chão.

Depois de ouvirem a voz, há um silêncio. Os discípulos têm medo de levantar o rosto. Por fim, ouvem a voz de Jesus:

Não tenhais medo.

Levantam, então, a cabeça. A nuvem se foi e não há mais ninguém lá exceto Jesus, que se aproxima deles, dizendo:

Levantai.

Ao chegar junto deles, fala-lhes novamente:

Não conteis a ninguém sobre as coisas que viram.

Jesus continua falando enquanto descem a montanha, mas suas palavras são inaudíveis.

[MUDANÇA DE CENA]

NARRADOR: *Jesus chegou, então, a uma cidade chamada Samaria, perto da terra que Jacó deu a seu filho José; e lá havia um poço.*

De acordo com a tradição, o patriarca Jacó havia cavado esse poço na rocha. Era uma cisterna contendo água de chuva, situada à sombra de algumas árvores.
Depois de um longo dia de caminhada, Jesus sentou para descansar. Os discípulos foram à cidade comprar alimentos. Pelo caminho que vem da aldeia, chega uma moça carregando um jarro de água na cabeça. Ela vai até o poço e lança um rápido olhar para Jesus.
Enquanto ela baixa no poço o balde que havia trazido, Jesus lhe fala:

> *Dá-me de beber.*

Um leve sorriso passa pelo rosto da jovem. Não era humilhante para ele, um judeu, pedir algo a ela, uma samaritana? E ela responde:

> *Como você, sendo judeu, pede de beber a mim, uma mulher da Samaria?*

Jesus a fita em silêncio, depois responde:

> *Se conhecesses o dom de Deus e quem é este que te diz "dá-me de beber", tu és que lhe pediria e ele te daria água viva.*

[O termo "água viva" é um jogo de palavras. "Água viva" é uma expressão judaica para água da fonte, o que a distingue da água de cisterna.]

Ironicamente, a mulher pergunta:

> *Mas tu não tens nenhuma vasilha e o poço é fundo. De onde, então, tiras essa água viva?*

Jesus responde com calma:

> *Aquele que bebe dessa água terá sede novamente. Mas aquele que beber da água que eu darei nunca mais terá sede. Pois a água que eu lhe der será nele uma fonte de água jorrando para a vida eterna.*

A mulher fica abalada. Percebe, instintivamente, que há um significado profundo por trás das palavras de Jesus que ela não consegue definir. Por isso, sua resposta vem hesitante:

> *Dá-me essa água, para que eu não tenha sede, nem tenha mais de vir aqui para tirá-la.*

Jesus, querendo mudar a direção da conversa, usa seu poder de clarividência e surpreende a mulher, dizendo:

> *Vai chamar teu marido e volta aqui.*

Constrangida, a mulher fica em silêncio por um instante.

MULHER (em voz baixa): *Eu não tenho marido.*
JESUS: *Disseste bem: "Não tenho marido". Pois tu tiveste cinco maridos e o que tens agora não é teu marido. Nisso disseste a verdade.*

A mulher olha para Jesus, boquiaberta de espanto. Diz, então, com certa admiração:

> *Percebo que o senhor é um profeta.*

Há uma breve pausa. A mulher senta na beira do poço e, esforçando-se para fugir de um assunto desagradável, muda de tema.

> *Nossos pais adoraram nesta montanha, mas vós dizeis que é em Jerusalém que está o lugar onde os homens devem adorar.*

Jesus entende o que ela quer dizer e responde gentilmente:

> *Mulher, acredita-me, vem a hora em que nem nesta montanha, nem em Jerusalém, adorarão o Pai; quando os verdadeiros adoradores adorarão o Pai em espírito e em verdade: esses são os adoradores que o Pai procura. Deus é espírito e aqueles que o adoram devem adorá-lo em espírito e verdade.*

[Essas palavras de Jesus não eram novas. Elas tiveram sua origem nos Profetas. Jeremias, por exemplo, havia previsto que chegaria o tempo em que todas as pessoas teriam a lei de Deus escrita no coração.]

A mulher está profundamente interessada nas palavras de Jesus, mas não as compreende bem. Levanta-se, pega o balde e diz:

> *Sei que vem um Messias. Quando ele vier, dir-nos-á todas as coisas.*

A isso Jesus responde simplesmente:

> *Sou eu, que falo contigo.*

A mulher está prestes a erguer o jarro, mas, ao ouvir essas palavras de Jesus, coloca-o no chão novamente. Uma vez mais, está atônita. Nesse momento, os discípulos voltam com a comida em embrulhos e cestos. Espantam-se ao ver Jesus conversando com uma mulher pertencente a um povo desprezado pelos judeus. Mas não dizem nada.

A mulher, por outro lado, sente a frieza deles. Talvez envergonhada por ser vista conversando com um estranho, deixa para trás o jarro de água e corre para a aldeia. No caminho, encontra alguns homens e lhes conta que viu o Messias e que ele sabia tudo sobre a vida dela.

Enquanto isso, os discípulos desembrulharam a comida e a dividiram. Alguns deles descansam à sombra das árvores, outros na beira do poço.

Agora temos uma tomada de dentro do poço, de baixo para cima em direção ao céu e, depois dessa, outra tomada dentro do poço, de cima para a superfície da água, que reflete a borda em que Jesus e alguns discípulos estão sentados, entre eles João.

João convida Jesus a comer alguma coisa.

JOÃO: *Mestre, come.*
JESUS: *Tenho para comer um alimento que vós não conheceis. Meu alimento é fazer a vontade daquele que me enviou e consumar sua obra.* [João 4,31-34.]

Essa cena refletida na superfície da água dissolve-se suavemente em um close de uma caixa de punhais. Vemos a mão de um jovem tirar o punhal da caixa.

NARRADOR: *Aparentemente, o povo judeu gemia em silêncio sob o jugo de seus opressores romanos, mas, sob a superfície, ardia o ódio que resultava em inúmeros ataques de guerrilha e em contínuas revoltas.*

A câmera segue o punhal enquanto ele é levantado. Ao mesmo tempo, vai deslizando para trás. Por fim, vemos o quarto inteiro. O jovem que segura o punhal levantou de sua cama e está tentando sair do quarto sem fazer barulho. Seu pai dorme no mesmo cômodo. Ele acorda e fica surpreso ao ver o filho saindo.

O filho é um jovem patriota fanático, pertencente à facção mais agressiva dos revolucionários, os "sicários", assim chamados em referência ao nome do punhal, "sica".

PAI (sussurrando): *É esta noite?*
FILHO: *Sim.*

O pai levanta também. Ele abençoa o filho, dizendo:

Tenhas cuidado.

O filho faz um sinal afirmativo com a cabeça, sorrindo confiante, e sai. Com a porta aberta, o pai fica olhando seu filho desaparecer na escuridão.

[CORTA PARA PRÓXIMA CENA]

Uma ravina deserta onde os revolucionários se reúnem. O jovem da cena anterior chega. O líder está fazendo um pronunciamento para os trinta ou quarenta rapazes reunidos à sua volta.

Há muito tempo, homens, decidimos não servir aos romanos nem nos submeter a qualquer escravidão; portanto, aceitemos de bom grado a punição que nos aguarda caso caiamos vivos em mãos romanas. De minha parte, prefiro morrer se não puder ser livre.

O líder faz um sinal pedindo silêncio e continua.

LÍDER: *Todos sabem o que têm a fazer?*
VOZES: *Sim, sim!*
LÍDER: *Ninguém tem dúvidas?*
VOZES: *Não, não!*
LÍDER: *Então vamos ao trabalho.*

A reunião é encerrada e os conspiradores vão embora.

[CORTA PARA A PRÓXIMA CENA.]

Uma passagem na montanha. A mesma noite. Uma ponte de madeira atravessando a ravina.

Essa ponte é de importância estratégica para o exército romano e ele a mantém sob guarda dia e noite. Há homens posicionados em ambas as extremidades da ponte. De um lado, há uma tenda para o sentinela. De repente, a ponte é tomada pelos guerrilheiros judeus. Por alguns momentos, acontece uma luta feroz que resulta na morte de todos os romanos, exceto o oficial no comando, e de alguns judeus. Alguns caem na ponte, alguns nas pedras dos dois lados, outros são lançados na ravina profunda. Depois que a luta termina e que os judeus recolhem seus mortos, a ponte é incendiada. Eles vão embora, levando o oficial romano.

Sem movimento da câmera, a cena dissolve-se suavemente para a ponte no momento preciso em que, consumida pelo fogo, ela cai na ravina. É hora da troca da guarda e novas tropas chegam. Nas rochas perto da ponte, encontram um dos judeus insurgentes que foi esquecido pelos companheiros. Os soldados romanos o chutam e descobrem que não está morto. Eles o recolhem. Pode ser útil durante a investigação.

[CORTA PARA A PRÓXIMA CENA.]

Uma câmara de tortura romana. O jovem judeu que os soldados romanos capturaram na ponte está sendo interrogado. Ele está sentado em um banquinho baixo, sem camisa. Dois carrascos seguram firmemente seus braços estendidos, enquanto o interrogador, sentado na frente dele, o questiona:

> *Quem são os outros? Dize-me alguns dos nomes. Um ao menos. Quem é teu líder?*

O prisioneiro não trai nenhum segredo. O interrogador, irritado com a teimosia, faz um sinal para um terceiro carrasco que está atrás do prisioneiro com uma tocha acesa. Ele encosta a tocha nas costas do jovem judeu, que solta um grito lancinante.

[CORTA PARA A PRÓXIMA CENA.]

Interior do quarto da primeira cena desta sequência. O mesmo jovem e seu pai dormem. À distância, os baques surdos de sandálias com pregos. O pai acorda primeiro. Ele senta e fica ouvindo. Sabe muito bem o que esse som noturno significa. Agora, o som distante de um punho de espada batendo em uma porta próxima. Uma voz áspera é ouvida, gritando ordens. Escuta choros e gemidos. Há uma breve pausa, durante a qual o som da marcha é ouvido novamente, seguido de batidas em outra porta e a voz autoritária.

O jovem também acorda. Fica claro de imediato para ele o que está acontecendo. Ele se levanta. Seu pai também se levanta e abraça o filho. Os soldados estão se aproximando. O pai aperta com força o filho contra o peito. Não há dúvida de que os soldados estão vindo para a sua casa; estão batendo agora. Com um olhar decidido, o filho abraça o pai, sorri com coragem e abre a porta. Os soldados o seguram e o amarram. Por um momento, o pai fica parado à porta, com os olhos embaçados de lágrimas, vendo o filho ser levado. Então, ele fecha a porta. Um choro sentido é ouvido atrás da porta fechada.

[CORTA PARA A PRÓXIMA CENA.]

Uma câmara subterrânea em uma fortaleza romana. Sete ou oito dos insurgentes, entre eles o líder, estão amarrados em cepos, à espera do julgamento e morte.

LÍDER: *Agimos como homens e vamos morrer como homens. Não temos medo de morrer. A vida sem liberdade não vale a pena ser vivida. Algum de vós acha que vale?*
OUTROS: *Não, não.*

O líder volta-se para um de seus companheiros e diz:

Rabino, ora por nós.

O rabino faz uma oração. Os outros respondem.

Amém.

O líder começa a cantar um hino judeu animado e alegre e os outros o acompanham. Alguns prisioneiros não judeus escutam com surpresa. O canto continua durante as três cenas seguintes, desaparecendo aos poucos.

[CORTA PARA A PRÓXIMA CENA.]

Em uma colina fora da cidade: o local da execução. Sete ou oito cruzes estão erguidas e os insurgentes estão pregados nelas. As cruzes são posicionadas a intervalos regulares e formam uma linha curva. Abutres voam em círculos acima delas. Dois ou três escravos são vistos limpando os restos do último grupo de revolucionários crucificados.

[CORTA PARA A PRÓXIMA CENA.]

Close em uma cruz. Tomada panorâmica do pé da cruz para o alto, com os abutres sobrevoando.

Uma grande pilha de ossos e crânios humanos – lembrando um dos famosos quadros do pintor russo Vasily Vereshchagin. Restos humanos caem sobre a pilha, lançados pelos escravos – agora fora da cena – que estavam fazendo a limpeza. Esta cena é a última da sequência dos insurgentes.

A cena se dissolve suavemente para um mercado de aldeia. Ouvimos o som de flautas. A princípio, vemos apenas algumas meninas dançando graciosamente, depois a câmera se move para trás e vemos outras meninas e meninos tocando flautas. Estão brincando de "casamento". A câmera gira para o lado oposto ao mercado, onde Jesus está sentado, cercado pelos discípulos. Embora ele tenha acabado de chegar, as pessoas já se aglomeram para ouvir sua pregação. São, em sua maior parte, mulheres. Algumas aproximam-se de Jesus com os filhos para que ele os toque. Os discípulos tentam afastá-las:

> *Não perturbai o Mestre. Deixai vossos filhos em casa. Eles não podem compreender.*

Quando vê isso, Jesus repreende os discípulos:

> *Deixai virem a mim as crianças, não as impedi, pois delas é o Reino de Deus.*

Ele impõe as mãos sobre as crianças, que são empurradas para a frente por suas mães para que recebam a bênção. Pega nos braços outras crianças pequenas, impõe-lhes as mãos e as abençoa.

Enquanto isso, o som distante dos meninos e meninas brincando é ouvido ao fundo.

Mais pessoas reúnem-se em volta de Jesus e alguns fariseus aparecem para pô-lo à prova.

PRIMEIRO FARISEU: *É lícito um homem repudiar sua mulher?*

Jesus olha para o fariseu com expressão de quem não entendeu direito. Os outros fariseus entram na conversa.

SEGUNDO FARISEU: *Pode ele expulsá-la de casa...?*
TERCEIRO FARISEU: *Se achar algo inadequado nela?*
JESUS: *O que Moisés ordenou?*

SEGUNDO FARISEU: *Moisés permitiu que se desse carta de divórcio e depois se repudiasse.*

Jesus assente com a cabeça e olha de modo significativo para os fariseus, como se perguntasse: sim, e sabem por que Moisés fez isso? Em voz alta, ele diz:

> *Por causa da dureza de vossos corações, ele vos permitiu repudiar vossas mulheres. Mas, desde o princípio, não era assim.*

Agora são os fariseus que não entendem Jesus e olham para ele com espanto. Jesus continua:

> *Não lestes que desde o princípio o Criador os fez homem e mulher?*

Bartolomeu, orgulhoso de seu conhecimento das Escrituras, alegra-se em exibi-lo citando Gênesis 2,24:

> *Por isso, um homem deixa seu pai e sua mãe, une-se à sua mulher e eles se tornam uma só carne.*

Jesus concorda e acrescenta:

> *De modo que já não são dois, mas uma só carne.*

Mas os fariseus ainda se recusam a aceitar os argumentos.

PRIMEIRO FARISEU: *A parte de "uma só carne" é verdade, mas e se o homem não amar mais sua mulher, o que fazer?*
SEGUNDO FARISEU: *Ou se tiver encontrado outra mulher de que goste mais?*
QUARTO FARISEU: *Nesse caso, marido e mulher não são mais "uma só carne".*
TERCEIRO FARISEU: *Não é melhor que eles se separem?*
QUARTO FARISEU: *E que o homem possa se divorciar de sua esposa?*

Essas falas seguem-se rapidamente uma à outra. Jesus ouve e, quando eles terminam, responde.

JESUS: *O que Deus uniu, o homem não deve separar.*
SEGUNDO FARISEU: *De acordo com a Lei, o homem tem permissão para repudiar sua mulher quando quiser.*

Jesus levanta e fala com tanta autoridade que os fariseus não se animam a continuar questionando:

> *E eu vos digo: aquele que repudiar sua mulher, exceto por motivo de fornicação, e casar-se com outra, comete adultério; e quem se casar com aquela que é repudiada comete adultério também.*

Entre os presentes há muitas mulheres e elas ficam contentes com essa interpretação da Lei. Uma das mulheres lhe diz:

> *Abençoado o útero que te trouxe e os seios que te alimentaram.*

O manuscrito de um filme - **167**

Com um olhar de soslaio para os fariseus, Jesus diz:

> *Abençoados antes os que ouvem a palavra de Deus e a observam.*

A câmera retorna aos meninos e meninas que brincam de "casamento" e a cena termina com um menino e várias meninas dançando. O som de flautas, que era ouvido ao fundo, torna-se mais alto.

A tomada final das crianças brincando de "casamento" dissolve-se suavemente em um close muito breve do topo de uma romãzeira em flor. Este dissolve-se em uma cena que mostra um caminho atravessando um campo fora da aldeia. O som das flautas é ouvido ao fundo, mas, quase imperceptivelmente, elas são substituídas por um coro distante de crianças cantando a mesma música no mesmo ritmo. Em ambos os lados do caminho, romãzeiras crescem em abundância.

Um jovem agricultor segue pelo caminho, levando um camelo. Da outra direção, vem uma moça com um cântaro cheio de água sobre o ombro. Eles se cumprimentam ao se cruzar. Seus nomes são Miriam e José. Depois de terem passado um pelo outro, o jovem vira para trás e chama a moça, que também se vira. Ela é uma virgem de aparência muito bela. Segura o véu entre os dentes, de modo que mal podemos ver seu nariz e olhos pela estreita abertura.

Eles ficam de frente um para o outro. José diz:

> *Deixa-me, por favor, beber um pouco da água de seu cântaro.*

Miriam baixa o cântaro e lhe dá de beber. Há um momento de constrangimento e, então, ele volta a falar.

JOSÉ: *De quem tu és filha? Dize-me.*
MIRIAM: *Sou filha de Joatão, o filho de Amalec.*
JOSÉ: *Como é teu nome?*
MIRIAM: *Miriam.*

Ele repete o nome, como se o cantarolasse. É evidente que o aprecia.

Ela põe novamente o cântaro sobre o ombro e se vira para partir, quando ele diz:

JOSÉ: *Quando posso ver-te de novo?*
MIRIAM: *Pede a meu pai.*
JOSÉ: *Farei isso.*

Ela continua seu caminho para casa sem olhar para trás. Ele segura o camelo, mas continua a olhar para ela. O camelo está carregado de peles de carneiro. Em um impulso, ele pega uma bela pele branca e corre atrás da moça, chamando-a pelo nome. Ela se vira e espera por ele. Quando a alcança, mostra-lhe a pele, dizendo:

Isto é para ti.

Depois de uma breve pausa, ele enrola a pele, coloca-a sob o braço dela e diz:

Tu és muito bonita.

Ela se vira de novo e retoma o caminho de casa. Ele volta a seu camelo, segura-o pela rédea e o conduz na direção oposta.

A cena se dissolve suavemente em um primeiro plano mostrando alguns belos ramos do alto de uma romãzeira totalmente em flor, dissolvendo-se suavemente outra vez para mostrar o interior da casa do pai de Miriam.

José veio pedir Miriam em casamento. Está conversando com o pai e a mãe dela.

> *O senhor deve ser honesto comigo: acredita ou não que o próprio Deus mostrou-me sua filha e deu-me o sinal de que eu deveria fazer dela minha esposa?*

O pai olha para ele, depois para a esposa, e diz:

> *Todas as coisas vêm de Deus.*

A mãe concorda com a cabeça, e acrescenta:

MÃE: *Não podemos te dizer sim ou não.*
PAI: *Vamos chamá-la e deixar que fale por si.*

A mãe novamente concorda com a cabeça e chama a filha, que entra. Ela e José se cumprimentam. Então, o pai pergunta à filha:

> *Quer te casar com esse homem?*

Com a voz calma e sem alterar a expressão, Miriam responde:

Quero.

José avança e coloca uma pulseira de ouro em cada pulso de Miriam e brincos em suas orelhas. O pai e a mãe a abençoam.

A cena se dissolve suavemente em outro close dos ramos floridos da romãzeira, que se dissolve lentamente em um quarto na casa do pai de Miriam.

A bela e jovem noiva, Miriam, está esperando por seu noivo. Senta-se em uma poltrona, como uma princesa em um trono, parecendo pouco à vontade em seus trajes nupciais, que a cobrem da cabeça aos pés. Tem os braços adornados com braceletes. Do noivo, ela recebeu moedas de ouro e prata, e algumas dessas moedas estão costuradas em seu adorno de cabeça, enquanto outras foram unidas formando um pesado colar.

A porta está fechada para evitar que amigos e vizinhos curiosos entrem no quarto. Quando alguém bate, as duas irmãs mandam o visitante embora, dizendo:

Ela não está pronta ainda.

Outra batida à porta. Uma das irmãs pergunta quem é e depois se vira para a mãe, dizendo:

É Sara com as outras moças. Elas queriam ver Miriam antes de irem buscar o noivo.

A mãe autoriza. A porta se abre totalmente e dez moças entram no quarto segurando lâmpadas. Com gritos de alegria e admiração, agitam-se em torno da paciente noiva e tocam suas roupas e joias. Depois que a curiosidade é satisfeita, acendem as lâmpadas e saem do quarto, rindo e conversando.

A mãe e as irmãs prendem o véu da noiva e colocam a sala em ordem para a recepção de casamento.

As dez damas de honra estão a caminho para encontrar o noivo. Todas as virgens carregam lâmpadas. Estas são constituídas de um pequeno recipiente oval, contendo um pavio em uma extremidade e uma alça na outra. Na parte inferior do recipiente há um orifício para que a lâmpada possa ser fixada no alto de um longo mastro de madeira.

Quarto da noiva. Miriam ainda está sentada em sua poltrona. A mãe tem alguns pontos para dar no vestido da filha. Com uma voz infantil e chorosa, a noiva diz:

Estou com fome.

Uma das irmãs lhe dá um pedaço de pão, enquanto a outra segura o véu.

As damas de honra param em um cruzamento. Sara, a mais velha, diz:

É melhor esperarmos aqui.

Perto do cruzamento, há uma torre de vigia em um vinhedo. O teto da torre está coberto de folhas. A parte mais baixa é aberta e possibilita que as damas de honra descansem na sombra.

NARRADOR: *E Jesus comparou o Reino dos Céus às dez virgens que pegaram suas lâmpadas e foram encontrar o noivo. Cinco delas eram prudentes, e cinco eram insensatas. Aquelas que eram insensatas pegaram suas lâmpadas e não levaram nenhum óleo consigo. Mas as prudentes levaram óleo em seus recipientes com as lâmpadas.*

As dez virgens acomodam-se à sombra da torre de vigia. Mas as cinco virgens prudentes decidem avivar suas lâmpadas antes de descansar. Elas conversam entre si.

PRIMEIRA DAMA DE HONRA: *Acho que vou encher minha lâmpada agora.*
SEXTA DAMA DE HONRA (surpresa): *Tu trouxeste óleo extra?*
PRIMEIRA DAMA DE HONRA: *Claro que sim.*
SEGUNDA DAMA DE HONRA: *Eu também.*
TERCEIRA DAMA DE HONRA: *Era a coisa mais prudente a fazer.*
SÉTIMA DAMA DE HONRA: *Eu não tenho óleo extra.*
OITAVA DAMA DE HONRA: *Nem eu.*
NONA DAMA DE HONRA: *Tudo bem, não vai demorar.*
DÉCIMA DAMA DE HONRA: *Espero que não.*

As cinco virgens prudentes enchem suas lâmpadas e todas se sentam. As lâmpadas foram removidas de seus mastros e colocadas em uma prateleira acima da cabeça das virgens. É tarde e elas começam a bocejar.

As moças relaxam e logo estão cochilando. Um murmúrio longínquo dos cantos da casa da noiva mistura-se à música e ao canto distantes que acompanham a aproximação do noivo e de seus convidados.

Cortejo do noivo na estrada. Cercado de amigos, José monta um camelo ricamente enfeitado. Todos levam lâmpadas ou tochas. Transeuntes uniram-se ao grupo e o cortejo todo está gritando, cantando e tocando instrumentos musicais. As mulheres estão acenando.

O quarto da noiva. Miriam está sentada sozinha, coberta pelo espesso véu. José entra, seguido pelos pais da noiva, que permanecem ao fundo. Em close, José cumprimenta Miriam e tenta espiar através do véu enquanto lhe fala.

JOSÉ: *Teus olhos são pombas.*
MIRIAM: *Teu pescoço é a torre de Davi.*
JOSÉ: *Teus dentes são um rebanho de ovelhas.*
MIRIAM: *Teus cabelos são como o corvo.*
JOSÉ: *Belo é o teu rosto e doce é a tua voz, tens leite e mel sob a língua.*

Eles sabem que estão citando o Cântico de Salomão e dizem essas palavras com simplicidade, sem sentimentalismo – na verdade, até com um toque de humor e autoironia.

As cinco virgens insensatas chegam à casa da noiva com as lâmpadas apagadas. Encontram a porta fechada. Elas batem. O pai vem à porta e pergunta:

PAI: *Quem está aí?*
SEXTA DAMA DE HONRA: *Somos damas de honra de tua filha.*
TODAS AS DAMAS DE HONRA: *Abre a porta! Deixa-nos entrar!*
PAI: *Eu não vos conheço.*

A cena é interrompida pela voz de Jesus:

Vigiai, portanto; pois não sabei nem o dia nem a hora.

Uma colina, não muito distante da aldeia. A distância, ouvimos o ruído de um guizo de madeira. Embora ninguém apareça, escutamos as vozes de homens roucos gritando:

Impuros, impuros.

Os sons se aproximam e, então, dez criaturas miseravelmente vestidas aparecem, carregando jarros, potes e canecas de barro, que colocam no alto da colina. Eles continuam a gritar:

Impuros, impuros.

Depois de deixar no chão seus pertences, os homens retiram-se para trás da encosta e ficam fora de vista outra vez.

Três ou quatro mulheres carregando recipientes com comida e cântaros de água aparecem. Elas colocam a comida nos jarros, potes e canecas e vão embora depressa.
Os homens ressurgem de trás da colina. São leprosos. Eles sentam para comer a comida que suas parentes trouxeram e a câmera examina-lhes o rosto de perto.
A pele é seca e brilhante, salpicada de manchas brancas. Alguns são desfigurados por bolhas grandes como ervilhas ou avelãs. A ponta do nariz de um homem está corroída até o osso. Outro tem lábios inchados. Outro ainda tem os olhos turvos, e um quarto

O manuscrito de um filme - **175**

leproso está quase sem dentes. Outros têm os dedos das mãos e dos pés rígidos e tortos. Seus corpos tremem e sacodem violentamente.

[Esses pobres homens eram banidos e forçados a viver fora das cidades e aldeias. Tinham de se manter a pelo menos dois metros de distância das outras pessoas, ou a mais de trinta metros se o vento estivesse soprando na direção daqueles de quem se aproximavam. De acordo com o Levítico, os leprosos trajavam luto – por si mesmos. Eram considerados mortos-vivos.]

Enquanto os dez leprosos comem, seu líder levanta e protege os olhos do sol para observar ao longe um grupo de homens que se aproxima.

SEGUNDO LEPROSO: *O que é?*
PRIMEIRO LEPROSO: *Aquele não é Jesus?*
TERCEIRO LEPROSO: *O Profeta?*
PRIMEIRO LEPROSO: *Sim.*
QUARTO LEPROSO: *Claro que é.*
PRIMEIRO LEPROSO: *Ele poderia nos purificar.*
QUINTO LEPROSO: *Se quisesse, sim.*
PRIMEIRO LEPROSO: *Se acreditarmos, ele o fará.*
SEXTO LEPROSO: *Eu acredito.*
SÉTIMO LEPROSO: *Eu também tenho fé nele.*
NONO LEPROSO: *Eu também.*
OITAVO LEPROSO: *Vamos pedir a ele.*
DÉCIMO LEPROSO: *Sim, vamos.*

Eles cruzam o cume da colina e aproximam-se de Jesus e seus discípulos. Mas não se esquecem de usar o guizo e gritam:

Impuros, impuros.

Prostram-se diante dele e o líder diz:

Jesus, Mestre, tem piedade de nós.

Os discípulos se afastam dos leprosos, mas, quando veem Jesus avançar, sabem que um milagre será realizado.
Os leprosos ficam de joelhos, com o rosto cheio de esperança e expectativa. Jesus fala-lhes, enquanto eles mantêm cuidadosamente a distância prescrita pela Lei.

JESUS: *Ide e mostrai-vos aos sacerdotes, e oferecei por vossa purificação o que Moisés prescreveu.*

Os leprosos se levantam, hesitantes a princípio. Então fazem como Jesus mandou e vão para a aldeia. Tão grande é sua fé em Jesus que partem antes de terem certeza de que estão de fato curados.
Jesus e os discípulos observam-nos com compaixão. Depois, quando retomam seu caminho, Tiago pergunta:

Como ou por que pecado isso aconteceu a eles?

Jesus balança a cabeça.

JESUS: *Tu achas que esses homens são pecadores acima de todos os homens por sofrerem de tal coisa?*
BARTOLOMEU: *Há um antigo provérbio que diz que "não são as serpentes que matam, mas o pecado".*

JESUS: *Eu vos digo: não. Eles não são pecadores acima de todos os homens.*

Jesus e os discípulos seguem em seu caminho.

Acompanhamos os leprosos até os sacerdotes. Eles param em uma lagoa de águas estagnadas, ajoelham e olham para seu reflexo. Vemos os rostos na água e não há mais nenhum traço da terrível doença. Os leprosos não cabem em si de alegria e riem e choram ao mesmo tempo, estendendo os braços para o céu.

Um deles, um samaritano, levanta rapidamente, vira-se e corre de volta para a colina. Surpresos, os outros o observam. Então um deles, enchendo as mãos de água, diz:

NONO LEPROSO: *Vou lavar meu rosto.*
SEGUNDO LEPROSO: *Ainda não.*
NONO LEPROSO: *Por que não?*
OITAVO LEPROSO: *É proibido.*
SEGUNDO LEPROSO: *Até que os sacerdotes te tenham declarado purificado.*

Eles levantam e vão para a aldeia. Alguns aldeões jogam pedras neles e gritam:

Ide embora, ímpios pecadores.

Mas os leprosos falam com eles. Não têm mais a voz rouca.

SEGUNDO LEPROSO: *Deixai-nos em paz.*

TERCEIRO LEPROSO: *Estamos purificados.*
QUARTO LEPROSO: *Olhai nosso rosto.*
QUINTO LEPROSO: *Ouvi nossa voz.*
DÉCIMO LEPROSO: *Jesus nos curou.*
PRIMEIRO LEPROSO: *Ide chamar os sacerdotes.*

Os aldeões veem que os leprosos falam a verdade e param de jogar pedras. Alguns deles vão à aldeia chamar os sacerdotes.

O samaritano deixou os outros para expressar sua gratidão a Jesus. Ele corre de volta para a colina e, ao encontrar Jesus com os discípulos, lança-se aos pés dele.

> *Vim agradecer... pela saúde e pela cura... pela ajuda em uma necessidade desesperada.*

Jesus se emociona ao ver aquele homem que retardou seu encontro com os sacerdotes e com a própria família por causa *dele*.

> *Levanta e vai. A tua fé te curou.*

O samaritano levanta e apressa-se para encontrar os outros e mostrar-se aos sacerdotes. Jesus olha para os discípulos com ar interrogativo e pergunta:

> *Não havia dez que foram purificados? Onde estão os outros nove?*

Os discípulos não sabem responder.

Em cenas intercaladas, vimos uma dúzia de sacerdotes e igual número de levitas chegarem da aldeia para encontrar os nove leprosos e preparar a cerimônia pela qual eles poderão recuperar sua posição na comunidade.

Agora, o samaritano aparece ao mesmo tempo que um vendedor de pombas com dez pequenas gaiolas. O samaritano é tratado como os outros.

Os nove leprosos e o samaritano, sentados em fila, com a parte superior do corpo nua, têm o cabelo e a barba raspados. Os sacerdotes passam de um a outro, examinando-os cuidadosamente para verificar se estão realmente curados. Um jovem sacerdote chama a atenção de um sacerdote mais velho para uma mancha branca no alto da cabeça de um dos leprosos e pergunta:

O que é isso?

O velho sacerdote estuda a mancha branca e diz:

Não é nada, é um sinal de lepra antiga.

Outro velho sacerdote aproveita a oportunidade para ensinar ao mais jovem. Ele aponta a mancha e amplia a explicação do colega.

Vê, houve uma úlcera aqui, mas "se a úlcera tornar-se outra vez carne branca, então ele está puro".

Começa, então, a cerimônia de purificação. Vasilhas de argila com água são colocadas no chão. Pedaços de madeira de cedro, lã escarlate e hissopo são postos na água. Um dos sacerdotes mais velhos aproxima-se do primeiro leproso. Um levita, com uma das gaiolas na mão, tira dela uma pomba e a entrega ao sacerdote, que a mata. Vemos apenas as gotas de sangue pingarem na água. O sacerdote esparge a água sete vezes sobre o leproso. O levita entrega outra pomba da gaiola para o sacerdote, que a mergulha na água e, depois, deixa-a voar em liberdade.

A última cena dessa sequência é um close das mãos estendidas do sacerdote no momento em que solta a pomba. Por meio de uma panorâmica da esquerda para a direita, a câmera desliza para as mãos do sacerdote no momento em que ele solta a pomba e assim em sequência, conforme uma pomba é solta depois que cada homem é purificado.

A panorâmica horizontal das aves sendo soltas dissolve-se suavemente em um close de um jovem correndo com uma tocha acesa na mão. Nós o acompanhamos e o close transforma-se lentamente em um plano geral que o mostra lançando a tocha em uma fogueira no alto de uma colina. Por meio de uma panorâmica ampla, vemos outras colinas e grandes fogueiras queimando no alto de cada uma delas.

[MUDANÇA DE CENA]

NARRADOR: *Um dia, quando fogueiras eram acesas em todas as colinas e todas as montanhas para chamar os romeiros a Jerusalém para a Páscoa, aconteceu que certo homem chamado Lázaro, a quem Jesus amava, ficou muito doente. Ele era de Betânia, nas proximidades de Jerusalém, onde vivia com seu pai e duas irmãs, Marta e Maria.*

A cena nas colinas dissolve-se suavemente em um quarto na casa de Lázaro.

O pai de Lázaro era levita. O próprio Lázaro era um escriba que havia alcançado uma excelente reputação. Muitas sinagogas solicitavam-lhe cópias da Lei e dos Profetas. Suas irmãs Maria e Marta, mais velhas que ele, eram costureiras e faziam roupas para os sacerdotes.

Embora a família fosse amiga de Jesus, também mantinha boas relações com as autoridades religiosas locais e com o povo de Betânia.

Lázaro está deitado na cama, à beira da morte. Está tão abatido pela febre que a vida quase parece já o ter deixado. Apenas seus dedos movem-se incessantemente e, de tempos em tempos, ele murmura sons ininteligíveis. Seu velho pai de barbas brancas caminha inquieto pelo quarto enquanto as irmãs revezam-se cuidando do doente.

Vizinhos entram sem fazer barulho. Em sussurros, perguntam a Maria sobre a saúde de Lázaro, mas o balançar silencioso de sua cabeça lhes diz que o caso do irmão é irreversível. Ou seja...

Maria tem um súbito arrebatamento. Ela se aproxima da irmã e fala em voz baixa. Marta parece aprovar a sugestão e sai do quarto. Maria volta para a cabeceira de Lázaro e enxuga seu rosto.

No pátio, Marta chama um servo e fala com ele.

> *Vai procurar Jesus e dize-lhe: "Aquele que você ama está doente."*

O servo repete as palavras:

"Aquele que você ama está doente."

Ele parte logo depois de colocar alguma comida na bolsa. Marta retorna ao quarto do doente.

Quarto do doente. Marta entra, seguida por um médico. As irmãs o observam ansiosas enquanto ele prepara o remédio para Lázaro. Como é o hábito, o médico, ao dar o remédio ao paciente, pronuncia as palavras:

Ergue-te de tua febre.

Mas não há mudança no estado de Lázaro. É como se o Anjo da Morte já estivesse parado à sua cabeceira.

[CORTA PARA A PRÓXIMA CENA.]

Manhã. Um fazendeiro e sua mulher estão viajando pela estrada que vai a Jerusalém, a Cidade Santa. O homem, sem nenhuma carga, vai montado em um burro. Sua mulher caminha atrás dele carregando um grande cesto na cabeça. Eles se encontram com o servo da casa de Lázaro, que lhes pergunta:

Vistes ou ouvistes alguma coisa sobre onde se encontra Jesus de Nazaré?

O fazendeiro aponta na direção de onde veio.

FAZENDEIRO: *Ele está em algum lugar atrás de nós.*

SERVO: *A que distância?*

FAZENDEIRO: *Se andares rápido, não deves demorar a encontrá-lo.*

O servo agradece e segue depressa pelo caminho.

[CORTA PARA A PRÓXIMA CENA.]

Quarto de Lázaro. Ele acaba de dar o último suspiro. O médico sente a pulsação e declara que o doente foi libertado de seus sofrimentos e entrou na alegria do Senhor. Ele se afasta e dá espaço para o velho pai, cujo dever é prestar os últimos serviços ao filho morto. Com lágrimas nos olhos, o pai se inclina sobre o filho e o beija pela última vez. Depois fecha os olhos e a boca do morto. Marta acende uma lamparina a óleo que, de acordo com o costume judeu, deve ser mantida acesa por sete dias e noites, simbolizando a imortalidade da alma humana. Maria cai de joelhos e, com os braços estendidos para a frente, chora histericamente:

Ai de mim, ai de meu irmão.

O médico deixa o quarto. Parentes, amigos e vizinhos reuniram-se à porta para expressar seu apoio. O médico responde à pergunta que está nos olhos deles, invocando as palavras tradicionais:

Chorai com eles, todos vós que tendes amargura no coração.

Um por um, os parentes e amigos entram no quarto do morto. Maria está transtornada de dor e Marta tenta consolá-la. Abraçadas, as irmãs choram juntas. Os recém-chegados primeiro dizem palavras de conforto ao pai, depois às irmãs.

PRIMEIRO PARENTE: *Que o Senhor da Consolação vos conforte.*
SEGUNDO PARENTE: *Lembrai que, na morte, os dois mundos se encontram e se beijam.*

Arrasada, Maria chora.

[CORTA PARA A PRÓXIMA CENA.]

O servo da casa de Lázaro, em seu caminho pelo deserto entre Jerusalém e Jericó. Alguns camelos estão sendo conduzidos pela estrada. O servo indaga aos condutores:

Vistes ou ouvistes alguma coisa sobre Jesus de Nazaré? Sabeis onde ele está?

Um dos condutores de camelos aponta para o deserto.

CONDUTOR DE CAMELO: *Lá, atrás daquela colina.*
SERVO: *A primeira?*
CONDUTOR DE CAMELO: *Não, a seguinte.*
SERVO: *Obrigado.*

Ele sai apressado.

[CORTA PARA A PRÓXIMA CENA.]

Fora da casa de Lázaro. O corpo do morto foi lavado, ungido, envolvido no linho mais fino e colocado em um esquife de vime enfeitado com murta. O rosto está virado para cima e as mãos cruzadas sobre o peito.

Estão presentes o velho pai, as duas irmãs chorosas e um grande número de parentes, amigos e vizinhos. O chefe da sinagoga faz a oração fúnebre:

> *Em verdade, ele era um Santo. Mas, aos olhos de Deus, a morte de seus Santos é preciosa. Ele acolhe as almas dos puros e justos, aguarda sua chegada como novas noivas, com prazer. E com prazer os anjos alegram-se por sua chegada para morar entre eles. Portanto, chorem pelos que estão sofrendo, não por ele que se foi. Ele encontrou seu descanso. E agora vamos levá-lo ao túmulo e dar-lhe o repouso.*

No final da oração, os parentes e amigos homens levantam o esquife sobre os ombros e o carregam para o túmulo. As carpideiras cantam a "Elegia".

[CORTA PARA A PRÓXIMA CENA.]

O cortejo fúnebre a caminho do túmulo, "a casa do silêncio". Os homens que carregam o esquife estão descalços.

À frente do cortejo está o chefe que fez a oração. Depois dele vêm o pai, Maria, Marta e a família mais próxima. Em seguida vem o esquife, seguido pelas carpideiras contratadas. No fim do cortejo há uma grande quantidade de pessoas organizadas de forma que homens e mulheres ficam separados. A elegia fúnebre da cena anterior é ouvida novamente, acompanhada de flautas e címbalos.

Alguns homens que extraem pedras na beira da estrada param de trabalhar e adotam uma postura reverente enquanto o cortejo passa.

[CORTA PARA A PRÓXIMA CENA.]

O cortejo chegou à "casa do silêncio".

O mesmo canto e a mesma música ainda são ouvidos, e prosseguem durante as três próximas cenas.

Lázaro é colocado no túmulo da família. Este é cavado na rocha na forma de uma câmara com nichos para os corpos nas laterais. Ao lado da câmara há uma pequena antessala, de onde um corredor leva para fora. A abertura do túmulo é fechada por uma grande pedra circular que pode ser rolada para o lado. As carpideiras caminham ao lado do esquife, cantando para o morto "Parte em paz". Jovens da família próxima erguem o corpo e o levam para dentro do túmulo, seguidos pelo pai.

[CORTA PARA A PRÓXIMA CENA.]

Interior da câmara. Os jovens depositaram o corpo no nicho e saíram, deixando o pai sozinho com seu filho amado. Tentando conter as lágrimas, o velho cobre o rosto do morto com um pano, o último favor das mãos de um pai.

[CORTA PARA A PRÓXIMA CENA.]

Fora do túmulo. O pai sai, andando de modo a não dar as costas ao morto.

As filhas vêm ficar ao lado dele. Alguns rapazes rolam a pedra circular para fechar a entrada. A câmera aproxima-se e a cena termina com um close da pedra.

O canto, a música e os choros vão ficando distantes e a cena dissolve-se suavemente para uma paisagem rochosa de deserto onde Jesus está sentado, cercado pelos discípulos e alguns fariseus. A uma curta distância, há outro pequeno grupo de fariseus e legistas. Aparentemente, ambos os grupos fizeram uma parada ali no caminho para Jerusalém. Jesus ainda não tomou uma decisão quanto a passar a Páscoa em Jerusalém ou ficar no deserto, onde está mais seguro.

Um legista aproxima-se de Jesus e pergunta:

Mestre, o que devo fazer para herdar a vida eterna?

Não há nenhuma intenção oculta na pergunta. Jesus a recebe de boa-fé e, sendo experiente na arte da dialética, responde com outra pergunta:

O que está escrito na Lei?

O legista, já na defensiva, cita Deuteronômio.

Ama o Senhor, teu Deus, de todo o coração e de toda a tua alma e com toda a tua força.

Jesus faz um gesto com a cabeça, incentivando-o, como se dissesse "e o que mais?". O legista pensa por um momento e continua, dessa vez citando Levítico:

Ama teu próximo como a ti mesmo.

Jesus aprova novamente com a cabeça e responde citando mais um texto do mesmo livro:

Faz isso e viverás eternamente.

O legista, reconhecendo como Jesus era bom nesse tipo de discussão, quer deixar claro que não aceitará uma solução superficial para um problema de tão grande importância. Uma definição precisa de "próximo" é necessária. O Levítico diz: "Não te vingarás nem guardarás rancor contra os filhos do teu povo, mas amarás o teu próximo como a ti mesmo". De acordo com isso, um "próximo" só poderia ser um israelita. Portanto, ele faz a Jesus a pergunta muito simples:

Quem é meu próximo?

Jesus pensa por um momento e decide que a melhor maneira de esclarecer a questão é usando uma parábola.

A transição da realidade para a parábola é feita da seguinte maneira: Jesus e os discípulos são vistos de pé em um ponto logo ao sul da estrada que atravessa o deserto de Jericó a Jerusalém.

Agora, a câmera faz um giro de 120 graus, do grupo de Jesus e seus discípulos para a estrada.

NARRADOR: *E Jesus contou uma parábola de um homem que ia de Jerusalém para Jericó e se viu cercado por ladrões...*

A região entre Jericó e Jerusalém é um deserto rochoso de aparência sinistra e sombria. A estrada entre as duas cidades é tortuosa, às vezes seguindo à beira de íngremes precipícios e outras vezes ao pé de paredes de pedra. Era, portanto, propícia para ataques repentinos de ladrões que se escondiam nas inúmeras cavernas das montanhas que não deixam rastros. Embora a estrada fosse perigosa para viajantes, era muito usada por ser o único caminho entre Jericó e Jerusalém. Na época de Cristo, davam-lhe o nome de caminho "vermelho" ou "sangrento". A meia distância entre as duas cidades, havia uma hospedaria que oferecia abrigo noturno para pessoas e animais. Essa hospedaria tinha um pátio cercado por um muro alto. Do lado de dentro do muro, em uma área coberta sustentada por colunas, homens, mulheres e crianças dormiam juntos enquanto os animais passavam a noite no meio do pátio aberto, em torno de cisternas cavadas na rocha. Além da colunata, havia alguns quartos para viajantes que dispusessem de algum recurso financeiro. O muro tinha apenas uma porta.

Pressupondo que Jerusalém esteja atrás da câmera, vemos o homem citado pelo narrador, provavelmente um comerciante judeu, conduzindo seu burro pesadamente carregado pela estrada. De repente, a estrada é tomada por bandidos armados que descem das colinas rochosas. Pego de surpresa, o comerciante é dominado, roubado e despido de suas vestes. Alguns dos ladrões pegam o burro e o levam consigo para as montanhas. Outros atacam o comerciante e ferem-no com seus punhais. Depois fogem depressa, deixando-o quase morto.

[CORTA PARA A PRÓXIMA CENA.]

NARRADOR: *Por acaso, vinha pelo caminho um sacerdote.*

O sacerdote, vindo da Cidade Santa, provavelmente está retornando para casa depois de ter cumprido seus deveres no Templo. Ao ver o homem aparentemente morto, passa depressa. Não lhe era permitido tocar um corpo morto, porque isso o deixaria impuro por sete dias. Essa era a Lei judaica.

[CORTA PARA A PRÓXIMA CENA.]

NARRADOR: *Da mesma maneira, um levita, quando passa pelo lugar...*

Um levita vem de Jerusalém. Ele também passa e vai embora.

[CORTA PARA A PRÓXIMA CENA.]

NARRADOR: *Mas certo samaritano em viagem vinha passando e, quando o viu, teve compaixão...*

O samaritano também vem de Jerusalém, montado em um burro. Assim que percebe o que havia acontecido, desce do burro e corre até o pobre homem. Tem pena dele e começa a ajudá-lo. Para desinfetar os ferimentos, limpa-os com vinho. Para cicatrizá-los e aliviar a dor, esfrega-os com óleo. Depois disso, enfaixa as feridas e, então, ergue o homem do chão, coloca-o sobre seu burro e segue para a hospedaria próxima.

[CORTA PARA A PRÓXIMA CENA.]

NARRADOR: *E ele levou o homem à hospedaria e cuidou dele...*

Vemos o samaritano chegando à hospedaria, onde é bem recebido. É, obviamente, um visitante frequente. O hospedeiro ajuda-o a carregar o comerciante ferido até um quarto, onde é colocado em uma cama.

[CORTA PARA A PRÓXIMA CENA.]

NARRADOR: *E, na manhã seguinte, quando o samaritano partiu, pegou dois denários e entregou-os ao hospedeiro...*

Vemos o samaritano na manhã seguinte, pronto para partir, conversando com o hospedeiro no quarto onde o homem ferido dorme profundamente.

Ele entrega ao hospedeiro duas moedas, olha para o homem na cama e diz:

> *Cuida dele; o que gastar a mais, eu pagarei quando voltar.*

[CORTA PARA A PRÓXIMA CENA.]

O samaritano deixa a hospedaria e afasta-se pela mesma estrada em que o comerciante havia sido atacado no dia anterior.

Este é o fim da parábola. Por meio de uma ampla panorâmica, voltamos a Jesus cercado pelos discípulos e o legista. Jesus faz a pergunta:

> *Quem desses três, em tua opinião, foi o próximo do homem que caiu nas mãos dos ladrões?*

O primeiro impulso do legista é responder: "o samaritano". Mas ele hesita porque, sendo um judeu e legista, sempre teve sentimentos ruins em relação aos samaritanos. E sua animosidade é tanta que a palavra "samaritano" não passa por seus lábios. Por fim, responde:

> *Aquele que demonstrou compaixão por ele.*

A isso, Jesus responde:

> *Vai e faz o mesmo.*

[Jesus ensinava que qualquer homem de qualquer credo e de qualquer raça pode ser seu próximo – *é o coração que importa*. Essas ideias não eram apenas novas para a época; eram revolucionárias e contrárias à fé judaica, e não é de surpreender que os judeus devotos se opusessem a elas.]

Depois do último comentário de Jesus, o legista e os fariseus se retiram, juntam-se a seu próprio grupo e partem.

Chega o servo enviado de Betânia por Marta com a mensagem para Jesus. Aproxima-se respeitosamente do grupo e faz um sinal a um dos discípulos de que tem uma mensagem para Jesus. O discípulo aponta o servo a Jesus, que vai até ele. Os discípulos, cheios de curiosidade, levantam-se e o seguem. O servo, depois das saudações habituais, diz:

Marta enviou-me com uma mensagem. Isto foi o que ela mandou que eu te dissesse...

O servo faz uma pausa como um aluno de escola prestes a recitar uma lição aprendida de cor. Então fala:

Aquele que tu amas está doente.

Jesus assente com a cabeça, sério. É como se a mensagem tivesse confirmado uma premonição. Ele diz aos discípulos:

Vamos para Betânia.

Os discípulos se alarmam. Ir para Betânia, tão perto de Jerusalém, seria extremamente perigoso, pois Jesus correria o risco de ficar à mercê de seus inimigos: as autoridades religiosas. Eles expressam sua inquietação.

JOÃO: *Para Betânia?*
TIAGO: *Para Jerusalém?*

Jesus confirma com a cabeça.

PEDRO: *Estás mesmo decidido a ir para Jerusalém?*

Jesus responde afirmativamente.

BARTOLOMEU: *Agora, na Páscoa?*
JESUS (calmo): *Sim, agora.*

PEDRO: *Tens consciência do perigo?*

MATEUS: *Há pouco tempo tentaram apedrejar-te.*

Jesus, com expressão muito séria, responde após uma breve pausa:

Eu preciso ir. Nosso amigo Lázaro dorme, mas vou despertá-lo.

Jesus fala da morte de Lázaro, mas os discípulos "julgaram que falasse do repouso do sono" (João 11,13). Por isso, Pedro diz:

Mas se ele está dormindo, vai se salvar.

Eles ainda têm dúvidas quanto ao acerto de ir para a Cidade Santa. Filipe acrescenta:

E não há necessidade de irmos para Jerusalém agora.

Jesus, então, decide falar claramente.

JESUS: *Lázaro morreu.*

Os discípulos ficam em silêncio por um momento, atordoados, porque todos eles amam Lázaro. Mas também amam Jesus e estão muito preocupados com o perigo. Por essa razão, João, uma vez mais, tenta fazê-lo mudar de planos.

JOÃO: *Se Lázaro já está morto e não pode ser salvo, por que ir a Betânia e Jerusalém?*

Jesus ouve distraído o que João está dizendo, porque sua mente está ocupada com outros pensamentos e ideias. Ele diz:

> *Sim, Lázaro está morto. E, por causa de vós, alegro-me de não ter estado lá, para que possais acreditar.*

Depois de uma breve pausa, ele repete:

> *Lázaro está morto. Vamos para junto dele assim mesmo.*

O significado dessas palavras está além da compreensão dos discípulos. Pedro fala a Jesus em tom aflito:

> *Então ainda estás decidido a ir para Jerusalém?*

Jesus confirma com a cabeça.

JOÃO: *Apesar do perigo?*

Com um leve tremor na voz, Jesus responde:

> *Não convém que um profeta morra fora de Jerusalém.*

Os discípulos se entreolham, perturbados por causa do perigo que ameaça seu amado mestre. É Tomé quem se pronuncia como porta-voz de todos.

> *Se é para ser assim, vamos também nós para morrermos com ele.*

Todos concordam e reúnem-se em torno de Jesus, ouvindo atentos suas palavras. Acompanhamos a partida de Jesus e seus discípulos.

JESUS: *Não há doze horas no dia? Se um homem caminhar de dia, ele não tropeça, porque vê a luz deste mundo. Mas se um homem caminhar à noite, ele tropeça, porque não há luz nele.*

Em close, vemos Jesus e vários discípulos junto dele, ouvindo atentamente. O ângulo é cortado de uma maneira que deixa o canto superior direito livre.

A cena dissolve-se suavemente em uma lamparina de óleo no canto superior direito. À esquerda, vemos o rosto de Marta, molhado de lágrimas; depois suas mãos, que reabastecem a lamparina. Ela sai da cena.

A cena dissolve-se lentamente para Lázaro, morto no túmulo. Desta vez, a dissolução da cena anterior não é completa. Vemos uma imagem sobreposta do close da lamparina (no canto superior direito) e do nicho (com a cabeça de Lázaro no canto inferior esquerdo).

A sobreposição dissolve-se suavemente para mostrar apenas a lamparina a óleo. Assim que a dissolução é completada, a câmera desliza para trás até mostrar todo o quarto em que Lázaro morreu.

O luto dura trinta dias, mas apenas os três primeiros dias eram tempo de luto profundo. O silêncio domina, interrompido apenas pelos suspiros e o choro dos parentes próximos, que estão sentados no chão. Durante esses três primeiros dias, os enlutados não comem nem bebem. Entre eles, vemos Maria, seu pai e alguns outros.

A prática Marta assumiu novamente os deveres da casa. Ela entra no quarto com alguns figos secos e oferece-os a Maria, que os recusa, enquanto chora inconsolável. Marta fica de joelhos e tenta confortar sua transtornada irmã. Chorando, Maria diz:

> *Ai, se... se... se...*

> Marta a abraça.

MARTA: *Se o quê?*
MARIA: *Se Jesus tivesse sido chamado a tempo...*

> Erguendo o rosto molhado de lágrimas, Maria continua.

MARIA: *Nosso irmão ainda estaria vivo.*
MARTA: *Como poderíamos saber que ele ia morrer? Acalma-se agora, não adianta ficar chorando.*

> Alguns vizinhos entram no quarto para consolar as irmãs.

> [CORTA PARA A PRÓXIMA CENA.]

Marta entra na cozinha e olha em volta para ver o que precisa ser feito. Quando caminha até a porta, sua atenção é atraída para um grupo de homens que vem entrando na aldeia. Ela enxuga as lágrimas e identifica quem são: Jesus e seus discípulos e, à frente do grupo, o seu servo. Ela corre ao encontro de Jesus.
    Assim que vê Marta, Jesus apressa o passo para encontrá-la. Marta não consegue conter as lágrimas. Jesus faz o possível para confortá-la e ajuda-a a se sentar, dizendo:

Não chores.

Marta, soluçando, conta a ele o que aconteceu.

Lázaro morreu.

Jesus só acena com a cabeça. Ele já sabe. Marta continua:

Se tu estivesses aqui, meu irmão não teria morrido.

Com voz calma e tranquilizadora, Jesus responde:

Teu irmão ressuscitará.

Marta não pode interpretar aquelas palavras literalmente.

MARTA: *Eu sei que ele despertará na ressurreição, no último dia.*
JESUS (depois de uma pausa): *Marta...*

Há na voz de Jesus um tom estranho que a faz levantar a cabeça e olhá-lo com surpresa. Jesus prossegue:

Eu sou a ressurreição e a vida: quem vive e crê em mim jamais morrerá.

Marta fica olhando para ele, atônita diante da enormidade que acaba de ouvir. Jesus lhe pergunta:

Tu acreditas nisso?

Marta, atordoada pelas palavras e modos de Jesus, responde baixinho:

Sim, eu acredito.

E, depois de uma pausa, acrescenta:

Acredito que tu és o Messias que vem ao mundo.

Ela se levanta e, ainda olhando para Jesus, diz:

Vou avisar Maria...

Ela sai e Jesus se senta, à espera de Maria.

[CORTA PARA A PRÓXIMA CENA.]

O quarto de luto. Maria está sentada no mesmo lugar de antes. Outros vizinhos entraram no quarto. Marta aparece. Ela se aproxima em silêncio da irmã e lhe conta em um sussurro que Jesus a espera lá fora. Maria sai do quarto com Marta. Os outros presentes olham para elas surpresos e comentam entre si:

PRIMEIRO ENLUTADO: *Por que Maria levantou tão depressa?*
SEGUNDO ENLUTADO: *Para onde ela foi?*
TERCEIRO ENLUTADO: *Certamente para o túmulo chorar.*
PAI: *Vamos nós também para o túmulo.*

Os enlutados, tendo à frente o pai de Lázaro, saem do quarto.

[CORTA PARA A PRÓXIMA CENA.]

Jesus ainda está no mesmo lugar onde Marta o encontrou. Ao chegar, Maria cai aos pés dele chorando e diz:

Se tu estivesses aqui, meu irmão não teria morrido.

Lágrimas de desespero cegam seus olhos. Vendo as lágrimas também dos enlutados, e de Marta e do pai, Jesus enche-se de compaixão. Ele lhes pergunta:

Onde o pusestes?

O pai responde:

Vem ver.

Jesus o segue.

[CORTA PARA A PRÓXIMA CENA.]

No túmulo. As pessoas que se aglomeraram ali são mantidas a distância pelos discípulos. Notamos um grupo de fariseus e escribas, um dos quais fala:

PRIMEIRO ESCRIBA: *Esse homem, que abriu os olhos do cego, não poderia ter feito com que ele não morresse?*

Jesus para diante da entrada do túmulo. Entre ele e o sepulcro estão o pai, as duas irmãs e outros parentes próximos. [Os ângulos desta cena são cortados de uma maneira que os torne o mais semelhantes possível aos ângulos da cena do funeral.] Desta vez, não há música ou canto, nem mesmo choros – apenas um silêncio pesado e opressivo. Todos olham para Jesus, que permanece calmo e imóvel. Para os discípulos, é evidente que ele está concentrando todo o seu poder psíquico, em preparação para a grande tarefa que assumiu. O silêncio é rompido por Jesus.

JESUS: *Tirai a pedra.*

Alguns parentes mais jovens aproximam-se da pedra, mas a impulsiva Marta faz um sinal para que eles esperem e vira-se para Jesus.

MARTA: *Mestre, faz quatro dias que ele morreu.*

Não está claro para ela o que Jesus pretende, por isso sente medo. Agora que seu irmão está morto, deseja que o deixem descansar em paz. Mas Jesus a repreende.

Eu não te disse que, se acreditar, verás a Glória de Deus?

Ela baixa a cabeça em sinal de humildade e Jesus sinaliza para que os rapazes removam a pedra.
Jesus é visto novamente concentrando seus poderes psíquicos. Tem os olhos fechados e lágrimas descem por seu rosto. Algumas pessoas murmuram:

Vede como ele o amava.

A pedra foi rolada para um lado. Uma onda de expectativa percorre a multidão. Jesus não se move, nem fala. De repente, ergue os olhos e diz em voz baixa:

Pai, agradeço-te porque me ouviste.

Há outro momento de silêncio e, então, Jesus grita em voz alta e firme:

Lázaro, vem para fora!

Todos os presentes seguram a respiração em expectativa temerosa. Depois de alguns segundos, vê-se uma forma branca movendo-se lentamente pelo corredor que sai da antessala. É Lázaro, embrulhado nos panos fúnebres, com o sudário na mão. Jesus vira-se para Marta e Maria e diz:

Desatai-o e deixai-o ir.

Marta corre para ajudar Lázaro, desprende as faixas e o abraça, mas Maria está assustada e agarra-se ao pai.
Os fariseus e os escribas murmuram entre si:

PRIMEIRO FARISEU: *Isso, certamente, não é obra de Deus.*
SEGUNDO FARISEU: *Certamente não.*

Os discípulos reúnem-se em torno de Jesus. Estão maravilhados e cheios de espanto.

Os rapazes empurram a pedra de volta para a entrada do sepulcro. A câmera aproxima-se e a cena termina com um close da pedra circular, depois se dissolve suavemente para a cena seguinte.

[MUDANÇA DE CENA]

NARRADOR: *Mas os fariseus que tinham testemunhado a ressurreição de Lázaro seguiram seu caminho para Jerusalém e contaram ao sumo sacerdote as coisas que Jesus havia feito. E o sumo sacerdote reuniu o seu conselho.*

Uma sala no palácio do sumo sacerdote Caifás. O palácio é um prédio retangular, com quatro alas agrupadas em torno de um pátio aberto. Todas as salas fazem frente para o pátio. Uma porteira cuida do portão principal. Vemos a movimentação de muitos escravos, homens e mulheres, atarefados.

A sala é o "talinarium", a biblioteca, cuja mobília e decorações nas paredes mostram influência grega e romana. O conselho que foi convocado para se reunir aqui é o conselho privado do sumo sacerdote.

O sumo sacerdote, o chefe do Estado judeu, fora nomeado pelo governador romano, Pilatos, e, consequentemente, só estava interessado em manter boas relações com o governante estrangeiro e fazer suas vontades. Embora todos os bons patriotas vissem-no como um mercenário e um instrumento corrupto do opressor romano, não há indícios de que esse seja o caso. Como político, ele era realista e considerava benéfico para a nação judaica agradar os romanos, cedendo em pequenas questões políticas. Por outro lado, protegia e defendia obstinadamente o pouco de liberdade que restava aos judeus: seu próprio culto religioso, sua própria justiça, seus próprios tribunais e sua própria força policial. No caso de insurreições, as autoridades judaicas tinham o dever de prender os culpados e entregá-los ao governador romano. Por essas razões, o sumo sacerdote tinha de considerar todos os movimentos revoltosos como um perigo para a nação. A nobreza, o clero e as pessoas de posses da região compartilhavam esse modo de pensar.

O conselho privado do sumo sacerdote constituía-se essencialmente de saduceus e fariseus, que eram antagonistas religiosos inconciliáveis, mas concordavam quanto à necessidade de viver em paz com os romanos. Quanto a Jesus, os saduceus o analisavam pelo ponto de vista político e os fariseus, pelo religioso.

Um dos fariseus, que estivera presente na ressurreição de Lázaro, faz seu relato.

FARISEU: *As pessoas vieram de longe para ver Lázaro, que Jesus tinha ressuscitado dos mortos, e havia muitos que acreditavam nele e consideravam-no um profeta.*

Caifás sorri com ironia, porque, até então, toda a questão tem sido mais religiosa do que política. Ele diz:

Um profeta? Onde está escrito que um profeta deve vir da Galileia?

A isso, o chefe dos sacerdotes acrescenta:

E de Nazaré?

Entre os conselheiros, há três homens conhecidos por serem justos, bons e extremamente sinceros em seus sentimentos religiosos: o velho sábio e professor Gamaliel e seus discípulos Nicodemos e José de Arimateia. Secretamente, eles aprovam os ensinamentos de Jesus. José de Arimateia, portanto, sente-se compelido a dizer algo em sua defesa.

> *Ele realmente deve ser um homem movido por Deus.*

Nicodemos vem em seu apoio.

NICODEMOS: *Eu concordo. Onde obteria o poder que tem demonstrado se não de Deus?*
CHEFE DOS SACERDOTES: *Houve outros antes dele que afirmaram terem sido enviados por Deus e que agitaram o povo. E ele é apenas mais um desse mesmo tipo.*
PRIMEIRO LEGISTA: *E, portanto, um perigo para o Estado.*

Nesse momento, Gamaliel se levanta com dignidade e diz:

> *Se Jesus for um perigo para o Estado, sua pregação logo acabará em nada. Mas se ele for de Deus, é melhor que o deixemos em paz.*

Suas palavras influenciam fortemente os membros do conselho. Há uma breve pausa antes de Caifás encerrar a discussão.

> *Os tempos são perigosos. Teremos de ficar atentos a ele.*

A cena dissolve-se suavemente em um close de uma folha de papiro. Vê-se uma mão escrevendo belas letras hebraicas, da direita para a esquerda. A mão pertence a Lázaro, que copia um dos livros dos Profetas.

Sentado no chão, apoiado na parede, está o velho pai de Lázaro. Ele parece imerso em pensamentos.

A câmera move-se para trás e vemos Lázaro. Lentamente, sua imagem vai se desfazendo na tela e Jesus e Maria entram em foco. Eles estão sentados fora da casa, não muito longe da porta da cozinha.

Por meio de um *travelling* da câmera, Jesus e Maria vêm para o primeiro plano. Ao fundo, vê-se Marta andando de um lado para outro entre a cozinha e a sala de refeições, carregando travessas, cestos de pão, frutas. Ela tenta pegar algumas das palavras de Jesus no caminho, mas sem sucesso.

Maria está sentada aos pés do Mestre, ouvindo-o com uma expressão extasiada, esquecida de todo o resto. Enquanto isso, a câmera move-se e focaliza Marta, que fica impaciente ao ver a irmã mais nova sentada sem fazer nada enquanto ela está tão ocupada. Por essa razão, aproxima-se de Jesus e diz:

> *Não te importa que minha irmã me deixe sozinha a fazer o serviço? Diga-lhe que me ajude.*

Maria levanta de um pulo, mas Jesus lhe faz um sinal para que continue onde está. Há um momento de silêncio. Marta sem dúvida já está arrependida por ter dado vazão à sua irritação.

Jesus olha para ela com uma expressão de gentil repreensão e diz:

Marta, Marta...

Jesus sacode a cabeça, sorri e continua:

Tu se inquietas com muitas coisas, mas só uma é necessária. E Maria escolheu a melhor parte, que não lhe será tirada.

Marta abaixa a cabeça, envergonhada. Com um lindo sorriso, Maria aproxima-se da irmã, abraça-a e beija-a. Senta-se, então, novamente aos pés de Jesus e, com um aceno, chama a irmã mais velha para sentar-se ao seu lado.

Jesus olha com amor para as irmãs e continua seus ensinamentos.

A cena dissolve-se suavemente para mostrar o Templo de Jerusalém. Um sacerdote de manto branco está de pé no alto do Templo, olhando para o sul. Assim que alvorece, ele chama os sacerdotes e levitas em serviço para os sacrifícios matinais.

PRIMEIRO SACERDOTE: *Amanheceu!*

O chefe dos sacerdotes grita de volta:

É dia em Hebron?

Após um instante, ouve-se o primeiro sacerdote outra vez:

É dia em Hebron.

O capitão da Guarda do Templo dá a ordem para que sejam abertas as pesadas portas do edifício. Os levitas tocam suas trombetas prateadas, anunciando o serviço da manhã.

Esta cena dissolve-se suavemente na próxima.

[MUDANÇA DE CENA]

NARRADOR: *No dia seguinte, que era o sábado, Jesus e dois de seus discípulos subiram a Jerusalém e chegaram a uma piscina chamada Betesda.*

A piscina de Betesda. Essa piscina estava situada ao lado do muro, perto do mercado de ovelhas ao norte de Jerusalém e da antiga "Porta das Ovelhas", que se abria para a estrada que levava a Betânia. Era uma "piscina dupla", com dois tanques lado a lado, mas com níveis de água diferentes e separados por uma colunata. As piscinas eram cercadas por pórticos, de onde escadas levavam à água. Esta vinha de uma fonte quente subterrânea intermitente que, a intervalos irregulares, fazia a água borbulhar e se agitar como a água de uma chaleira.

A cena começa com uma tomada em *travelling* da piscina e dos pórticos, sob os quais se espalha uma grande multidão de cegos, coxos, paralíticos e alquebrados.

Um plano geral de Jesus e dois de seus discípulos, João e Pedro, entrando nos pórticos.

NARRADOR: *Acreditava-se que um anjo, a certos intervalos, descia à piscina e agitava a água. Quem, então, entrasse primeiro nela seria curado da doença que tivesse.*

A câmera passa pela multidão de doentes deitados em seus catres, tapetes ou esteiras. Como é sábado, parentes vieram visitar muitos deles, mas todos os doentes têm os olhos fixos na superfície da piscina, cada um deles com a esperança ansiosa de ser o primeiro a entrar quando o anjo agitar a água outra vez. Por isso, ninguém presta muita atenção na chegada de Jesus e dos dois discípulos.

Jesus aproxima-se de um homem paralítico de uns 50 ou 55 anos de idade. Ele e os discípulos apiedam-se do sofrimento desse homem e perguntam-lhe sobre sua doença.

JOÃO: *Faz muito tempo que tu estás assim?*
PARALÍTICO: *Trinta e oito anos. Minhas duas pernas estão paralisadas.*
PEDRO: *Já entrou na piscina?*
PARALÍTICO: *Ainda não.*
PEDRO: *Por que não?*
PARALÍTICO: *Não tenho quem me ponha na piscina quando a água se agita. Enquanto estou indo, outro já desceu antes de mim.*

Jesus, que estava ouvindo e observando o rosto do paralítico, fala.

Quer ficar curado?

O paralítico olha com surpresa para Jesus, depois para os dois discípulos, e de volta para Jesus, imaginando se ele estaria ou não falando sério. Jesus, então, diz-lhe com autoridade.

Levanta, pega teu leito e anda.

O homem, ainda surpreso, olha novamente para Jesus e para os discípulos. Pedro o incentiva:

Levanta.

O homem sacode a cabeça.

PARALÍTICO: *Mas sou paralítico.*
JOÃO: *Não, estás curado agora.* (Apontando para Jesus). Ele *te curou.*
PEDRO: *Levanta e anda.*

O homem levanta devagar, a princípio instável e cambaleante, ganhando coragem pouco a pouco. Involuntariamente, e por força do hábito, ele usa as muletas, mas, depois de ter caminhado alguns passos, percebe que é capaz de ficar de pé sozinho e andar. Ele ergue as muletas para mostrar que pode andar sem elas. Os outros doentes olham-no assombrados e ele grita:

PARALÍTICO: *Estou curado!*
VOZES: *Como? Como foste curado?*
PARALÍTICO: *Ele só disse: levanta e anda.*
VOZES: *Quem? Quem disse isso?*
PARALÍTICO: *Ele.*

Ele se vira e aponta para o lugar onde Jesus estava um minuto antes, mas Jesus não está mais lá. Com João e Pedro, saiu sem ser notado.

VOZES: *Quem?*

O paralítico está confuso.

PARALÍTICO: *Aquele homem...*
VOZES: *Que homem?*

Perplexo, o paralítico não responde de imediato. Depois diz:

Ele foi embora.

E, vibrando de alegria, acrescenta:

E eu estou indo também. Preciso descobrir quem ele é. Nem sequer agradeci.

O homem enrolou seu colchão enquanto falava e, agora, sai apressado, saudando seus colegas sofredores com um aceno das muletas sobre a cabeça.

[CORTA PARA A PRÓXIMA CENA.]

Uma estrada nas proximidades da piscina de Betesda e da Porta das Ovelhas. O homem que foi curado caminha pela estrada. Ele encontra dois fariseus que vão para o Templo. Estes o param quando o veem carregando não só um par de muletas, mas também um colchão enrolado. Em um tom amistoso e de forma alguma autoritário, fazem-lhe recomendações para evitar que profane o sábado.

PRIMEIRO FARISEU: *Hoje é sábado.*

O paralítico olha para eles sem entender, a princípio, o motivo da advertência. Certamente era sábado, mas ele só pensava no homem que o curara e que o mandara pegar seu leito e andar.

Quando o outro fariseu percebe que o homem está confuso pela advertência, acrescenta:

SEGUNDO FARISEU: *Não é permitido carregar teu leito em um dia de sábado.*

Agora o homem compreende e responde:

Aquele que me curou disse: pega teu leito e anda.

O mesmo pensamento ocorre aos dois fariseus. Eles se entreolham e continuam a questionar o homem.

SEGUNDO FARISEU: *Quem te curou?*
PARALÍTICO: *Não sei quem ele era.*
PRIMEIRO FARISEU: *Mas sabes* como *foste curado?*
PARALÍTICO: *Ele só disse: levanta e anda.*
PRIMEIRO FARISEU: *Vai logo para casa.*

O homem se afasta o mais rápido possível e os fariseus seguem em direção à Porta das Ovelhas.

[CORTA PARA A PRÓXIMA CENA.]

Jesus, Pedro e João foram até o Templo e entraram no pátio dos gentios.

Esse pátio era cercado de pórticos, sendo o mais notável deles o pórtico de Salomão. Sob esses pórticos, os mestres e legistas reuniam seus discípulos para ensinar. O professor sentava-se em um banco ou bloco de pedra, enquanto os discípulos sentavam-se no chão em volta dele. Eles ouviam e faziam perguntas, e os mestres respondiam. O objetivo da discussão era sempre chegar ao cerne do problema teológico que estava sendo debatido. Vez por outra, era possível ver um mestre em teologia em conversa reservada com um único discípulo mais íntimo, ensinando-lhe em voz baixa as verdades mais secretas sobre a natureza de Deus.

Jesus, João e Pedro estão sentados sob um dos pórticos, cercados por muitas pessoas que os ouvem.

O homem que foi curado e está à procura de Jesus passa pelo grupo. Jesus o chama e ele o atende, feliz por ter a oportunidade de agradecer a seu benfeitor, mas Jesus o interrompe, dizendo em tom amistoso:

Tu estás curado; não peques mais, para que não te aconteça algo ainda pior.

O homem gagueja uma promessa e palavras de agradecimento e vai embora. Ele encontra os dois fariseus que o advertiram por carregar o leito. Apontando para Jesus, diz:

Aquele é o homem que me curou.

Ele os acompanha até Jesus, que percebe a finalidade da visita e prepara-se para a controvérsia.

PRIMEIRO FARISEU: *Por que fizeste essas coisas no dia de sábado?*
SEGUNDO FARISEU: *Não sabes o que está escrito na Lei?*
JESUS: *Sim, sei que circuncidam um homem no sábado, mas agora se irritam comigo porque curei de todo um homem no sábado.*
SEGUNDO FARISEU: *Mas isso não é lícito.*
JESUS: *Meu Pai trabalha sempre e eu também trabalho.*
PRIMEIRO FARISEU: *Tu te igualas a Deus?*

Os dois fariseus entreolham-se, sacodem a cabeça e viram-se para sair, mas Jesus ainda tem outra palavra para eles:

Procurai nas Escrituras: elas dão testemunho de mim.

[CORTA PARA A PRÓXIMA CENA.]

Espalha-se por Jerusalém a notícia de que Jesus curou um paralítico. Em consequência, outra reunião é convocada no palácio do sumo sacerdote.

Sacerdotes, legistas e fariseus estão presentes, entre eles Gamaliel, Nicodemos e José de Arimateia. Um escriba conta o que aconteceu na piscina de Betesda.

ESCRIBA: *Ele apenas disse: levanta e anda. E o homem levantou e andou. Jesus o curou.*
PRIMEIRO LEGISTA: *Profanando o sábado.*
PRIMEIRO CHEFE DOS SACERDOTES: *E, assim, agindo contra a vontade de Deus.*
NICODEMOS (com um sorriso provocador): *E qual é a vontade de Deus?*

SEGUNDO LEGISTA: *Obedecer à Lei.*
JOSÉ: *Não é a vontade de Deus ser bom, fazer o bem?*
SEGUNDO CHEFE DOS SACERDOTES: *Não se a Lei for desobedecida.*
JOSÉ: *Hoje Jesus fez o bem. Ele curou um homem.*
NICODEMOS: *Um homem que era paralítico há 38 anos.*
GAMALIEL: *Isso não é prova de que Deus queria que o homem fosse curado?*
NICODEMOS: *Mesmo no sábado?*
PRIMEIRO LEGISTA: *Não, ao contrário. Ao desobedecer à Lei, Jesus provou que seu poder de cura não vem de Deus.*

Caifás ouvia a discussão com indiferença. Essa sofística teológica não lhe interessa e, portanto, alegra-se com a chegada dos dois fariseus que haviam conversado com Jesus. Ele bate na mesa para silenciar a discussão, volta-se para os recém-chegados e lhes pergunta:

CAIFÁS: *Alguma novidade?*
PRIMEIRO FARISEU: *Sim, Jesus de Nazaré...*
CAIFÁS (interrompendo): *Nós sabemos. Ele curou um paralítico.*
SEGUNDO FARISEU: *Ele fez pior que isso.*
CAIFÁS: *O quê?*
PRIMEIRO FARISEU: *Ele disse que é o Filho de Deus.*
GAMALIEL: *Todos nós somos filhos de Deus.*
SEGUNDO FARISEU: *Ele se igualou a Deus.*
PRIMEIRO LEGISTA: *Ou seja, ele fez de si mesmo um Deus.*
SEGUNDO LEGISTA: *Um Deus? Ele se parece com qualquer um de nós.*
NICODEMOS: *As estrelas não temem ser confundidas com vaga-lumes.*

Caifás está entediado; ele também receia que tenha início mais um cansativo debate teológico.

CAIFÁS: *Ele é, claro, um blasfemo, mas o que podemos fazer?*
PRIMEIRO CHEFE DOS SACERDOTES: *Deixá-lo falar, e suas próprias palavras acabarão por anular suas pregações.*

Depois de pensar um pouco na questão, Caifás concorda com ele. Gamaliel, Nicodemos e José de Arimateia apertam as mãos. Estão satisfeitos com o resultado da reunião.

[CORTA PARA A PRÓXIMA CENA.]

Em uma das portas do lado sul, que levam da área do Templo ao Ofel[5] e aos aposentos dos sacerdotes. Jesus, João e Pedro passam por um jovem mendigo cego. Em uma tábua sobre a cabeça, ele traz escritas as palavras em hebraico: "Eu nasci cego".

Era crença comum que os pecados cometidos pelos pais faziam os filhos sofrerem, com frequência produzindo doenças mentais ou físicas. Pedro pergunta a Jesus:

Quem pecou, este homem ou seus pais, para que ele tenha nascido cego?

Jesus responde:

---

5 Ofel ou Ophel significa "elevação". É o nome dado a uma passagem montanhosa e elevada na extremidade sul de Jerusalém, próxima ao Monte do Templo. (N. E.)

Nem ele nem seus pais pecaram, mas é para que nele sejam manifestadas as palavras de Deus.

Ele se volta, então, para João:

Vai chamá-lo.

João aproxima-se do cego e lhe fala:

JOÃO: *Anima-te e levanta. O Mestre te chama.*
MENDIGO: *Quem?*
JOÃO: *Jesus de Nazaré.*
MENDIGO: *O Profeta?*
JOÃO: *Sim.*

O mendigo cego, cheio de esperança, arruma suas roupas, levanta rapidamente e vai até Jesus. As atitudes de Jesus levam os discípulos a imaginar que ele realizará um milagre.
Assim que alcança Jesus, o mendigo grita:

MENDIGO: *Tem piedade de mim!*
JESUS: *O que queres que eu te faça?*
MENDIGO (sem hesitação): *Algo que me dê a visão.*
JESUS: *E acreditas que eu seja capaz disso?*
MENDIGO: *Sim.*

Jesus se vira para o outro lado. Então agacha, cospe no chão e faz lama com a mistura de saliva e terra. (Essa cena de Jesus fazendo a lama é filmada de tal ângulo que não o vemos cuspindo.) Quando

Jesus termina os preparativos, levanta-se e unge os olhos do cego com a lama, dizendo:

Que te seja feito de acordo com a tua fé.

E, ao terminar a unção dos olhos do homem, acrescenta:

Agora vai lavar-te na piscina de Siloé.

Algumas das pessoas que estavam observando o acontecido pegam o cego pela mão e o conduzem à piscina de Siloé.
[Era crença geral que não só a saliva, mas também a lama, tinha poder curativo.]

[CORTA PARA A PRÓXIMA CENA.]

Piscina de Siloé [situada a sudoeste da colina de Ofel]. Aqui vemos o homem cego, que se chama Samuel, ajoelhado, cercado de amigos e curiosos. Ele pega a água nas mãos em concha e lava a lama dos olhos. Depois levanta a cabeça e olha para o céu e para as pessoas à sua volta, que lhe fazem perguntas:

VOZES: *Estás vendo alguma coisa? O que vês?*
SAMUEL: *Vejo homens como árvores, andando.*

Novamente ele mergulha as mãos na água e lava os olhos.

VOZES: *O que vês agora?*
SAMUEL: *Agora vejo tudo claramente.*

O manuscrito de um filme – **219**

Algumas das pessoas que se aglomeram em torno dele dizem:

Não é esse que ficava sentado mendigando?
Ele mesmo.
Não é ele, é alguém parecido com ele.

Samuel põe um fim na discussão:

SAMUEL: *Sou eu mesmo.*
VOZES: *E não estás mais cego?*
SAMUEL: *Não.*

Um transeunte incrédulo levanta as mãos diante do rosto de Samuel.

TRANSEUNTE: *Quantos dedos vês aqui?*
SAMUEL: *Sete.*
TRANSEUNTE: *E agora?*
SAMUEL: *Três.*
TRANSEUNTE: *E agora?*
SAMUEL: *Um.*

O homem olha em volta, triunfante.
Dois fariseus, curiosos com o movimento, aproximam-se e fazem perguntas a alguns na multidão.

PRIMEIRO FARISEU: *O que aconteceu?*
SEGUNDO FARISEU: *Aquele não é o mendigo cego de nascença?*
UMA VOZ: *Sim, e agora recebeu a visão.*

UMA VOZ: *Jesus de Nazaré o curou.*
PRIMEIRO FARISEU: *Quando?*
UMA VOZ: *Agora mesmo, alguns minutos atrás.*
PRIMEIRO FARISEU: *No dia de sábado?*

Os dois fariseus aproximam-se de Samuel.

PRIMEIRO FARISEU: *Segue-nos para a sinagoga e conta aos anciãos a maneira como foste curado.*
SAMUEL (protestando): *Não, primeiro quero ver meu pai e minha mãe. Eu nunca os vi.*
PRIMEIRO FARISEU: *Mandaremos chamar teu pai e tua mãe.*
SEGUNDO FARISEU: *Vem, tu os encontrarás na sinagoga.*

Um jovem na multidão, amigo de Samuel, oferece-se para ajudar.

Vou contar a eles.

E Samuel deixa a piscina com os dois fariseus.

[CORTA PARA A PRÓXIMA CENA.]

Uma sinagoga em Jerusalém. Vemos alguns dos anciãos, a quem os dois fariseus já fizeram o relato da cura do cego. O grupo está agora a caminho de uma sala especial usada para interrogar os infratores das leis religiosas, onde Samuel aguarda. A audiência começa de imediato.

ANCIÃO: *Como teus olhos foram abertos?*
SAMUEL: *Um homem chamado Jesus fez lama, colocou nos meus olhos e me disse: vai para a piscina de Siloé e se lava. Eu fui, me lavei e agora vejo.*
SEGUNDO ANCIÃO: *Onde está esse homem chamado Jesus?*
SAMUEL: *Não sei.*

Os fariseus discutem entre si.

TERCEIRO FARISEU: *Esse homem não é de Deus, porque não respeita o sábado.*
QUARTO FARISEU: *Como pode um homem pecador realizar tais milagres?*
QUINTO FARISEU: *Certamente ele tem algum demônio.*
QUARTO FARISEU: *E pode um demônio abrir os olhos do cego?*

Um dos anciãos ordena que os fariseus muito exaltados se acalmem, para que a audiência possa prosseguir.

PRIMEIRO ANCIÃO: *O que dizes tu desse que te abriu os olhos?*
SAMUEL: *Que ele é um profeta.*

Os anciãos conversam em voz baixa. Alguns deles duvidam que o rapaz fosse cego; talvez ele apenas tivesse uma visão fraca. Dois anciãos decidem interrogar os pais:

SEGUNDO ANCIÃO: *Os pais vieram?*
SUPERVISOR: *Sim, estão aí fora.*
SEGUNDO ANCIÃO: *Manda-os entrar.*

Samuel volta-se para a porta, aguardando impaciente por seu pai e sua mãe, os quais ele nunca havia visto. Quando eles se aproximam, com uma expressão de grande alegria, Samuel fica emocionado demais para falar. Após um instante, ele diz:

Tu és meu pai?

O pai é tintureiro, como pode ser notado por seus brincos de fios coloridos. À pergunta do filho, ele apenas concorda com a cabeça e sorri.

SAMUEL: *Fala comigo para que eu saiba.*

O pai responde citando Isaías 9,6.

PAI: *Pois um menino nos nasceu, um filho nos foi dado.*
SAMUEL: *Sim, és meu pai.* (Voltando-se para a mulher) *E tu és minha mãe?*
MÃE: *Sim, meu filho.*

Ele beija o pai e a mãe e, então, os anciãos começam a interrogá-los.

PRIMEIRO ANCIÃO: *Este é teu filho?*
PAIS: *Sim, é nosso filho.*
PRIMEIRO ANCIÃO: *Que nasceu cego?*
PAIS: *Sim.*
SEGUNDO ANCIÃO (enfaticamente): Nasceu *cego?*
PAIS: *Sim,* nasceu *cego.*

PRIMEIRO ANCIÃO: *Como ele vê agora?*
PAIS: *Nós não sabemos.*
SEGUNDO ANCIÃO: *De que maneira ele agora vê?*
PAIS: *Nós não sabemos.*
PRIMEIRO ANCIÃO: *Quem abriu seus olhos?*
PAIS: *Nós não sabemos.*

Os pais não respondem a essas perguntas porque sabem que Jesus é considerado pelos líderes religiosos um mestre que prega contra a Lei e a tradição. Temendo ser excomungados, eles procuram não dizer nada que possa vir a ser mal interpretado.

Os anciãos, notando que os pais têm cuidado com as palavras, tentam intimidá-los por meio de um tratamento rude.

PRIMEIRO ANCIÃO: *Vós não sabeis... vós não sabeis... vós não sabeis de nada. Estais brincando comigo?*
PAI: *Não, nós não sabemos de nada. Pergunta ao nosso filho; ele já tem idade.*
MÃE: *Sim, ele falará por si.*

Os pais são dispensados e os anciãos voltam a interrogar o filho.

PRIMEIRO ANCIÃO: *O que ele fez a ti? Como abriu teus olhos?*
SAMUEL: *Eu já disse e não me ouvistes. Por que quereis ouvir novamente? Por acaso quereis também vos tornar discípulos dele?*

Agora os anciãos estão bravos e insultam o rapaz.

SEGUNDO ANCIÃO: *Tu és discípulo dele, mas nós somos discípulos de Moisés. Sabemos que Deus falou a Moisés. Quanto a esse sujeito, não sabemos de onde é.*

Samuel, agora exaltado e corajoso, responde com alguma arrogância.

Ora, aí está algo espantoso. Não sabeis de onde ele é, no entanto ele abriu meus olhos. Desde que o mundo começou, nunca se ouviu dizer que alguém tenha aberto os olhos de um cego de nascença. Se esse homem não viesse de Deus, nada poderia fazer.

Os anciãos ficam furiosos por lhe falarem daquela maneira. Eles gritam:

SEGUNDO ANCIÃO: *Tu que nasceste no pecado queres nos ensinar?*
PRIMEIRO ANCIÃO: *Sai da sinagoga agora mesmo. Tu estás expulso da congregação.*

Samuel sai da sinagoga, mas seus pais não têm coragem de segui-lo.

[CORTA PARA A PRÓXIMA CENA.]

O pátio dos gentios. Sob um dos pórticos, Jesus, João e Pedro estão sentados em blocos de pedra.

Samuel corre para o lado de Jesus.

SAMUEL: *Mestre...*
PEDRO: *O que aconteceu?*
SAMUEL: *Fui expulso da congregação.*

Jesus faz um sinal a João e a Pedro para que se afastem. Ele olha com seriedade para o rapaz e pergunta:

Tu acreditas no Filho de Deus?

Samuel olha para Jesus com ar de surpresa e indaga:

Quem é, para que eu acredite nele?

Jesus inclina-se para a frente e diz:

Tu o vês, e é quem te fala agora.

Samuel fica em silêncio por um instante e, então, responde:

Eu acredito.

Com expressão de alegria e confiança, ele escuta Jesus. A cena dissolve-se suavemente.

[MUDANÇA DE CENA]

NARRADOR: *Um dos conselheiros do sumo sacerdote, um fariseu chamado Nicodemos, que, em segredo, acreditava em Jesus, foi à noite para Betânia fazer-lhe perguntas acerca do Reino de Deus.*

Uma tomada em *travelling*, um close bem próximo de uma lamparina, carregada por um servo à noite. A estrada que leva de Jerusalém a Betânia. Vemos Nicodemos a caminho do encontro com Jesus. O servo que carrega a lamparina segue à frente. É uma noite de vento. O clima tempestuoso verga as árvores, varre a estrada e faz a túnica de Nicodemos voar em torno dele.

Nicodemos era um dos cidadãos mais ricos de Jerusalém. Era não só membro do conselho político privado do sumo sacerdote, como também um membro notável do poderoso Sinédrio. Um homem justo, culto e temente a Deus. Pertencia ao grupo dos fariseus. Sua paixão pela verdade o fez sair naquela noite, porque ele quer conhecer a nova doutrina direto na fonte.

[CORTA PARA A PRÓXIMA CENA.]

A casa de Lázaro em Betânia: a entrada vista de dentro. Uma batida à porta. Lázaro aparece, com uma lamparina de óleo na mão.

Quem está aí?

Nicodemos responde:

Um amigo, Nicodemos.

Lázaro abre a porta e eles se cumprimentam.

NICODEMOS: *Vim para ver Jesus.*
LÁZARO: *Ele está aqui.*

Lázaro conduz Nicodemos até Jesus.

[CORTA PARA A PRÓXIMA CENA.]

Uma sala na casa de Lázaro. Jesus está sentado, conversando com João. Ele se levanta quando Nicodemos e Lázaro entram. Jesus senta-se novamente e convida Nicodemos, com um gesto, a sentar-se a seu lado. Lázaro e João ficam com eles. Nicodemos faz a Jesus a pergunta que tem em mente:

NICODEMOS: *Nós sabemos que tu és um mestre vindo de Deus.*
JESUS: *Nós?*
NICODEMOS: *Sim, somos muitos que percebemos que ninguém pode fazer essas obras que tu fazes se Deus não estiver com ele.* (Pausa) *E queríamos saber como entrar no Reino de Deus de que nos falas.*

Jesus olha para Nicodemos estudando sua expressão e, então, responde:

Quem não nascer de novo não pode ver o Reino de Deus.

Embora Nicodemos estivesse familiarizado com a linguagem figurada da época, o significado espiritual das palavras de Jesus lhe escapa. Por isso, pergunta:

Como pode um homem nascer de novo quando já é velho? Pode ele entrar uma segunda vez no útero de sua mãe e nascer?

Jesus aprecia o espírito ávido de Nicodemos e tenta lhe oferecer um entendimento mais elevado e espiritual.

JESUS: *Não te admires de eu ter-te dito que deves nascer de novo. O que nasce da carne é carne, e o que nasce do Espírito é Espírito. Por isso eu te disse: quem não nascer de novo não pode entrar no Reino de Deus.*

Tudo isso soa estranho para Nicodemos. É tão completamente diferente da concepção judaica do Reino de Deus. Mas, com sua sede ardente de conhecimento, ele deseja sinceramente entender.

NICODEMOS: *Nascer de novo?*
JESUS: *Sim, nascer do alto.*
NICODEMOS: *Nascer do alto?*
JESUS: *Sim, do Espírito.*

É cada vez mais difícil para Nicodemos acompanhar as palavras e as ideias de Jesus. Ele repete, pensativo:

O Espírito?

João e Lázaro ouviam com interesse a conversa e, agora, tentam ajudar Nicodemos citando os primeiros versículos de Gênesis.

JOÃO: *No princípio, Deus criou o céu e a terra.*
LÁZARO: *E o Espírito de Deus moveu-se sobre a superfície das águas. E Deus disse, Haja luz, e houve luz.*

Jesus faz uma analogia simples para auxiliar Nicodemos. O vento uivando lá fora inspira a analogia.

JESUS: *Ouve – o vento sopra quando quer e tu ouves o som, mas não sabes de onde vem nem para onde vai. Assim acontece com todo aquele que nasce do Espírito.*

JOÃO: *Não podemos perceber o Espírito com nossos sentidos, mas ele está aí, dentro de nós, preparando nosso segundo nascimento: nosso nascimento* espiritual.

Nicodemos começa a entender o significado das palavras: nascer de novo, nascer do alto. Mas outra pergunta lhe vem à mente: como conseguir esse nascimento espiritual?

Como isso pode acontecer? Como posso ser digno de entrar no Reino de Deus?

João está ansioso para ajudar.

JOÃO: *Primeiro, temos de ser transformados por dentro.*
LÁZARO: *Limpe primeiro o interior do copo, que o exterior também será limpo.*
JESUS: *Tu és mestre em Israel e ignoras essas coisas? Se não crês quando te falo das coisas da terra, como vais crer quando eu te falar das coisas do céu?*
NICODEMOS: *Como posso acreditar em coisas que não são vistas e estão no Céu? Nenhum homem pode subir ao Céu.*
JESUS: *Não. Nenhum homem pode subir ao Céu, a não ser aquele que desceu do Céu, o* Filho do Homem.

Há um breve silêncio. Então, Nicodemos diz:

> *Eu sei o que é necessário para ser digno de entrar no Reino de Deus, mas há ainda uma coisa que não sei: onde é a porta?*

Jesus responde com seriedade:

> *Deus amou tanto o mundo que enviou o seu Filho único, para que, por meio dele, o mundo seja salvo, e todo aquele que crer no Filho não pereça, mas tenha a vida eterna.*

A importância dessas últimas palavras não escapa a Nicodemos.

NICODEMOS: *Crer no Filho e amar o Pai em seu Filho – essa é a porta para o Reino de Deus?*
JESUS: *Sim.*
NICODEMOS (levantando): *De agora em diante, procurarei com toda minha força encontrar a porta.*
JESUS (levantando também): *Procura e encontrarás e, quando encontrares, vais te admirar e, quando te admirares, entrarás no Reino e, quando tiveres entrado no Reino, eu te darei descanso.*

Nicodemos despede-se de Jesus e de João, e Lázaro o acompanha até a porta. Antes de sair, ele vira novamente para Jesus.

> *Aconselho-te a não ir para Jerusalém.*

Com ar de resignação, Jesus responde:

> *No entanto, hoje, e amanhã, e depois de amanhã, devo prosseguir meu caminho; e, no terceiro dia, terei consumado.*

Nicodemos, profundamente comovido, vai embora.

[Jesus nunca se proclamou abertamente o Messias, mas, sem dúvida, tinha chegado pouco a pouco à conclusão de que era mesmo o Messias esperado, chamado por Deus para estabelecer seu Reino na terra. Mas ele sentia que sua missão no mundo era infinitamente maior do que apenas realizar as esperanças nacionais e políticas tradicionalmente associadas ao sonho messiânico do povo. Jesus queria uma revolução, mas de natureza espiritual. E deu ao papel messiânico um novo significado ao identificá-lo com o "Servo justo" anunciado por Isaías (53,11), que, por meio de seus sofrimentos, redimiria Israel. Quando, portanto, no dia seguinte ele decidiu entrar na Cidade Santa, queria, por um ato simbólico, enfatizar que vinha como um Messias em um sentido espiritual. O povo, no entanto, pensava no Messias apenas em termos políticos e militares.]

A cena dissolve-se suavemente em um close de um jumentinho branco mamando em sua mãe.

NARRADOR: *No dia seguinte, Jesus subiu a Jerusalém, montado em um jumento. Cumpria, assim, as palavras do Profeta: Eis que vem o teu rei, humilde, montado em um jumento.*

Jesus escolheu deliberadamente fazer sua entrada em Jerusalém montado em um jumento. Desde os tempos antigos, o jumento era usado por pessoas notáveis: reis, juízes e profetas. Quando um rei chegava montado em um jumento, isso era sinal de que vinha em paz. Era de esperar, portanto, que o Ungido de Deus entrasse na Cidade Santa em um jumento.

O close dissolve-se em um plano geral em que vemos uma jumenta branca com seu filhote. O animal está amarrado perto de um local onde dois caminhos se encontram. Há algumas pessoas por ali.

Dois discípulos, Tiago e Tadeu, aproximam-se da jumenta e do filhote e os soltam. O proprietário dos animais, vendo o que os discípulos estão fazendo, aproxima-se correndo.

PROPRIETÁRIO: *Por que vós os estais soltando?*
TIAGO: *Jesus de Nazaré precisa deles.*
PROPRIETÁRIO: *Para quê?*
TADEU: *Ele vai entrar em Jerusalém hoje.*
TIAGO: *Solenemente.*
PROPRIETÁRIO: *Podeis levá-los.*
TIAGO: *Nós os devolveremos esta noite.*

Eles partem.

O cortejo, liderado por Jesus e cercado por ovelhas e seus pastores. A alegria dos galileus contagiou os romeiros e os discípulos no cortejo, e o entusiasmo espalha-se rapidamente. Há palavras de louvor em todas as bocas, palavras que falam de Jesus como o Messias que o povo espera. Para os discípulos, o cortejo tornou-se uma marcha triunfal que superava todas as melhores expectativas. Dando vazão ao entusiasmo há tanto tempo impacientemente contido, todos se unem em coro.

O manuscrito de um filme – 233

VOZES: *Hosana ao Filho de Davi!*
Bendito o Reino de nosso pai Davi!
Hosana no mais alto dos céus!
Bendito o que vem em nome do Senhor!
Bendito o Reino que vem!
Paz no céu e Glória no mais alto dos céus!

"O que vem em nome do Senhor" é o Messias. Todos os judeus conheciam essa expressão.

[CORTA PARA A PRÓXIMA CENA.]

Três homens idosos estão parados à beira da estrada. (Poderiam ser "os três sábios do Oriente".) Quando Jesus se aproxima, eles se ajoelham e inclinam a cabeça. Os gritos da cena anterior são ouvidos nesta cena e na próxima.

[CORTA PARA A PRÓXIMA CENA.]

O cortejo chega a uma bifurcação na estrada. Os fariseus aproximam-se de Jesus. A proclamação pública de Jesus como o Messias parece-lhes algo muito perigoso, considerando as possíveis consequências políticas para a nação e também as consequências para o próprio Jesus. Na opinião deles, Jesus está agindo de modo indesculpável por não proibir que seus seguidores dirijam-se a ele de tal maneira. Por essa razão, sentem-se justificados a lhe fazer o pedido.

PRIMEIRO FARISEU: *Mestre, repreende teus discípulos!*

Até então, Jesus havia se mantido em silêncio. Era como se todo aquele cortejo fosse um sonho e ele simplesmente se deixasse ser louvado. Mas isso não é problema apenas dele? Jesus vira-se para os fariseus.

> *Eu vos digo que, se eles se calarem, as pedras gritarão.*

Percebendo que Jesus não fazia objeção à homenagem que lhe estavam prestando, os discípulos e os romeiros voltam a gritar seus louvores e continuam agitando ramos de palmeira.

A cena dissolve-se suavemente em um close da mão de uma jovem agitando um ramo. Esta dissolve-se para o interior das pedreiras subterrâneas do rei Salomão.

NARRADOR: *Nessa mesma hora, revolucionários de toda a Palestina reúnem-se secretamente nas pedreiras do rei Salomão. A notícia de que Jesus estava prestes a fazer sua entrada em Jerusalém como o Messias havia se espalhado. Os revolucionários, que viviam procurando um meio de se libertar dos romanos, não queriam deixar escapar de suas mãos essa oportunidade.*

Cem ou mais rapazes, fanáticos revolucionários, reuniram-se para saber das notícias que acabavam de chegar de Betânia. Há homens de pé e sentados nos blocos de pedra quadrados. Em um ponto, alguns blocos estão empilhados formando um púlpito.

Um homem está saindo do púlpito e outro, o líder, sobe para lá.

> *Vós pedis um plano. Nós temos um plano. E, se tivermos sucesso, Jerusalém estará em nossas mãos antes do anoitecer.*

Dois jovens romeiros galileus, que haviam sido enviados pelos revolucionários para verificar o tamanho do cortejo de Jesus e como ele era recebido pela população, entram apressados nas pedreiras.

O líder acena para que eles apresentem seu relatório. Ansiosos para contar as novidades e incentivados por outros membros do "movimento clandestino", eles falam ao mesmo tempo.

AMBOS OS GALILEUS: *Ele está entrando na cidade como o Messias.*
LÍDER: *Ostensivamente?*
PRIMEIRO GALILEU: *Ostensivamente.*
SEGUNDO GALILEU: *E o povo está entusiasmado.*
PRIMEIRO GALILEU: *Vamos todos nós ao encontro dele.*
SEGUNDO GALILEU: *E agora. Não temos tempo a perder.*
LÍDER: *Vamos bater enquanto o ferro está quente.*

A maioria dos homens tinha levantado e se agrupado em torno do líder.

LÍDER: *Tende firmeza no coração. Que morramos, se for preciso, mas não nos comportemos como covardes.*
PRIMEIRO GALILEU: *Vamos logo agitar a cidade.*

Enquanto os homens saem em pequenos grupos, a cena dissolve-se suavemente para mostrar a mão de uma garota sacudindo ramos. As vozes aclamando e louvando a Deus ouvem-se mais fortes.

Essa cena dissolve-se suavemente no cortejo liderado por Jesus, que está atravessando uma ponte sobre o riacho seco de Cedron.

O entusiasmo de seus seguidores é maior do que nunca. Todos acreditam que Jesus é o prometido Filho de Davi. Sentem acesa a esperança de que o dia da libertação está próximo. Sem dúvida Jesus é o Messias que viria e estabeleceria o Reino de Deus, conforme previsto pelos Profetas.

[CORTA PARA A PRÓXIMA CENA.]

A "Porta da Água" de Jerusalém, ao sul da área do Templo e aberta para uma estrada que leva a Betânia, vista pelo lado de fora da cidade. Uma multidão de pessoas recebe Jesus e lhe dá as boas-vindas. São, em sua maioria, romeiros. Os revolucionários, de acordo com o plano, misturam-se ao povo.

[Era um costume comum para o povo de Jerusalém ir receber às portas da cidade caravanas de lugares distantes e personalidades de alguma importância. A acolhida dada a Jesus é maior e mais entusiástica que as normalmente feitas a romeiros. Isso devia-se em parte ao trabalho dos revolucionários.]

[CORTA PARA A PRÓXIMA CENA.]

Close da cabeça do jumentinho trotando paciente atrás de sua mãe.

[CORTA PARA A PRÓXIMA CENA.]

O alto de uma palmeira. Um dos revolucionários (cujo rosto reconhecemos) subiu na árvore e ocupa-se em cortar ramos e passá-los ao líder, que os distribui entre os outros revolucionários. O líder lhes dá instruções.

E lembrai-vos: quando eu fizer um sinal, começamos a cantar o "Halel".

[A agitação de ramos de palmeira era usada particularmente para receber reis e pessoas importantes.]

[CORTA PARA A PRÓXIMA CENA.]

Em frente a uma casa que dá para a estrada, um velho patriarca de barbas brancas está montando em um camelo ajoelhado. O animal se levanta no momento em que passa o cortejo de Betânia, com Jesus "humilde, sentado sobre um jumento". O patriarca une-se ao cortejo.

[CORTA PARA A PRÓXIMA CENA.]

Plano em câmera alta da estrada à frente do cortejo. Vemos os revolucionários e os romeiros que vieram da cidade espalhando os ramos de palmeira pelo chão como um tapete verde. Por fim, os dois grupos se encontram e os da cidade aclamam Jesus com gritos. Agora, porém, as coisas tomam um novo rumo. Jesus não é mais saudado como o Filho de Davi, mas ostensivamente como o Rei dos Judeus.

VOZES: *Bendito seja o Rei dos Judeus!*
Bendito seja o Rei que vem em nome do Senhor!

Isso é obra dos revolucionários.

[CORTA PARA A PRÓXIMA CENA.]

Um plano lateral indo do jumento até o líder dos revolucionários, que faz um sinal para seus seguidores começarem a cantar o "Halel".

Esses salmos eram cantados em algumas festas religiosas solenes, mas também como um canto de boas-vindas para as caravanas de romeiros que chegavam a Jerusalém. O canto do "Halel", junto com os gritos de Hosana e os acenos dos ramos de palmeira, indica uma ocasião de muita importância. Os salmos são uma antífona cantada alternadamente por diferentes vozes.

Os dois grupos, o de Jerusalém e o de Betânia, agora unidos, enchem o ar com seus cantos.

[CORTA PARA A PRÓXIMA CENA.]

Um close de Jesus. Há lágrimas em seus olhos. Está chorando por ver Jerusalém, a cidade condenada? Ou está emocionado pelo canto e pelos gritos de alegria com os quais é recebido? Ou percebe que o perigo que enfrenta ao entrar em Jerusalém está logo ali e que os gritos dos romeiros, aclamando-o como o Rei dos Judeus, só aumentam esse perigo?

[CORTA PARA A PRÓXIMA CENA.]

O cortejo liderado por Jesus é visto da Porta da Água, que o enquadra como uma moldura em sua entrada.

[CORTA PARA A PRÓXIMA CENA.]

Do lado de dentro da Porta, homens, mulheres e crianças estão no alto das casas para ver aquela cena incomum. A notícia espalhou-se rapidamente e as pessoas esticam o pescoço para tentar enxergar o homem a que chamam de Rei dos Judeus.

A Porta da Água vista de dentro da cidade. Quando o cortejo passa pela Porta, Jesus é saudado amistosa e cordialmente pela multidão atraída para a rua pelos gritos. Toda a cidade está agitada. Grandes acontecimentos estão em andamento. Os discípulos transbordam alegria e expectativa. Jesus, por sua vez, está sentado em silêncio no meio da multidão que grita e canta. As pessoas entusiasmadas acham que aquele é o início de um evento importante. Mas Jesus sabe que é o início de seu martírio.

[CORTA PARA A PRÓXIMA CENA.]

O cortejo move-se pela rua principal que leva à "porta tripla", a entrada principal da área do Templo pelo lado sul. Os artesãos – sopradores de vidro, tapeceiros, barbeiros e sapateiros, trabalhando em suas oficinas abertas – levantam-se e prestam homenagem ao Profeta, ao Messias, ao Rei.

Os cantos e os gritos desaparecem lentamente na distância.

Na porta tripla há um lugar em que visitantes e romeiros podem deixar seus animais. Jesus desce do jumento. Com seus discípulos, e cercado pelos revolucionários que se misturaram à multidão, ele entra no pátio dos gentios.

[CORTA PARA A PRÓXIMA CENA.]

Passando pela porta tripla, nos pórticos no lado sul do pátio dos gentios, estão os cercados e as mesas dos comerciantes que vendem animais para os sacrifícios e dos cambistas. Aqui são mantidos as ovelhas e os cordeiros, e os vendedores de pombas têm suas aves em gaiolas. Os cambistas (com um denário pendurado em um cordão preso à ponta da orelha esquerda) têm suas mesas, com as caixas de dinheiro e as balanças. Toda a cena é permeada pelos sons de balidos e arrulhos misturados às vozes de homens conversando e discutindo.

Esse mercado, onde ocorria a venda das aves e das ovelhas para os sacrifícios, era indispensável para o serviço do Templo. Os cambistas também eram necessários. Os animais vendidos dentro da área do Templo eram submetidos a inspeção sanitária; eles eram "limpos". Havia necessidade de cambistas porque o Templo, por razões religiosas, não aceitava moedas gregas e romanas, que traziam a efígie do imperador. Romeiros judeus de todas as partes do mundo traziam consigo moedas de todo tipo. Esse dinheiro não podia ser usado para pagamentos no Templo e, portanto, tinha de ser trocado.

Ao ver esse mercado dentro do Templo, o coração de Jesus se enche de indignação.

Todos os olhares estão fixos nele. A multidão e, em especial, os revolucionários esperam ansiosos pelo que ele vai dizer. Os olhos de Jesus ardem com a ira dos justos e ele parece um dos Profetas. São os escritos destes que ele cita.

Assim falaram os Profetas: Vossos sacrifícios não me agradam. Estou farto do holocausto de carneiros e da gordura de bezerros cevados. E não me agrada o sangue de touros, ou de cordeiros, ou de bodes. E quando estenderdes as vossas mãos, desvio de vós os meus olhos: pois vossas mãos estão cheias de sangue. Em verdade,

> *em verdade, com as palavras dos Profetas, eu vos digo: o conhecimento de Deus é mais do que holocaustos.*

E Jesus aponta para as pessoas que vendem animais para os sacrifícios, dizendo com firmeza:

> *Portanto, tirai tudo isso daqui e não fazei da casa de meu Pai uma casa de comércio.*

Enquanto Jesus está pregando, o líder dos revolucionários move-se furtivamente de um para outro de seus companheiros e sussurra com eles. Em seguida, vem correndo do meio da multidão e sobe em um banco, de onde se dirige às pessoas ali reunidas.

> *Jesus falou e suas palavras provam que ele é o Rei e o Messias que estamos esperando. Por muito tempo o povo sofreu e suportou as iniquidades de nossos governantes traiçoeiros. Chegou a hora de os verdadeiros patriotas deste país terem a lei em suas mãos e expulsarem daqui esses ladrões e bandidos. Vamos!*

Apontando para o mercado, ele pula para o meio dos comerciantes e cambistas, seguido pelos revolucionários e romeiros, que não viam o mercado do Templo com bons olhos. Alguns dos revolucionários fazem chicotes com cordas para afugentar as ovelhas. Outros derrubam as mesas dos cambistas.

A multidão, aparentemente, é favorável ao que está acontecendo e aclama as ações dos revoltosos.

Os revolucionários gritam:

Fora daqui!
Saí, saí!
Ide embora!
Sumi!
Saí daqui!

Os comerciantes protestam, mas não adianta. Os revolucionários entram rapidamente nos cercados, seguidos por alguns dos discípulos de Jesus. Arrancam os chicotes das mãos dos pastores, que são pegos de surpresa. Batendo nos bois com os chicotes e investindo contra as ovelhas e os comerciantes, que tentam uma inútil resistência, por fim põem-nos em fuga. Os comerciantes de ovelhas tentam pegar os animais e tirá-los dos cercados. Os vendedores de pombas enchem as gaiolas com as aves e correm levando-as sobre os ombros; algumas das pombas escapam das gaiolas. Os cambistas também fogem correndo com suas caixas de dinheiro e balanças.

Durante a limpeza dos pórticos em que o mercado do Templo está instalado, Jesus permanece em silêncio. De repente, dá-se conta de que ele e seus discípulos acabaram sendo associados a pessoas cujos modos de ação não são os seus, cujos ideais são contrários aos seus. Jesus sempre se manteve distante deles. Alguns dos discípulos, percebendo isso, reúnem-se em torno do Mestre.

O líder dos revolucionários, com uma expressão de orgulho e triunfo pelo sucesso da operação, aproxima-se de Jesus.

Nós ganhamos a batalha. Agora, precisamos continuar até a vitória.

Jesus olha para ele com ar de reprovação e balança levemente a cabeça, sem responder.

LÍDER: *Vem conosco até o Templo. Vamos proclamar o Reino de Deus e fazê-lo Rei.*

Jesus não responde. Os discípulos respondem em seu lugar.

ANDRÉ: *E os romanos?*
LÍDER: *Vamos atravessá-los com nossas adagas.*
JOÃO: *O Reino de Deus não pode vir por meio de mortes.*
TIAGO: *Apenas no coração dos homens.*

O instruído Bartolomeu põe um fim na conversa.

Não pela força, mas pelo Espírito de Deus.

Jesus faz um sinal para seus discípulos e, juntos, eles vão embora. A cena dramática transcorreu em poucos minutos. Nenhuma resistência foi oferecida pelo povo devido à impopularidade do mercado do Templo.

A Guarda do Templo judaica testemunha o tumulto, mas não interfere. O capitão da Guarda do Templo foi chamado, mas ele não faz nada nem contra Jesus, nem contra os revoltosos; teme que a população esteja do lado de Jesus e seus seguidores. Só quando as pessoas avistam as tropas romanas descendo as escadas que levam da fortaleza romana, Antônia, até o lado norte da área do Templo é que começam a fugir com os revolucionários. Em poucos momentos, o pátio dos gentios fica vazio. O capitão da Guarda do Templo, que vai ao encontro do capitão da polícia militar romana, tranquiliza o comandante romano dizendo-lhe que alguns fanáticos religiosos trocaram socos no calor do entusiasmo, mas que tudo já terminou.

No momento em que as tropas romanas chegam, Jesus e seus discípulos já saíram do pátio dos gentios pela porta tripla. Eles encontram muitos romeiros com seus filhos reunidos ali. Pela expressão entusiasmada dos pais, os meninos sabem que Jesus é o Profeta de que tanto ouviram falar. Na lateral da rua, outros meninos que vêm da escola puseram-se em fila e erguem-se na ponta dos pés para tentar enxergar o Profeta. Eles vão até Jesus e aglomeram-se à sua volta. Um menino pequeno canta o "Halel" e, imediatamente, os outros entram no coro, aclamando Jesus como o Filho de Davi.

Alguns sacerdotes e legistas, vendo isso, alarmam-se com as possíveis consequências políticas. Um deles dirige-se a Jesus.

LEGISTA: *Estás ouvindo o que eles dizem?*

Jesus, com um sorriso, responde:

> *Estou. Nunca lestes que "da boca dos pequeninos e das crianças de peito tendes o louvor perfeito"?*

Cercado pelos meninos que cantam e acarinhando-os, Jesus continua seu caminho.

As vozes das crianças também são ouvidas durante a cena seguinte, sumindo lentamente na distância.

Os pórticos com os cercados das ovelhas e as mesas dos cambistas. Os comerciantes de ovelhas e os pastores, conduzindo as ovelhas à frente, retornam aos cercados. Os cambistas levantam as mesas e arrumam sobre elas as caixas de dinheiro e as balanças. A cena termina com um close de uma balança, com os dois pratos oscilando para cima e para baixo. Esse close dissolve-se suavemente.

[MUDANÇA DE CENA]

NARRADOR: *No entendimento do sumo sacerdote, Jesus passou de sectário religioso para um insurgente político; tornou-se um perigo para o Estado judeu. Havia muito em jogo para que o conflito entre Jesus e os comerciantes e cambistas fosse ignorado. Assim sendo, o conselho privado foi convocado naquele mesmo dia.*

Casa do sumo sacerdote Caifás. Estão presentes os mesmos conselheiros das duas reuniões anteriores, entre eles José de Arimateia, Nicodemos e Gamaliel.

CAIFÁS: *Outra vez uma dessas revoltas inúteis.*
PRIMEIRO CHEFE DOS SACERDOTES: *Se o deixarmos continuar desse jeito, os romanos farão toda a nação sofrer por causa dele.*
JOSÉ: *Por quê? Nenhum dano foi causado até agora.*
PRIMEIRO LEGISTA: *Não está claro agora que ele está agitando o povo?*
GAMALIEL: *Profetas são sempre impulsivos.*
CAIFÁS: *Para mim ele não é um profeta. É um rebelde.*
SEGUNDO CHEFE DOS SACERDOTES: *Uma ameaça para a ordem pública.*
PRIMEIRO CHEFE DOS SACERDOTES: *Precisamos nos livrar dele.*

SEGUNDO LEGISTA: *Quanto antes melhor.*
CAIFÁS: *Mas como?*
TERCEIRO LEGISTA: *Já há base suficiente para prendê-lo.*
QUARTO LEGISTA: *Seria para o próprio bem dele se o mantivéssemos sob custódia. Assim ele ficaria escondido dos romanos.*
NICODEMOS: *Acaso nossa Lei condena alguém sem primeiro ouvi-lo e saber o que ele fez?*
QUARTO LEGISTA (sarcástico): *Tu também és galileu?*

Nicodemos finge que não ouviu o sarcasmo. Caifás reflete sobre a questão antes de falar novamente.

CAIFÁS: *Não, não é possível. Não durante as festas.*
PRIMEIRO CHEFE DOS SACERDOTES: *Por que não?*
JOSÉ: *Poderia haver tumulto entre o povo.*
NICODEMOS: *Isso é verdade. As pessoas confiam nas palavras dele.*
PRIMEIRO CHEFE DOS SACERDOTES: *Por outro lado, é perigoso demais deixá-lo em liberdade.*
GAMALIEL: *O fato é que ele sofre por causa de sua popularidade.*
SEGUNDO LEGISTA: *Sim, a popularidade dele, em si, é perigosa.*
TERCEIRO LEGISTA: *Por quê?*
SEGUNDO LEGISTA: *Porque poderia ser usada por outros. Na verdade, isso já pode ter acontecido.*
SEGUNDO CHEFE DOS SACERDOTES: *De qualquer modo, é preciso tomar alguma atitude. Mas como?*
CAIFÁS: *Talvez pudéssemos mudar a ideia das pessoas.*
PRIMEIRO CHEFE DOS SACERDOTES: *Quer dizer, acabar com a popularidade dele?*
PRIMEIRO LEGISTA: *Ou mesmo torná-lo impopular?*

CAIFÁS: *De um modo ou de outro, fazer as pessoas deixarem de acreditar nele.*

TERCEIRO LEGISTA: *Como isso pode ser conseguido?*

CAIFÁS: *Acho que podemos encarregar nossos legistas e fariseus de encontrar um modo de agirmos neste caso.*

Ele se levanta. A reunião está encerrada.

A cena dissolve-se suavemente em uma tomada de um pequeno tear. Em close, vemos as mãos de uma mulher jovem levando a lançadeira para a frente e para trás.

A câmera desliza para trás e para o lado e vemos, então, a sala inteira. Estamos em Betânia. Maria está tecendo. Sua irmã Marta, sentada a seu lado, prepara o fio. Jesus está com elas, imerso em pensamentos. Tem os olhos fechados. As duas irmãs olham para ele de vez em quando, mas não dizem nada.

Ouve-se um som distante de vozes de homens. De repente, Jesus abre os olhos e levanta. Ele é visto saindo da sala, indo para o pátio e subindo a escada externa que leva para o alto da casa, onde os discípulos estão reunidos. Eles não o ouvem chegar e são pegos de surpresa. Jesus lhes pergunta:

Por que estais discutindo entre vós?

Os discípulos não respondem. Apenas entreolham-se, envergonhados. Jesus responde por eles:

Vós discutíeis entre vós quem seria o maior no Reino de Deus.

Os discípulos baixam a cabeça, e Jesus continua:

> *Que seja assim entre vós: quem quiser ser grande entre vós seja aquele que serve, e quem quiser ser o primeiro seja o servo de todos. Pois mesmo o Filho do Homem não veio para ser servido, mas para servir.*

Pedro toma coragem e pergunta:

> *Eis que nós deixamos tudo para segui-lo. O que vamos receber?*

A isso, Jesus responde:

> *Nenhum homem que tenha deixado casa, ou pai, ou mãe, ou irmãos, ou esposa, ou filhos, pelo Reino de Deus deixará de receber muito mais neste tempo presente, e a vida eterna no mundo por vir.*

Os discípulos ficam satisfeitos com a resposta. Não lhes ocorre que as palavras "muito mais" têm um sentido espiritual.

Jesus retorna à sala de baixo.

[Para os judeus da época, era um fato aceito que aqueles que fossem admitidos como escolhidos no Reino de Deus seriam elevados imediatamente a uma posição de honra, poder e grandeza. Portanto, não era surpresa que os discípulos discutissem abertamente a questão de quem seria o maior no novo Reino.]

Jesus senta-se ao lado das duas irmãs. Uma vez mais, perde-se em pensamentos. Fecha os olhos e recosta-se a uma parede. Ficamos com ele por algum tempo, depois a câmera move-se lentamente para o lado e para a frente e, no fim da cena, vemos apenas um close do tear e das mãos de Maria levando a lançadeira para a frente e para trás.

NARRADOR: *Enquanto o tempo tecia o destino de Jesus, ele se sentia mais solitário do que nunca. Afligia-se por causa dos próprios homens que viviam com ele dia após dia, que tinham ouvido suas palavras e ensinamentos e testemunhado suas obras portentosas. Embora o amassem e lhe fossem fiéis, simplesmente não conseguiam compreender a missão dele na Terra.*

O close do tear e das mãos de Maria dissolve-se suavemente.

[MUDANÇA DE CENA]

NARRADOR: *Os legistas que tentavam destruir a popularidade de Jesus já estavam em ação.*

[CORTA PARA A PRÓXIMA CENA.]

Santuário do Templo, perto da entrada e junto à parede norte. Em uma das lajes do chão há fixada uma argola de ferro para possibilitar que a pedra seja levantada. Sob essa pedra há um espaço oco cheio de pó do Santuário.

Vemos algumas mulheres acusadas de adultério com a cabeça raspada. Acompanhado por levitas, um sacerdote está inclinado sobre o espaço oco, coletando um pouco de pó que é, então, misturado em água. A água com o pó do Templo era dada a essas mulheres como um ato simbólico de purificação.

Uma jovem de cabeça raspada, chorando copiosamente, é conduzida pelo átrio. Ela é seguida por um sacerdote, por levitas e carrascos, que a levam ao local da execução para ser apedrejada.

NARRADOR: *Essa mulher, que havia sido pega em flagrante de adultério, devia, de acordo com a Lei de Moisés, ser apedrejada.*

No caminho, junto à Porta de Nicanor, esse cortejo cruza com alguns legistas e fariseus que já vimos na reunião do conselho privado. Estes passam pelo cortejo e, de repente, param como se agissem por um súbito impulso. Depois de consultarem-se em voz baixa, voltam e ordenam que o sacerdote, os levitas e os carrascos os sigam, trazendo a jovem junto.

[CORTA PARA A PRÓXIMA CENA.]

Pátio dos gentios. Jesus está de pé sobre um bloco de pedra. Uma grande multidão reuniu-se em torno dele. Todos os discípulos estão presentes. Judas encontra-se um pouco para o lado. Durante a cena, de repente Judas se vira e vê ao seu lado um jovem fariseu. Eles se cumprimentam com sorrisos amistosos. Ficam parados lado a lado durante toda a cena. O jovem fariseu está impressionado com a personalidade e as palavras de Jesus.

[A pregação de Jesus é citada por inteiro, mas quanto dela será usado depende das mudanças de cena.]

JESUS: *Eu sou a verdadeira videira; eu sou a videira e vós sois os ramos. Como o ramo não pode dar fruto por si só se não permanecer na videira, também vós não podeis se não permanecerdes em mim.*

Os legistas e fariseus que vimos na Porta de Nicanor chegam e, atrás deles, os carrascos com a mulher. A multidão dá passagem aos conselheiros do sumo sacerdote, que empurram a mulher em direção a Jesus. Chorando alto, ela esconde o rosto nos braços.

Jesus interrompe sua pregação e pede aos conselheiros que lhe digam o que querem. Ele se senta para escutar.

PRIMEIRO LEGISTA: *Sabemos que tu és bom e que ensinas como ter bondade no coração. Por isso, viemos te fazer uma única pergunta.* (Aponta para a mulher) *Esta mulher foi surpreendida em flagrante de adultério. A Lei de Moisés ordena que ela seja apedrejada. Mas e tu, o que dizes?*

Se Jesus se manifestar contrário à execução, estará desafiando a Lei de Moisés, quando já havia declarado publicamente que não tinha vindo para destruir a Lei, mas para cumpri-la. Por outro lado, se concordar com a execução, perderá parte de sua popularidade, especialmente entre as mulheres, que se sentem gratas pelo modo como ele sempre as defendeu e as colocou em posição de igualdade com os homens.

Quando o legista começa a acusar a mulher, Jesus, com um junco na mão, inclina-se para a frente e põe-se a fazer desenhos na areia – cruzes, uma ao lado da outra. Ele continua a desenhá-las mesmo depois que o legista já havia parado de falar, como se não o tivesse ouvido.

Quando lhes parece que Jesus não pretende responder, os legistas fazem-lhe mais perguntas, tentando envolvê-lo em uma discussão.

SEGUNDO LEGISTA: *Qual é tua opinião?*
PRIMEIRO LEGISTA: *Ela deve ser apedrejada ou não?*

Nenhuma resposta de Jesus.

PRIMEIRO FARISEU: *Ela levou o homem ao pecado.*
SEGUNDO FARISEU: *E os pecados da carne são abomináveis para Deus.*
PRIMEIRO LEGISTA: *Tu deves julgá-la.*
SEGUNDO LEGISTA: *O que tu julgares será válido na Lei.*

Ainda não há resposta de Jesus. Os legistas e fariseus entreolham-se e balançam a cabeça.

A jovem levantou a cabeça. Seus olhos vão dos legistas para os fariseus, para os carrascos e, então, para Jesus, seu novo juiz, que, aparentemente ignorando-a, continua a fazer rabiscos no chão.

Impacientes, os legistas tentam pressionar Jesus a lhes dar uma resposta.

PRIMEIRO LEGISTA: *Dize, esta mulher deve ser apedrejada ou não?*
SEGUNDO LEGISTA: *O destino dela está em tuas mãos.*

Por fim, Jesus responde.

Aquele que dentre vós estiver sem pecado seja o primeiro a lhe atirar uma pedra.

E Jesus inclina-se novamente e continua a fazer desenhos na areia.

Os legistas e fariseus não sabem o que dizer. Estão cientes de que Jesus tem um poder que lhe permite olhar o passado e o futuro de outras pessoas. Eles não são inocentes dos "pecados da carne". Um por um, vão se afastando, a começar pelos mais velhos. Jesus fica sozinho. Não ofendeu a Lei de Moisés e não pôs em risco sua popularidade. Levanta os olhos e, ao não ver ninguém além da mulher, finge-se surpreso.

Onde estão teus acusadores?

A mulher fala entre lágrimas.

MULHER: *Não sei.*
JESUS: *Ninguém te condenou?*
MULHER: *Não.*

A mulher cai de joelhos, aguardando o veredito. Jesus fala:

Nem eu te condeno.

A princípio, a mulher nem consegue acreditar que escapou de uma morte cruel e que está livre. Mas a expressão no rosto de Jesus a faz se dar conta de que aquilo é verdade, e ela volta a chorar, não convulsivamente, mas alto e com um sentimento de alívio. Tem o rosto molhado de lágrimas de alegria.

Então, um close de Judas e do jovem fariseu. Eles conversam em voz baixa.

JOVEM FARISEU (com admiração sincera): *Ele é ótimo no debate, o teu Jesus.*

JUDAS: *Ele é quem foi ofendido. Não achas?*
JOVEM FARISEU (movendo a cabeça, pensativo): *Sim, tens razão.*

Ele convida Judas a acompanhá-lo para uma conversa em particular e ambos saem do local lado a lado.

O choro da mulher é ouvido durante esse interlúdio. Agora, voltamos a vê-la, ainda ajoelhada diante de Jesus. Mais calma, ela se levanta devagar, aproxima-se de Jesus, inclina-se e beija a borda de sua túnica, dizendo:

Obrigada.

Jesus olha para ela com compaixão e responde:

Vai, e não peques mais.

A mulher acena afirmativamente com a cabeça e, ajustando seu lenço de modo a quase cobrir o rosto, vai embora depressa. Jesus completa o desenho que vinha fazendo na areia.

A cena termina com um close da areia com as cruzes e o junco na forma de uma cruz.

[Durante os primeiros tempos de sua relação com Jesus, Judas tinha devoção e fé sinceras por ele. Mas era cético por natureza e, depois de um tempo, começou a examiná-lo com um olhar mais crítico. Por não ter inclinação espiritual, interpretava as palavras de Jesus literalmente e percebeu com desaprovação quantas vezes seu Mestre parecia se contradizer. Nas discussões entre Jesus e os fariseus, muitas vezes sentia-se inclinado a concordar com os últimos e não com Jesus. As dúvidas cresciam em sua mente, mas ele continuava se submetendo às humilhações, privações e perseguições, em parte porque se sentia fortemente atraído pela personalidade de Jesus e em parte porque, sendo um judeu, nunca deixou de esperar pela vinda do Reino de Deus.

A entrada majestosa em Jerusalém inspirara-lhe uma nova esperança, mas esta, agora, estava aos poucos se desfazendo. Judas era cético e desconfiado, mas não era, de fato, um traidor. Conforme a ação do filme se desenvolve, a hesitação de Judas entre fé e dúvida é mostrada particularmente por gestos e expressões, mas também por exclamações de aprovação e desaprovação, improvisadas no ato.]

O close da areia com as cruzes e desenhos feitos por Jesus dissolve-se suavemente na cena seguinte.

Uma sala na casa de Lázaro em Betânia. É o anoitecer daquele mesmo dia. Jesus está sentado com Lázaro e Maria. Há um clima de melancolia e tristeza produzido pelas palavras de Jesus.
Maria e seu irmão permanecem em silêncio, mas têm o coração cheio de amor enquanto ouvem Jesus.

JESUS: *Em verdade, em verdade eu vos digo: é chegada a hora.*

Depois de um breve intervalo, ele prossegue:

> *Ainda tenho muitas coisas para vos dizer, mas não podeis ouvi-las agora.*

Marta entra com uma vela acesa e a coloca em um castiçal. Sua postura é solene, como a dos irmãos.

Ao ver a vela, os pensamentos de Jesus tomam um rumo diferente.

> *Por pouco tempo a luz está entre vós.* (Pausa) *Enquanto tendes a luz, acreditai na luz para poderdes ser filhos da luz.* [João 12,35-36.]

Enquanto Jesus fala, a câmera aproxima-se da vela. A cena termina com um close da chama e dissolve-se suavemente.

[MUDANÇA DE CENA]

NARRADOR: *Mas os legistas e alguns dos fariseus e saduceus discutiam como poderiam enredar Jesus com sua conversa e fazer o povo voltar-se contra ele. E, no dia seguinte, quando Jesus foi para o Templo, estavam prontos para pôr o plano em ação.*

Jesus ensinando no pátio dos gentios. Uma grande multidão reuniu-se à sua volta, no meio da qual há grupos de fariseus, saduceus e legistas. Estes vieram para destruir a influência de Jesus sobre o povo. Judas é visto com o jovem fariseu que havia encontrado na véspera.

Jesus, que sente a hostilidade de seus inimigos, começa a pregação denunciando os legistas e os fariseus.

JESUS: *Os legistas e fariseus estão sentados na cátedra de Moisés; mas não imitem as suas ações, pois eles dizem e não fazem.*

Eles praticam todas as suas ações para serem vistos pelos homens: pagam o dízimo da hortelã, do anis e do cominho, mas omitem as coisas mais importantes da Lei – justiça, compaixão e fé.

Vozes gritam na multidão.

Isso é injusto.
Os fariseus são homens bons.

Durante essas palavras, observamos os rostos no público. Os fariseus e os legistas estão ofendidos. Judas desaprova a provocação aberta e não esconde seus sentimentos de seu jovem amigo fariseu. As pessoas em geral observam os fariseus e os legistas com atenção para verificar o efeito das palavras de Jesus.
Assim que Jesus termina de falar, os fariseus avançam.

PRIMEIRO FARISEU: *Dize-nos, com que autoridade falas essas coisas?*
SEGUNDO FARISEU: *Quem te concedeu essa autoridade?*

Jesus responde com uma pergunta:

Eu também vos proponho uma questão. Respondei-me: o batismo de João era do Céu ou dos homens?

Os dois fariseus não sabem o que responder e recorrem ao grupo de fariseus e legistas próximo a eles. Depois, voltam-se novamente para Jesus.

PRIMEIRO FARISEU: *Não sabemos dizer se era do céu...*
SEGUNDO FARISEU: *Ou dos homens.*
JESUS (mansamente): *Também eu não sei dizer-vos com que autoridade faço essas coisas.*

Os fariseus, após outra breve conferência, abordam Jesus mais uma vez e, agora, fazem-lhe uma importante pergunta política. Mas a pergunta é disfarçada com palavras de adulação.

QUINTO FARISEU: *Mestre, sabemos que és sincero e que ensinas de fato o caminho de Deus. Diga-nos, portanto: achas que é lícito pagar o tributo a César ou não?*
JESUS: *Por que estais me pondo à prova?*
SEXTO FARISEU: *Não te estamos pondo à prova. Estamos nós mesmos em dúvida.*

Jesus, percebendo a astúcia dos fariseus, pede:

Mostrai-me um denário.

[Um denário era uma moeda de prata estampada com a efígie do imperador romano e uma inscrição com seu nome. Às vezes, havia também outra inscrição dizendo que a moeda era propriedade do imperador.]
Um dos fariseus lhe entrega um denário. Jesus mostra-lhes a moeda.

JESUS: *De quem é esta imagem?*
QUARTO FARISEU: *De César.*

O manuscrito de um filme – 259

Jesus olha a moeda por um instante e, então, devolve-a ao dono e diz:

Dai a César o que é de César e a Deus o que é de Deus.

[Se Jesus tivesse respondido com uma negativa, isso seria uma ofensa às autoridades romanas. Se respondesse (como o fez) com uma afirmativa, perderia popularidade entre todos os patriotas, que se opunham ao pagamento de impostos às forças romanas. Estes, agora, sentiam-se enganados, pois sua esperança de que Jesus fosse um Messias nacional estava desfeita. Na verdade, Jesus era tão patriota quanto qualquer outro e não poderia haver dúvidas quanto aos seus sentimentos e solidariedade nacionais, mas ele se opunha a qualquer insurreição.]

Em close, vemos os fariseus triunfantes pelo que haviam conseguido e, em outro close, aparecem Judas e o jovem fariseu. Judas tem no rosto uma expressão de desânimo, refletindo o sentimento geral do povo. Jesus percebe Judas e o jovem fariseu partindo juntos.

A multidão em torno de Jesus diminui. Apesar disso, ele continua a denunciar os legistas e os fariseus.

Ai de vós, condutores cegos, que dizeis: Quem jurar pelo Templo, isso não é nada, mas quem jurar pelo ouro do Templo, esse é um devedor! Insensatos e cegos! Pois qual é maior, o ouro ou o Templo que santifica o ouro?
[Mateus 23,16-17.]

Acompanhamos Judas e o jovem fariseu, que caminham até um banco em um dos pórticos e sentam. A voz de Jesus desapareceu na distância. Judas está muito desanimado.

JUDAS: *Que desastre.*
JOVEM FARISEU: *Se continuar assim, logo acabarão com ele.*
JUDAS: *Com todos nós que somos seus discípulos.* (Pausa) *Eu gostaria que acabasse.*
JOVEM FARISEU: *Tu te sentes enganado?*

Judas não responde.

JOVEM FARISEU: *Lamento por ti.*

Dois fariseus mais velhos aproximam-se e o jovem fariseu levanta para lhes dar lugar, fazendo, ao mesmo tempo, um sinal para que Judas permaneça sentado.

JOVEM FARISEU: *Este é Judas, um dos discípulos de Jesus.*

Eles examinam Judas com atenção por alguns momentos. Na verdade, ele não os impressiona muito. Então, um dos dois pergunta, com um tom de voz amável:

PRIMEIRO FARISEU: *Tu* ainda *és discípulo dele?*

Judas encara-o com surpresa.

PRIMEIRO FARISEU: *Tu* ainda *tens fé nele?*
JUDAS (hesitante): *Sim.*
PRIMEIRO FARISEU: *E não? Tu tens dúvidas?*
JUDAS (rendendo-se): *Eu esperava que ele fosse aquele que redimiria Israel.*

PRIMEIRO FARISEU: *Não, ele não é aquele que estamos esperando.*
SEGUNDO FARISEU: *Por que não rompes com ele?*

Inseguro, Judas não responde.
O fariseu, amável, continua em um tom persuasivo.

Por que dás ouvidos a um homem que te iludiu?

Judas está hesitante, indeciso. De repente, ele se levanta.

Preciso ir.

Ele sai apressado. Os dois fariseus mais velhos observam-no, depois olham um para o outro. O Primeiro Fariseu diz:

O fim está próximo.

A cena dissolve-se suavemente para a próxima.

NARRADOR: *Naquela mesma noite, os amigos de Jesus em Betânia preparam uma ceia para ele.*

Um close de um frasco estreito de alabastro, usado para perfumes preciosos, em um nicho em uma das salas da casa de Lázaro em Betânia. Ele contém óleos de nardo. Maria retira-o do nicho.
Por meio de um *travelling*, seguimos Maria até a porta de outra sala onde a ceia está sendo realizada. Ela para à porta enquanto Jesus fala. Nós nos aproximamos dele.

Eu vos digo: onde houver dois reunidos, Deus está com eles. E onde houver alguém sozinho, eu estarei com ele.

Marta está servindo. Lázaro, seu pai e os discípulos encontram-se à mesa com Jesus. Todos estão reclinados, segundo o costume oriental. Jesus, nesses últimos dias, tem falado constantemente da aproximação da morte. Com sua grande sensibilidade e intuição feminina, Maria é, talvez, mais capaz que os homens de saber o quanto ele está perto de seu fim. Talvez ela não esteja a seu lado quando a morte vier e, por essa razão, decide usar o perfume de nardo simbolicamente como uma unção.

Assim que Jesus termina de falar, Maria se aproxima com o frasco nas mãos. Ela para ao lado dele, quebra o pescoço do frasco e despeja o precioso conteúdo sobre a cabeça de Jesus, não gota a gota, mas tudo de uma vez. Enquanto isso, os outros observam apreensivos. Com grande simplicidade, Maria executa a cerimônia e, com igual simplicidade, Jesus se permite ser ungido. Todos os presentes sentem que testemunharam um ato solene – ou melhor, todos menos um, e este é Judas. Ele é profano demais para se impressionar com essa cerimônia solene. No modo de pensar de Judas, Jesus se contradiz e, uma vez mais, dá provas de sua incoerência. Um dia, o ensinamento é: dê tudo o que você tem para os pobres. No dia seguinte, o próprio Jesus se permite uma extravagância como aquela. O nardo vale trezentos denários, o equivalente ao salário anual de um trabalhador. Judas não pode conter sua indignação e diz em voz alta:

Por que esse perfume não foi vendido por trezentos denários para dar aos pobres?

Judas pega o frasco das mãos de Maria e aponta para ele antes de atirá-lo a um canto da sala. Ele não repreendeu Jesus, e sim Maria, que enrubesce. Agiu por impulso, por amor, e agora sente-se humilhada.

Jesus a defende.

Deixa-a em paz. Por que aborrecê-la?

Maria olha para Jesus com um sorriso tímido de gratidão que lhe ilumina o rosto. Ele prossegue:

Os pobres estarão sempre convosco; mas, a mim, não tereis sempre. Pois ao despejar esta unção sobre meu corpo, ela o fez para minha sepultura.

Maria começa a chorar.

Apesar de sua irritação, Judas se emociona com a prova de amor de Maria e com a seriedade das palavras de Jesus. Arrepende-se agora de ter se deixado levar pela raiva. Envergonhado, aproxima-se de Jesus, que, com um lindo gesto de perdão, convida-o a sentar-se ao seu lado.

A cena termina com um close do frasco quebrado.

A imagem dissolve-se suavemente para mostrar Judas caminhando em um dos pórticos do pátio dos gentios. Primeiro, nós o vemos em um close, que muda lentamente para um plano médio e, então, para um plano geral. Ele se aproxima de um grupo de fariseus. Entre eles estão seu jovem amigo e os dois fariseus mais velhos a quem fora apresentado na véspera. Assim que o avistam, eles o chamam para o grupo. As saudações usuais são trocadas.

PRIMEIRO FARISEU: *Ainda estás com ele?*
JUDAS: *Estou.*
TERCEIRO FARISEU (ironicamente): *Até o amargo fim?*

Judas não responde. Já foi humilhado tantas vezes por causa de Jesus que uma vez a mais não faz diferença. O Segundo Fariseu, que simpatiza sinceramente com Judas, entra na conversa.

SEGUNDO FARISEU: *Tu ainda acreditas que ele é o Messias?*
JUDAS: *Sim.*
PRIMEIRO FARISEU: *Mas, se ele é o Messias, precisa provar.*
JUDAS: *Isso é o que estou esperando.*
QUARTO FARISEU: *A prova?*
JUDAS: *Sim. Uma prova clara.*
JOVEM FARISEU: *De que ele é o Filho de Deus?*
JUDAS: *Sim.*
TERCEIRO FARISEU (ironicamente): *Já não esperaste tempo demais?*
JUDAS (depois de uma pausa): *Por que ele hesita? Isso é o que não entendo.*
PRIMEIRO FARISEU: *Nós nos fazemos a mesma pergunta.*
SEGUNDO FARISEU: *Também queremos que ele nos mostre um sinal do Céu.*
QUARTO FARISEU: *Mas ele sempre se recusa.*
TERCEIRO FARISEU (ironicamente): *Seria porque ele não tem esse poder?*
JUDAS: *Ah, não. Pense em todas as suas obras miraculosas.*
PRIMEIRO FARISEU (com tom paternal): *Às vezes tu acreditas, às vezes não.*

SEGUNDO FARISEU: *Nós também não acreditaremos até vermos sinais.*

TERCEIRO FARISEU (sarcástico): *Mas não veremos nenhum sinal.*

QUARTO FARISEU: *Porque ele não é nenhum profeta e nenhum messias.*

Judas, que estava o tempo todo atento para a chegada de Jesus, de repente o avista.

JUDAS: *Lá está ele. Vede como as pessoas correm em sua direção.*

PRIMEIRO FARISEU: *Vamos lá também.*

Todos começam a sair. Judas sai depressa na frente dos outros.

[CORTA PARA A PRÓXIMA CENA.]

No pátio dos gentios, Jesus fala à multidão. Judas está entre os outros discípulos e o grupo de fariseus, mas há muitos outros legistas e fariseus misturados ao povo. Muitos revolucionários também estão presentes. Eles são abertamente hostis a Jesus, porque este se recusou a ser seu líder. Mas muitos dos romeiros, em especial os da Galileia, acreditam nele e dão-lhe apoio. Talvez se lembrem de rebeliões anteriores que os romanos esmagaram impiedosamente.

Os fariseus põem em andamento sua conspiração fazendo uma pergunta que acreditam que Jesus não vai responder objetivamente.

PRIMEIRO FARISEU: *Por quanto tempo vais nos deixar em dúvida? Se és mesmo o Messias, dize-nos claramente.*

Jesus está ainda mais cheio de energia do que de hábito. Sua voz tem um tom de autoridade que demanda atenção.

JESUS: *Eu vos disse e não acreditastes: as obras que faço em nome de meu Pai dão testemunho de mim. Ainda que não acrediteis em mim, acrediteis em minhas obras: para que possam saber e acreditar que o Pai está em mim, e eu nele. Eu e meu Pai somos um.*
LEGISTA: *Onde está teu Pai?*
JESUS: *Não conheceis nem a mim nem a meu Pai; se me conhecêsseis, conheceríeis também meu Pai. Eu vim em nome de meu Pai, mas vós não me acolheis, embora as obras que meu Pai me encarregou de consumar deem testemunho de mim, de que o Pai me enviou.*

Na multidão, percebemos o homem que foi curado da paralisia e o homem que havia nascido cego. Ambos estão ansiosos para dar testemunho do poder de Jesus.

PARALÍTICO: *Ele me curou.*
HOMEM NASCIDO CEGO: *Eu recebi a visão.*

Jesus fala ao legista que fez a última pergunta.

JESUS: *Não acreditais em mim porque vós sois daqui de baixo, eu sou do alto; vós sois deste mundo, eu não sou deste mundo.*
FARISEU: *Quem és tu?*
JESUS: *O que vos digo desde o começo. Eu sou a luz do mundo: quem me segue não andará nas trevas, mas terá a luz da vida. Eu vos digo: se um homem guardar minha palavra, jamais verá a morte.*

FARISEU: *Agora sabemos que tu és louco. Abraão está morto, e os Profetas também, e tu dizes: "Se um homem guardar minha palavra, jamais provará a morte".*
LEGISTA: *Tu és maior que nosso pai Abraão, que está morto?*
FARISEU: *Quem tu achas que és?*
JESUS: *Eu não faço nada por mim, mas só aquilo que vejo meu Pai fazer. Quem é de Deus ouve as palavras de Deus; por isso vós não ouvis, porque não sois de Deus.*
FARISEU: *Nós não somos de Deus?*
JESUS: *Não, se Deus fosse vosso pai, vós me amaríeis; mas eu sei que não tendes o amor de Deus em vós.*
FARISEU: *Não estamos certos em dizer que tu és louco?*
JESUS: *Eu não sou louco; eu honro meu Pai e vós me desonrais. Mas quem de vós pode me acusar de pecado?*
PRIMEIRO REVOLUCIONÁRIO: *Dize-me com quem andas e eu te direi quem és.*
SEGUNDO REVOLUCIONÁRIO: *Tu sentas à mesa com publicanos.*
TERCEIRO REVOLUCIONÁRIO: *E te relacionas com prostitutas.*

Alguns dos fariseus sinalizam para que os revolucionários fiquem quietos. Um dos fariseus faz-se o porta-voz de todos os demais.

FARISEU: *Que sinal mostras a nós?*
JESUS: *Destruí este Templo e em três dias eu o levantarei.*

Os fariseus se põem a rir e um deles responde:

> *Este Templo levou 46 anos para ser construído e tu o levantarás em três dias?*

Eles balançam a cabeça em descrença. Mas muitas pessoas acreditam nele e deixam manifesta sua crença.

PRIMEIRO ROMEIRO: *Quando o Messias vier, fará mais milagres do que esses que este homem já fez?*
SEGUNDO ROMEIRO: *Ele ressuscitou Lázaro dos mortos.*

Há discordâncias entre o público e todos falam ao mesmo tempo.

VOZES: *Este é verdadeiramente um profeta.*
Não, ele é o Messias.
De jeito nenhum. Pode o Messias vir da Galileia?
Nós conhecemos este homem e sabemos de onde ele vem; mas ninguém saberá de onde será o Messias, quando ele vier.

Quando os fariseus e os legistas notam a agitação do povo, alguns temem que possa haver um tumulto e recorrem ao capitão da Guarda do Templo para interferir. A câmera os segue.

FARISEU: *Por que não prendes esse homem?*
LEGISTA: *Não vês como ele está agitando o povo?*
CAPITÃO: *Isso causaria brigas e mortes.*

Ele aponta para si mesmo e para a polícia do Templo que se aglomera à sua volta.

CAPITÃO: *E seríamos nós os mortos.*

FARISEU: *Nós te responsabilizaremos por isso.*
CAPITÃO: *E eu assumirei a responsabilidade.*

A câmera segue esses fariseus e legistas de volta para a multidão que cerca Jesus. A discussão prossegue com maior veemência. Jesus conta uma parábola.

JESUS: *Eu sou o bom pastor. O bom pastor dá sua vida por suas ovelhas. Por isso o Pai me ama, porque dou minha vida pelas ovelhas.*
VOZ (com sarcasmo): *Por quanto tempo ainda teremos de suportar-te?*

Jesus ignora os gritos e continua:

Por pouco tempo ainda estou convosco; depois vou para aquele que me enviou. Vós me procurareis e não me encontrareis; e, onde eu estiver, para lá não podeis ir.

Os fariseus conversam baixinho entre si.

FARISEU: *Para onde ele irá que não o encontraremos?*
FARISEU: *Por acaso vai se matar?*

Jesus não ouve; está concentrado no que diz.

Por isso meu Pai me ama, porque eu dou minha vida. Ninguém a tira de mim, mas eu a dou livremente.

Jesus falou com grande solenidade. Agora, ele muda de tom e dirige-se aos fariseus.

JESUS: *O que digo é como meu Pai me disse e vós deveríeis fazer o mesmo.*
LEGISTA: *Nosso Pai é Abraão.*
JESUS: *Se fôsseis filhos de Abraão, praticaríeis as obras de Abraão. Mas eu vos digo que Abraão, a quem chamais vosso Pai, exultou por ver o meu dia. Ele o viu e encheu-se de alegria.*
FARISEU: *Tu não tens nem 50 anos e viu Abraão?*
JESUS: *Eu vos digo, antes de Abraão existir, eu sou.*

Uma vez mais, há discordâncias entre o povo sobre o que ele diz.

PRIMEIRO REVOLUCIONÁRIO: *Por que o ouvis?*
SEGUNDO REVOLUCIONÁRIO: *Ele é louco.*

Mas alguns romeiros o defendem. Um diz:

Essas não são palavras de um homem louco.

Alguns revolucionários aproximam-se de uma pilha de pedras que estava ali para obras no prédio do Templo, enquanto outros gritam:

PRIMEIRO REVOLUCIONÁRIO: *Isso, apedrejai-o!*
SEGUNDO REVOLUCIONÁRIO: *Ele está profanando o Templo!*
TERCEIRO REVOLUCIONÁRIO: *Está blasfemando contra Deus!*

Jesus está calmo, sem medo. Ele olha para aqueles que querem apedrejá-lo.

> *Tentais matar-me porque minha palavra não penetra em vós. E porque vos falei a verdade.*

Os revolucionários retornam com pedras na mão. Mas não há medo em Jesus quando lhes fala:

> *Eu vos mostrei inúmeras boas obras vindas de meu Pai; por quais delas quereis apedrejar-me?*

Inicia-se uma briga entre os revolucionários e os romeiros, que tentam impedi-los de jogar as pedras. Durante a briga, alguns dos revolucionários gritam:

> *Não te apedrejamos por causa de uma boa obra, mas por blasfêmia. E porque tu, sendo apenas homem, te fazes de Deus.*

Com energia e autoridade, Jesus diz:

> *Em verdade, eu vos digo: tudo isso sobrevirá a esta geração. Jerusalém, Jerusalém, que mata os profetas e apedreja os que lhe são enviados.*

Alguns fariseus e legistas aproximam-se novamente dos oficiais da Guarda do Templo.

FARISEU: *Por que não pondes um fim nisso?*
PRIMEIRO OFICIAL: *Jamais um homem falou assim.*
FARISEU (com expressão severa): *Também foram enganados?*
LEGISTA: *Tereis de responder por isso.*

Ao longo de toda essa sequência, cenas intercaladas mostraram soldados e oficiais romanos estacionados na vizinha fortaleza romana Antônia, observando o que acontece no pátio dos gentios. O capitão romano está indignado. E, como parece que a Guarda do Templo não pretende fazer algo para acabar com a desordem, ele envia alguns soldados para dispersar a multidão.

Em uma tomada do alto, vemos o lugar em que Jesus fala ao povo. Jesus conclui:

> *Vós não credes porque não sois das minhas ovelhas. As minhas ovelhas escutam a minha voz e eu as conheço e elas me seguem: e eu lhes dou a vida eterna.*

Depois disso, Jesus e seus discípulos vão embora, mas a multidão permanece e continua a discutir, debater e se desentender.

De repente, espalha-se a notícia de que os soldados romanos estão descendo as escadas que levam da fortaleza Antônia ao pátio dos gentios. A multidão se dispersa. Quando os romanos chegam, encontram o lugar deserto e retornam a seus postos.

A tomada do alto do pátio deserto com seu piso de pedras quadradas dissolve-se suavemente na cena seguinte.

NARRADOR: *As notícias do tumulto no pátio dos gentios logo chegaram ao palácio do sumo sacerdote, que, temendo represálias por* parte do governador romano, Pilatos, convocou uma reunião urgente de seu conselho privado.

O palácio de Caifás: o "tablinarium". O conselho privado está reunido.

PRIMEIRO CHEFE DOS SACERDOTES: *Se o deixarmos à vontade, Pilatos tirará os poucos privilégios que ainda temos.*

SEGUNDO CHEFE DOS SACERDOTES: *Eu me pergunto se ele tem conhecimento do que vem acontecendo.*

CAIFÁS: *Podes ter certeza que sim.*

SEGUNDO CHEFE DOS SACERDOTES: *Vamos contar a Pilatos o que sabemos e, pelo menos, ficaremos bem com ele e não teremos de enfrentar sua ira.*

NICODEMOS: *Devemos nos tornar espiões dele?*

FARISEU: *Embora nem sempre concordemos com Jesus, ele é, afinal, parte do nosso povo.*

JOSÉ DE ARIMATEIA: *E um bom judeu.*

GAMALIEL: *Claro que devemos ficar do lado dele.*

CAIFÁS: *Até onde for possível.*

Um servo entra e entrega a Caifás uma placa de cera.

Uma mensagem do Governador.

Caifás desamarra a placa e a lê.

Minha presença é solicitada imediatamente, como era de se esperar.

Ele aponta para o Primeiro Chefe dos Sacerdotes, para Nicodemos e para José de Arimateia, dizendo:

> *Tu, tu e tu vinde comigo.* (Voltando-se para os outros) *Vós fiqueis aqui até voltarmos, para o caso de precisarmos tomar alguma providência importante.*

Ele sai da sala, seguido pelo Primeiro Chefe dos Sacerdotes, Nicodemos e José de Arimateia.

[CORTA PARA A PRÓXIMA CENA.]

Residência de Pilatos, o Palácio de Herodes. Caifás entra na sala de audiências. Pilatos conversa com seu chanceler e alguns secretários que acabaram de colocar alguns rolos de papiro sobre a mesa. Lamparinas a óleo de prata e bronze estão acesas e há carvão em brasa nos braseiros.

[A conversa entre Pilatos, Caifás e seus três conselheiros seria em grego.]

Para Pilatos, o caso de Jesus é apenas um assunto de rotina, um entre centenas de casos similares, e logo será um episódio esquecido. Ele tem nas mãos um papiro que acabou de receber de um de seus secretários e convida o sumo sacerdote e os três conselheiros a se sentarem. Pilatos permanece em pé, de frente para eles, enquanto fala:

> *É por causa desse...*

Ele examina o papiro e continua:

Por causa de Jesus de Nazaré que te chamei. Provavelmente estás achando que eu não sei nada sobre o que vem acontecendo na cidade, mas, acredites-me, eu sei. Os homens sob meu serviço não são cegos nem surdos. Esse...

Ele consulta novamente o papiro.

Jesus de Nazaré vem sendo atentamente observado há meses. Nada pode ser escondido de mim e eu estou plenamente informado. (Enfaticamente) *Esse homem deve ser afastado antes da festa. Já é mais do que tempo. Não posso correr riscos. Entendido?*

Após um breve silêncio, Nicodemos fala:

Posso dizer algumas palavras?

Pilatos consente com um aceno de cabeça.

NICODEMOS: *O senhor está enganado se acha que ele age de maneira revoltosa contra as autoridades romanas. Ele nunca se envolveu em política.*
JOSÉ: *Ele é, no máximo, um fanático religioso.*
PILATOS: *Fanáticos são sempre perigosos.*
CAIFÁS: *Concordo, mas, em minha opinião, a melhor coisa a fazer é deixá-lo em paz por um tempo. Nós mesmos já fomos provocados por ele, mas concluímos que, aos poucos, as pessoas vão se afastar e ele será esquecido. Ele já perdeu parte de sua popularidade.*

PILATOS: *Seus seguidores o aclamaram rei.*

PRIMEIRO CHEFE DOS SACERDOTES: *Ele mesmo nunca se proclamou rei.*

PILATOS: *Talvez não. Hoje as pessoas o seguem. Amanhã forçam-no a segui-las. Esse é o perigo. Eu sei quem são as pessoas que o seguem.*

CAIFÁS: *Acho que o estás superestimando. Ele é um visionário, um sonhador.*

PILATOS: *Que sonha com um reino.*

NICODEMOS: *Um reino de Deus, não um reino político. Um reino espiritual.*

PILATOS (franzindo a testa): *Para mim, um reino é um reino, e um rei é um rei. Para mim, esse homem é um rebelde.*

NICODEMOS: *O senhor não tem provas disso.*

PILATOS: *Ele é suspeito e isso basta. É minha vontade que seja preso e entregue a mim antes da festa; isso significa, no máximo, amanhã à noite.*

CAIFÁS (assustado): *Mas isso é impossível.*

PRIMEIRO CHEFE DOS SACERDOTES: *Prendê-lo em plena luz do dia... isso causaria brigas, e mortes, e derramamento de sangue.*

PILATOS: *Por que não à noite? Onde ele passa as noites?*

NICODEMOS: *Em Betânia.*

PILATOS: *Então prendei-o lá.*

NICODEMOS: *Também não será fácil pegá-lo lá.*

PILATOS: *Por quê?*

NICODEMOS: *Ele tem muitos amigos em Betânia.*

CAIFÁS: *Por que precisamos trazê-lo ao senhor amanhã e não em um momento mais conveniente?*

PILATOS: *Porque recebi informações confiáveis de que os romeiros planejaram uma manifestação pública em favor dele.*

CAIFÁS (sinceramente espantado): *Quando?*
PILATOS: *No primeiro dia da festa, depois de amanhã.*
CAIFÁS: *Isso é surpresa para mim.*
PILATOS: *Não para mim. Sei até que eles planejaram incendiar a cidade. Mas vou esperar até amanhã à noite. Se ele não me for entregue até então, cuidarei pessoalmente do caso.*
CAIFÁS: *Isso é contra o edito de César.*
PILATOS: *Não em caso de rebelião.*
NICODEMOS: *Mas ele* não *é um rebelde.*

Pilatos finge não ouvir o último comentário de Nicodemos e vira-se para Caifás.

PILATOS: *Amanhã à noite.*
JOSÉ: *O que pretendes fazer com ele?*
PILATOS: *Vou cuidar logo desse problema. Ele vai para a cruz. O que mais seria?*

Um silêncio profundo. Caifás pensa no que seria melhor fazer e dizer. Os outros esperam sua decisão. Por fim, ele fala:

CAIFÁS: *Sempre tentamos chegar a um acordo com o senhor.*
PILATOS: *Onde há vontade há um caminho.*
CAIFÁS: *Neste caso, também agiremos de boa-fé. Emitiremos um decreto determinando que quem souber o paradeiro de Jesus deve nos informar, para que a Guarda do Templo tenha a chance de pegá-lo sozinho.*

Nicodemos e José de Arimateia se entreolham, surpresos. Estão tensos.

Pilatos dá de ombros, como se dissesse "o problema é seu, não meu", e conclui:

Como quiseres.

Ele indica que a audiência terminou. Caifás e os três conselheiros saem.

[CORTA PARA A PRÓXIMA CENA.]

[Uma avaliação justa do caráter de Pilatos só é possível se for levada em conta a diferença entre as concepções romana e judaica do Estado e do indivíduo. Para os romanos, o Estado era de importância suprema; para os judeus, era o indivíduo. Para ajudar a compreender a condenação de Jesus por Pilatos, também pode ser útil fazer uma analogia com o nosso próprio tempo. Como governador romano, Pilatos era culpado do mesmo tipo de conduta corrupta praticada pelos governadores enviados por Hitler aos países europeus ocupados. De maneira brutal e inconsequente, tanto uns quanto outros agiam rapidamente para suprimir qualquer sinal de rebelião por parte do povo. Pilatos agia sob o mesmo tipo de pressão. Segundo a filosofia da lei que ele tinha ordens de cumprir, era melhor deixar dez inocentes morrerem do que permitir que um culpado escapasse. Todas as evidências históricas concordam em caracterizar Pilatos como um homem duro e inflexível, cuja natureza desconfiada sempre obedecia à razão e não aos sentimentos. Ele possuía o desprezo do conquistador romano pelos povos conquistados e, além disso, abominava a mentalidade e o espírito judeus, que eram tão diferentes dos romanos quanto o Oriente era do Ocidente. A eterna meditação dos judeus sobre problemas religiosos, seu fanatismo, seu ritualismo, seu ódio a tudo que fosse não judeu, tudo isso sem dúvida despertava sua antipatia, assim como o fervor religioso daquele povo. Ele era muito intelectual e muito prático para entender os judeus.]

Casa de Caifás. Ele e seus três conselheiros voltam do encontro com Pilatos. Aqueles que os aguardavam mal podem conter a curiosidade. Depois de entrarem na sala, o sumo sacerdote chama um secretário e lhe dá uma instrução:

> *Escreve um decreto determinando que quem souber onde está Jesus deve revelar essa informação, para que a polícia possa prendê-lo.*

O secretário começa a escrever imediatamente.

FARISEU (aterrorizado): *Mas isso significa a cruz!*
CAIFÁS (sarcástico): *Vós não entendeis nada. Não percebeis que esse decreto é um aviso para Jesus? A coisa mais inteligente que ele pode fazer é aproveitar o alerta e fugir, cruzando a fronteira. Então estará seguro e nós e os romanos estaremos livres dele.*
LEGISTA: *Quanto menos problemas tivermos com ele, melhor.*
GAMALIEL: *E se Jesus não quiser fugir?*
CAIFÁS: *Será responsabilidade dele. Nós estamos com a consciência limpa.*

O secretário acabou de escrever o decreto e o coloca diante de Caifás. Com seu anel, Caifás imprime o selo abaixo do texto – selando, ao mesmo tempo, o destino de Jesus.

A cena termina com um close do selo, que se dissolve suavemente para a próxima cena.

NARRADOR: *Naquele mesmo dia, o decreto do sumo sacerdote foi divulgado e, para não expor seus amigos em Betânia a nenhum perigo, Jesus passou a noite em um bosque de oliveiras no Monte das Oliveiras. Seus discípulos o acompanharam. O nome do lugar era Getsêmani.*

Jardim de Getsêmani, na encosta do Monte das Oliveiras. O local é cercado por um muro com um portão. Passando pelo portão, há uma casinha branca quadrada ocupada pelo vigia. Durante o dia, pessoas trabalham no bosque. Jesus e seus discípulos entram no jardim. Os trabalhadores deixaram suas ferramentas: o lagar de azeite, a prensa, a roda para trazer água até os canos, almofarizes, recipientes grandes e pequenos e cestos. Os discípulos parecem deprimidos pelos últimos acontecimentos. Jesus está perdido em seus pensamentos e tem um ar de tristeza. Ele sabe que sua hora está se aproximando.

Todos caminham em silêncio, à procura de um lugar onde possam se deitar. Ao lado de Jesus estão Pedro, Tiago, André e João. O caminho que eles seguem fica de frente para o Templo, que coroa as grandes muralhas da Cidade Santa. A fortaleza na montanha do outro lado do vale, majestosa e imponente, é um contraste estranho com o cenário pastoral deste lado do vale. Eles chegaram a uma clareira entre as árvores. As folhas das oliveiras emolduram uma linda vista da Cidade Santa. Diante da visão de todas aquelas muralhas e prédios de pedra maciça, e lembrando as palavras duras de Jesus sobre o clero e o Templo – "Eis que a vossa casa vos ficará abandonada" –, João para de repente e vira-se para Jesus.

Mestre, vê que pedras e que construções!

Jesus olha para a Cidade Santa e responde solenemente:

JESUS: *Eis que chegará o dia em que não ficará pedra sobre pedra que não seja demolida.*
PEDRO: *Mestre, quando será isso?*
JESUS: *Quando virdes Jerusalém cercada de exércitos, sabei que está próxima a sua devastação.*
PEDRO: *Qual o sinal de que essas coisas estarão para acontecer?*
JESUS: *O sol escurecerá, a lua não dará sua claridade e as estrelas cairão do céu. Quando virdes essas coisas acontecerem, sabei que o Reino de Deus está próximo. Então vereis o Filho do Homem vindo numa nuvem do céu.*
TIAGO: *Mas antes...*

Jesus o interrompe:

Mas antes de tudo isso, vos hão de prender e perseguir, e vós sereis odiados por todos por causa do meu nome.

Com uma expressão de tristeza, ele olha para os rostos que o cercam:

Mas, se o mundo vos odeia, sabei que primeiro odiou a mim. Se eles me perseguiram, também vos perseguirão. Eles vos entregarão à tribulação e vos matarão; e aqueles que vos matarem julgarão que realizam um ato de culto a Deus. Mas aquele que perseverar até o fim, esse será salvo. É pela paciência que manterão vossa vida.

Alguns dos discípulos sentam-se, com o coração pesado. Jesus permanece em pé.

A cena dissolve-se suavemente para a próxima.

NARRADOR: *E, na manhã seguinte, o decreto do sumo sacerdote foi lido em voz alta nas sinagogas. Por ordem de Pilatos, Jesus tornou-se um proscrito entre o seu próprio povo.*

Vemos o decreto, escrito em hebraico e com o selo do sumo sacerdote. Duas mãos o seguram e, por meio de uma sobreposição, vemos, ao mesmo tempo, o documento e o chefe da Sinagoga que o lê em voz alta.

A cena dissolve-se suavemente.

NARRADOR: *Nesse dia, que era o dia dos pães ázimos, Jesus enviou dois de seus discípulos a Jerusalém para preparar a Páscoa, pois a Lei exigia que o cordeiro pascal fosse consumido dentro das muralhas da Cidade Santa. E Jesus não fugiria de seu destino.*

Jardim de Getsêmani. Por meio de uma tomada em *travelling*, vemos dez dos discípulos deitados, profundamente adormecidos. O movimento da câmera continua até chegarmos a Jesus, que, evidentemente, chamou apenas Pedro e João. Ele lhes dá instruções em voz baixa.

JESUS: *Ide e preparai a Páscoa para comermos.*
PEDRO: *Onde queres que a preparemos?*

JESUS: *Logo que entrardes na cidade, encontrareis um homem levando um cântaro de água; segui-o para a casa em que ele entrar.*
JOÃO: *De quem é essa casa?*

Jesus finge não ouvir a pergunta.

Direis ao dono da casa: "O Mestre diz: o meu tempo está próximo. Em tua casa vou celebrar a Páscoa. Onde é a sala em que comerei a Páscoa com os meus discípulos?"

João não consegue disfarçar seu espanto.

JOÃO: *E ele nos deixará celebrar a Páscoa em sua casa?*
JESUS: *Ele vos mostrará, no andar superior, uma grande sala mobiliada; preparai-a.*

Os dois discípulos saem do bosque em silêncio. Jesus volta para junto dos outros discípulos, que ainda dormem.

A cena dissolve-se suavemente para mostrar a base de um documento em papiro, a ordem do dia. Em um close, vemos o anel de Pilatos, sua mão segurando o anel e o selo em cera.

NARRADOR: *No mesmo dia, Pilatos pôs seu selo em uma ordem do dia proibindo os judeus de realizarem qualquer reunião ou assembleia, com exceção dos cultos religiosos no Templo e nas sinagogas. Nenhuma aglomeração nas ruas ou mercados seria tolerada. As rondas romanas foram duplicadas e não permitiam que mais de três pessoas caminhassem ou conversassem juntas.*

A cena dissolve-se suavemente para João e Pedro entrando na Cidade Santa pela Porta da Água, que se abre para um caminho que leva à fonte de Gion. Os aguadeiros do sul da cidade costumavam usar essa porta.
Os dois discípulos logo avistam um homem carregando um jarro sobre o ombro e seguem-no.

[CORTA PARA A PRÓXIMA CENA.]

Uma rua. Um lado dela é ocupado por uma madeireira. Os discípulos seguem o homem com o cântaro de água a alguma distância.

[CORTA PARA A PRÓXIMA CENA.]

Um lado da rua é um pátio murado. Do lado de dentro do portão, à direita e à esquerda, há pequenas construções usadas para armazenar vinho. Há barris de vinho no pátio e, no meio, uma grande casa sombreada por velhas árvores.
O criado, ao perceber que está sendo seguido por dois homens, vira-se para eles com ar questionador.

JOÃO: *Onde está o dono da casa?*
CRIADO: *Vem comigo.*

Ele entra na casa, seguido pelos discípulos. Dentro, os membros da família e os criados estão ocupados preparando a Páscoa, que será naquela noite. Um dos criados prepara o *charoset*, uma mistura de amêndoas amargas, nozes, figos, tâmaras e canela. Outro lava as ervas amargas. Outros trabalham no forno, assando o pão ázimo, chamado *matzoth*. Um criado tira os pães achatados do forno. Tudo isso é visto de passagem. O criado conduz os dois discípulos até o dono da casa, que enche os jarros de vinho a partir de um barril. Ele fica surpreso ao vê-los. Pedro fala:

> *O Mestre disse: o meu tempo está próximo. Em tua casa vou celebrar a Páscoa. Onde é a sala em que comerei a Páscoa com os meus discípulos?*

O rosto do homem se ilumina e ele responde:

> *Dizei ao Mestre que ele é bem-vindo.*

Aparentemente, o dono da casa é um dos muitos discípulos secretos de Jesus. É provável que tenha sido alertado por alguém de que Jesus e seus discípulos passariam a noite em Jerusalém e, apesar do risco, está pronto para recebê-lo. [A situação nos faz lembrar o movimento clandestino nos países ocupados da Europa durante a última guerra. Aqueles que pertenciam à clandestinidade nunca deixavam de receber abrigo quando o solicitavam.]

O dono da casa faz um sinal para que o sigam.

> *Vou mostrar-vos; tenho uma sala grande no andar superior.*

Os dois discípulos seguem o dono da casa para o lado de fora e sobem pela escada externa até a sala superior. Usando essa escada externa, Jesus poderá ir e vir sem ser visto pelas pessoas da casa.

Eles entram na sala. A mesa está parcialmente posta com travessas, taças e pratos. As lamparinas estão cheias de óleo. Em um canto da sala, há uma bacia para lavar as mãos.

Enquanto o dono da casa mostra a sala a eles, a cena dissolve-se suavemente para focar o documento da ordem do dia, completo; já havíamos visto as mãos de Pilatos colocando nele o seu selo. A ordem está escrita em latim, grego e hebraico.

NARRADOR: *Nas primeiras horas da manhã, a ordem do dia foi publicada por Pilatos e, de acordo com a prática comum, lida em voz alta em todas as portas de Jerusalém.*

Por sobreposição de imagens, vemos o documento com o selo e o arauto acompanhado de um tocador de tambor que marca cada seção da leitura com um rufar do instrumento.

A cena dissolve-se suavemente para um cruzamento de ruas com uma praça de mercado ao fundo. Vemos Judas carregando um cesto.

NARRADOR: *Judas também foi a Jerusalém naquele dia para comprar comida e outros artigos necessários.*

Judas vira uma esquina. À direita há um grupo de vários judeus discutindo o decreto do sumo sacerdote. Uma patrulha romana chega. Ela dispersa o grupo, ordenando que os judeus sigam para casa separadamente.

[CORTA PARA A PRÓXIMA CENA.]

Outra rua. Judas para em uma loja e compra diferentes tipos de alimentos. A câmera está colocada agora dentro da loja, de frente para a rua, de modo que possamos ver o interior da loja no primeiro plano e a rua ao fundo.

Na rua, vemos os dois fariseus a que Judas tinha sido apresentado andando juntos. Eles param, surpresos por ver um dos discípulos de Jesus. Atravessam a rua e vêm cumprimentá-lo.

PRIMEIRO FARISEU: *O que estás fazendo aqui?*

JUDAS: *Comprando comida para esta noite.*

SEGUNDO FARISEU (surpreso): *Ide passar a Páscoa em Jerusalém?*

JUDAS: *Sim.*

SEGUNDO FARISEU: *Todos vós?*

JUDAS: *Sim.*

PRIMEIRO FARISEU: *Jesus também?*

JUDAS: *Sim. Por quê?*

PRIMEIRO FARISEU: *Eu achei que ele havia fugido.*

JUDAS: *Por que ele fugiria? Não fez nada errado.*

SEGUNDO FARISEU: *Onde passastes a noite passada?*

JUDAS (sorrindo): *É segredo.*

PRIMEIRO FARISEU: *Onde ide passar a Páscoa esta noite?*

JUDAS: *É segredo também.* (Desculpando-se) *Nem eu mesmo sei.*

SEGUNDO FARISEU: *Por que todos esses segredos?*

PRIMEIRO FARISEU: *Se Jesus é o Messias, quem ele precisa temer?*

JUDAS: *Ele é o Messias.*

PRIMEIRO FARISEU: *Hoje ele é o Messias. Ontem tu estavas em dúvida.*

Os dois fariseus entreolham-se. Eles simpatizam com o rapaz e querem ajudá-lo. Ao mesmo tempo, consideram que é seu dever informar o sumo sacerdote. Por isso, pedem que Judas os siga. Ele obedece.

[CORTA PARA A PRÓXIMA CENA.]

Fora do palácio do sumo sacerdote. Os fariseus convidam Judas a entrar com eles.

PRIMEIRO FARISEU: *Tenho um assunto rápido a tratar com o sumo sacerdote. Entra e fica fazendo companhia a ele* (apontando para o Segundo Fariseu).

Judas hesita novamente, mas acaba cedendo aos pedidos.

[CORTA PARA A PRÓXIMA CENA.]

Uma sala privativa no palácio do sumo sacerdote. Os dois fariseus, que parecem estar à vontade ali, entram, seguidos de Judas. O primeiro fariseu faz um sinal para que os outros o aguardem ali.

Ficai aqui, não vou demorar.

Ele sai da sala. O segundo fariseu e Judas sentam-se e continuam a conversa que vinham tendo enquanto caminhavam.
[Na conversa a seguir, o fariseu não tenta induzir o rapaz ou usar de astúcia com ele. Está seriamente preocupado com Judas, que ele considera ter sido iludido e a quem acha que prestaria um grande

serviço se o trouxesse de volta ao caminho certo. E o fariseu está tão interessado quanto Judas em encontrar alguma prova de que Jesus seja realmente o Messias.]

SEGUNDO FARISEU: *Olha, tu te enganaste com ele.* Todos *se enganaram com ele. Acredita-me: a queda dele não vai tardar. As nuvens estão se juntando. Fica fora do perigo, para o teu próprio bem. Toma coragem e protege o teu próprio destino.*
JUDAS (abatido): *O que acontecerá?*
SEGUNDO FARISEU: *Ele será entregue aos romanos.*
JUDAS: *Isso significa morte.*
SEGUNDO FARISEU: *Sim.*
JUDAS: *Na cruz.*
SEGUNDO FARISEU: *Sim, e a vontade de Deus será feita.*
JUDAS (com convicção): *Mas Deus não o deixará morrer.*
SEGUNDO FARISEU: *Não se ele for o Filho de Deus.*

Um súbito novo pensamento ocorre ao fariseu, que acrescenta:

Talvez esse seja o sinal do Céu que estamos esperando.

Ele tem a expressão de alguém a quem um segredo celestial acaba de ser revelado. Judas olha para ele com curiosidade.

JUDAS: *O quê?*
SEGUNDO FARISEU: *Se ele morrer na cruz, ficará provado que era um falso profeta. Mas se Deus salvar sua vida miraculosamente, isso provará que ele é o Messias, que ele e Deus são um.*

Judas repete com convicção:

Deus não o deixará morrer.

O fariseu está entusiasmado com sua ideia.

Então ele terá passado no teste. Se descer vivo da cruz, até nós acreditaremos nele. Nesse caso, em verdade, o Messias terá vindo a Israel.

Aparentemente Judas é seduzido por essa nova ideia e parece quase hipnotizado quando o fariseu vira-se para ele e diz:

Está em teu poder tornar possível esse sinal do Céu. Que feito tu terás realizado! Talvez Deus tenha escolhido a ti justamente para isso.

O primeiro fariseu entra.

PRIMEIRO FARISEU: *O sumo sacerdote quer te ver.*
JUDAS: *Não!*

Ele está um pouco atordoado e, sem saber o que pensar, segue os dois fariseus até o sumo sacerdote.

[CORTA PARA A PRÓXIMA CENA.]

Sala particular do sumo sacerdote. Os três homens entram. Caifás recebe Judas com uma cordialidade que não pode deixar de impressioná-lo. Vai, então, diretamente ao assunto.

CAIFÁS: *Acabei de saber que Jesus vai passar a Páscoa aqui em Jerusalém.*
JUDAS (um pouco intimidado com a loquacidade do sumo sacerdote): *Sim.*
CAIFÁS: *O risco é por conta dele.*

Judas não responde. Está de pé, parado, de olhos baixos. O sumo sacerdote muda de tom e fala a Judas mais confidencialmente.

> *Se não o entregarmos aos romanos esta noite, eles cairão sobre nós e toda a nação sofrerá.*

Judas levanta a cabeça de repente, como em autodefesa.

JUDAS: *Eu não o trairei.*
CAIFÁS: *Mas trais teu povo.*

Judas não responde. O sumo sacerdote pega Judas pela mão.

CAIFÁS: *Se Jesus for o Messias – e tu acreditas que ele é, não é verdade?*
JUDAS: *Sim.*
CAIFÁS: *Então Deus cuidará dele. Mas se ele for um impostor, tu sabes o que diz a Lei: "Extirparás o mal do teu meio".*

A resistência de Judas está enfraquecendo. O sumo sacerdote consegue atingi-lo com seu argumento.

CAIFÁS: *Depois da ceia de hoje, tu saberás onde Jesus vai passar a noite?*

JUDAS (fraco): *Sim.*
CAIFÁS: *Então deves vir aqui e informar-me... certo?*
JUDAS (relutante): *Sim.*

Judas é vítima de sentimentos conflitantes. Sua mente, a de um aldeão simples, foi de repente forçada a enfrentar problemas que são excessivos para ele. Ele olha para o sumo sacerdote e fala com fervor e persuasão. Mas as palavras são dirigidas à sua própria consciência tanto quanto à do outro homem, tentando assegurar a si mesmo que está tomando a decisão certa.

> *O que quer que eu faça, sei que será pela glória dele, pois acredito nele: acredito que ele é o Filho de Deus; que Deus está nele e que Deus lhe deu o poder de conceder a vida eterna a todos os que acreditam nele...*

Judas está arrebatado pela ideia de que foi escolhido por Deus para ser instrumento de um propósito divino.

O sumo sacerdote ouve o rapaz complacentemente. Então sorri e o interrompe:

CAIFÁS: *Tu quase me convenceste a me tornar discípulo dele.*
JUDAS: *Eu gostaria que o senhor o fosse.*
CAIFÁS (ainda sorrindo): *Não acho que tenha jeito para isso.*

O sumo sacerdote faz um sinal para os dois fariseus e para Judas e diz:

> *Vinde.*

Eles o seguem.

[CORTA PARA A PRÓXIMA CENA.]

Tablinarium, onde os conselheiros estão reunidos à espera do retorno do sumo sacerdote. Ele entra, seguido pelos dois fariseus e por Judas, que tem uma postura humilde, impressionado pela presença de todas aquelas pessoas importantes. O sumo sacerdote vai imediatamente para seu assento e fala aos conselheiros.

> *Jesus não fugiu. Ele não aproveitou nosso aviso. A responsabilidade pelo que lhe acontecer é apenas dele. Em atitude de claro desafio, ele passará a Páscoa em Jerusalém. Isso acabou de me ser dito por este jovem, que é um de seus discípulos* (apontando para Judas). *Ele não sabe onde Jesus fará a ceia pascal, pois é algo que foi mantido em segredo mesmo para os discípulos. Mas, depois da ceia, ele* (apontando novamente para Judas) *saberá onde Jesus passará a noite, de modo que poderemos enviar a polícia para prendê-lo. Suponho que concordem comigo que esse é o modo como devemos agir.*

Gamaliel se levanta.

> *Antes de tomarmos uma decisão, quero dizer algumas palavras, mas peço-te que mande esse jovem sair enquanto falo.*

O sumo sacerdote faz um sinal ao segundo fariseu para que acompanhe Judas para fora da sala. Assim que eles saem, Gamaliel retoma a palavra.

GAMALIEL: *Meu conselho é: poupai esse homem e deixai-o em paz, pois, se ele for de Deus, estareis vos colocando em guerra contra Deus. Portanto, vamos nos recusar de vez a entregá-lo a Pilatos. Mas nosso "não" deve ser um "não" decisivo.*
CAIFÁS: *Quaisquer que sejam as consequências?*
GAMALIEL: *Sim, temos esse direito de acordo com as promessas de César. Devemos insistir que uma assinatura é uma assinatura.*
CAIFÁS: *Não podemos nos deixar guiar por nossos sentimentos pessoais. O Estado está em jogo.*
GAMALIEL: *Mas isso não é uma questão que se refere apenas a Jesus. É uma questão de segurança pública.*
CAIFÁS (impaciente): *O caso é urgente. Comprometemo-nos a entregá-lo esta noite e a palavra de um homem é a sua honra.* (Faz uma pausa, aparentemente comovido) *Quanto a Jesus, acredites ou não, é com o coração pesado que entrego o judeu Jesus aos romanos. Por outro lado, considerando o caso de modo mais amplo, não é preferível sacrificar um homem para salvar a vida de muitos?*
LEGISTA: *Incluindo nossa própria vida.*

O sumo sacerdote finge não ouvir a interrupção e continua:

> *Não é conveniente para nós que um homem morra pelo povo e que nossa nação não pereça?* (Pausa) *Gostaria de saber quem concorda comigo e quem não concorda.*

Há murmúrios entre os presentes. Gamaliel, Nicodemos e José de Arimateia trocam apertos de mão, levantam-se sem dizer nada e saem do *tablinarium*. O sumo sacerdote dirige-se aos outros.

E os demais?

A maioria levanta a mão. Dois ou três ficam em silêncio, com os olhos baixos. Estes não votam.

O sumo sacerdote faz um sinal para que deixem Judas entrar. Judas entra. O sumo sacerdote fala com ele.

CAIFÁS: *Agora a questão está decidida e eu te espero esta noite.*
JUDAS: *Sim.*
CAIFÁS: *Depois da ceia.*
JUDAS: *Eu virei.*
CAIFÁS (como uma advertência): *E vê se não vai contar a ninguém sobre isso.*
JUDAS: *Não.*

O sumo sacerdote toca um gongo ao lado de seu assento. A câmera aproxima-se rapidamente do gongo e a cena termina com um close dele.

Para Jesus, a hora chegou.

[Caifás sem dúvida era, ao seu próprio modo, um judeu patriota com boas intenções, um homem com experiência e conhecimento da natureza humana, alguém que não hesitaria em condescender e era versado na arte da diplomacia. Era também um político frio e calculista. E com boas razões. O Oriente Próximo na época estava submetido a eternas mudanças e transformações. Nas controvérsias entre as grandes potências daquele tempo vivia a possibilidade de uma Judeia livre. Os próprios judeus não eram fortes o bastante para se libertarem do jugo de seus opressores. A história não tardou a provar que Caifás estava certo em seus esforços para não irritar os romanos e, em vez disso, viver em bons termos com eles e esperar que, no tempo devido, Deus desse de volta aos judeus a sua liberdade.

Quando Caifás decidiu sacrificar Jesus, não seria possível que, apesar de seu caráter duro, ele o tivesse feito com um peso no coração pelo simples fato de Jesus ser judeu? Não há razão para não acreditar que Caifás tenha feito o que fez a fim de salvar o povo das represálias cruéis de Pilatos. Quantos idealistas políticos e religiosos antes e depois de Jesus foram mortos por uma necessidade política ou religiosa, e sempre em nome do povo?]

O close do gongo dissolve-se suavemente para mostrar a sala em que Jesus e seus discípulos estão prestes a celebrar a festa da Páscoa. Os discípulos chegam em pequenos grupos. Entre os já presentes está Judas. Nós o vemos falando com João, André e Tiago.

JUDAS: *Onde vamos dormir esta noite? No Getsêmani?*
JOÃO: *Sim. Por quê?*
JUDAS: *Preciso sair para encontrar uma pessoa depois da ceia. Vou chegar lá um pouco mais tarde.*

Ele sai de perto de João e aproxima-se de outros colegas.

O último grupo chega com Jesus. O dono da casa o recebe com cordialidade. A sala é iluminada por duas lamparinas que acabaram de ser trazidas por criados. Tudo o que é necessário para a ceia está pronto: o vinho, o pão ázimo, as ervas amargas e o cordeiro assado que será servido mais tarde. A mesa já está posta. Depois de convidar os hóspedes a ficarem à vontade, o dono da casa sai para celebrar a Páscoa com sua própria família.

A mesa é longa e baixa. Dois terços dela estão cobertos por uma toalha e, em torno dessa parte, os convivas reclinam-se em almofadas, cinco de cada lado e três na ponta. A mesa tem a forma de ferradura, deixando uma ponta livre descoberta de onde os criados servem. As almofadas ficam encostadas na mesa e dão apoio ao braço e cotovelo esquerdos, deixando a mão direita livre para comer.

Jesus ocupa o assento de chefe da casa à mesa. Seu lugar não era, como geralmente se supõe, na cabeceira, mas em uma das laterais, o segundo assento a partir da parte descoberta da mesa. À sua direita está João e à esquerda, no lugar de honra, está Judas.

Jesus e os discípulos acomodam-se à mesa. Os discípulos sabem que Jesus está sendo procurado. Também sabem que ele está pensando em sua morte, portanto não é surpresa que haja uma atmosfera de luto na reunião. Jesus olha com afeto para seus amigos e discípulos.

Eles começam a cear. Os criados misturaram vinho e água em um grande cálice e um deles o entrega a Jesus que, antes de dar graças, diz:

> *Desejei comer esta Páscoa convosco antes de sofrer. Pois eu vos digo que já não a comerei até que ela se cumpra no Reino de Deus.*

Ele, então, dá graças pelo vinho.

> *Damos graças a Jeová, nosso Deus, que criou o fruto da videira.*

Ele prova o vinho e passa o cálice aos discípulos, que bebem também.

Um criado traz a Jesus uma bacia e um jarro de água e despeja água em suas mãos. O outro criado coloca o prato de ervas amargas e uma vasilha com água salgada diante de Jesus, que pronuncia a bênção. Depois mergulha as ervas amargas na água salgada, come um pouco delas e, em seguida, oferece-as aos discípulos.

A cena dissolve-se suavemente para mostrar a parede externa de uma casa. A câmera começa a se mover verticalmente para baixo. Quando se aproxima do piso térreo, a tomada da parede externa dissolve-se em uma imagem da sala interna em que o dono da casa e sua família celebram a Páscoa. Aqui, também, todas as lamparinas festivas estão acesas e vemos a etapa seguinte da cerimônia pascal: a repartição do pão ázimo.

Os pães sem fermento são colocados diante do dono da casa. Ele pega um e parte-o em dois. Uma metade, o *afikoman*, é deixada de lado e coberta com um pano; esta deve ser comida depois da ceia. Então ele parte a outra metade, pega um pedaço para si e passa-a aos outros. Ninguém come, porém, até que o vejam começar a comer.

A cena dentro da sala dissolve-se suavemente em uma tomada da parede externa. Estamos de novo na rua e a câmera move-se para uma casa vizinha. Durante o *travelling*, ouvimos os sons distantes de vozes alegres, cantando salmos, entoando orações. Assim que a câmera focaliza a parede externa da casa vizinha, a imagem dissolve-se em uma cena do interior da sala, onde a família se reúne em torno de uma mesa alegremente decorada que está sendo removida naquele instante. Assistimos à etapa seguinte da cerimônia pascal.

Enquanto o segundo cálice de vinho está sendo cheio e entregue ao pai, a pessoa mais jovem do grupo, um menino de 7 ou 8 anos, levanta-se e, dirigindo-se a ele, pergunta o significado da festa.

> *Por que em todas as outras noites não embebemos as ervas nem uma vez, mas nesta noite o fazemos duas vezes? Por que em todas as outras noites comemos carne assada, cozida ou ensopada, mas nesta noite só assada?*

O interior da sala dissolve-se em uma tomada da parede externa da casa e a câmera move-se para outra casa vizinha. A parede externa desta dissolve-se para mostrar o interior da casa e vemos outra família, formada, em sua maioria, por pessoas idosas. O dono da casa é um homem velho e o mais jovem é um rapaz de 20 anos. Aqui também a mesa foi temporariamente removida. O rapaz está fazendo a última das três perguntas prescritas pela Lei.

> *Por que em todas as outras noites comemos pão com fermento ou sem fermento, mas nesta noite comemos apenas pão sem fermento?*

O dono da casa levanta e fala do cativeiro no Egito e da libertação.

> *Isso é feito por causa do que o Senhor nos fez passar quando nos trouxe da terra do Egito. Naquele tempo, Moisés chamou todos os anciãos de Israel e disse-lhes: ide, trazei um cordeiro e imolai a Páscoa e marcai a travessa da porta e os batentes com o sangue.*

O interior da sala dissolve-se na parede externa e a câmera move-se para a parede externa da casa vizinha àquela em que Jesus está celebrando a Páscoa. A parede externa dissolve-se no interior de uma sala que é um pouco menor do que as outras salas que vimos. Por essa razão, os ocupantes não se reclinam sobre as almofadas, mas sentam-se nelas de pernas cruzadas. Aqui, o pai está concluindo o relato do cativeiro.

> *Quando o Senhor viu o sangue sobre a travessa e os dois batentes, ele passou adiante daquela casa e não permitiu que o Exterminador entrasse e ferisse seus moradores.*

Depois disso, o pai levanta o segundo cálice de vinho na mão direita, bebe e passa o cálice para o resto do grupo, e cada um deles bebe também. Todos começam a cantar a primeira parte do "Halel".

> *Louvai o Senhor. Louvai, servos do Senhor, louvai o nome do Senhor. Seja bendito o nome do Senhor, desde agora e para sempre; do nascer do sol até o poente, seja louvado o nome do Senhor.*

O interior da sala dissolve-se para mostrar a parede externa e a câmera move-se verticalmente para cima até a sala superior da mesma casa. Aqui, uma vez mais, a parede externa dissolve-se e mostra o interior de uma sala, onde uma família de romeiros está reunida. Nós os ouvimos cantar os últimos versos da primeira parte do "Halel".

Trema, ó terra, frente ao Senhor, frente à presença do Deus de Jacó, que transforma as rochas em lago e a pedreira em fontes de água.

Agora, a refeição pascal começa. A mesa é trazida de volta para o centro da família. O cordeiro pascal, estendido por meio de dois ramos de romãzeira, é posto na mesa. Uma velha criada encarrega-se de lavar as mãos das pessoas presentes. Ela tem consigo uma bacia, um jarro de água e uma toalha, e vai passando de um em um.

De acordo com o costume, o chefe da família deve agora entregar a cada um dos presentes uma porção de alimento composta de um pedaço do carneiro assado e um pouco de ervas amargas envoltas em um pedaço de pão ázimo que foi mergulhado no *charoset*. Vemos o pai começar a preparar a primeira porção. Então, o interior da sala dissolve-se para mostrar a parede externa, e a câmera move-se obliquamente ao longo da escada externa até a parede externa da sala superior onde Jesus está com seus discípulos. A parede externa dissolve-se para mostrar o interior da sala. Jesus formou uma colher com um pedaço de pão e encheu a "colher" com um pedaço do cordeiro assado e um pouco de ervas amargas que ele mergulha no *charoset*.

É costume entregar uma porção preparada de alimento a alguém na mesa como sinal de amizade. Jesus já entregou porções a todos os discípulos, exceto a Judas. No momento em que a câmera põe a cena em foco, Jesus está entregando a porção de comida que acabou de preparar para Judas e olhando para ele com tristeza e afeto. Fala-lhe em voz baixa, para que apenas ele escute suas palavras.

Faz depressa o que fores fazer.

Tomado de espanto, Judas olha para Jesus. Percebe que Jesus viu em seu coração e sabe o que ele planeja. Não há sinal de desaprovação nos olhos de Jesus nem tom de censura em suas palavras. Judas coloca a porção de comida sobre a mesa, levanta-se e sai da sala. Os outros discípulos não prestam muita atenção em sua saída, pois seus pensamentos estão ocupados com a festa.

Escada externa. Hesitante, Judas desce os degraus. Ele para, pensa, vira como se fosse voltar, mas, por fim, decide manter a promessa que fez ao sumo sacerdote.

Sala superior. O terceiro cálice de vinho é cheio e entregue a Jesus, que, depois de ter proferido as bênçãos, passa-o aos discípulos.

Sabendo que sua morte se aproxima, Jesus pronuncia as palavras simples, porém profundas e majestosas, de seu discurso de despedida.

JESUS: *Eu vos dou um mandamento novo: amai-vos uns aos outros. Nisso todos reconhecerão que vós sois meus discípulos, se vos amardes uns aos outros como eu vos amei.* (Pausa) *E ninguém tem amor maior do que aquele que dá a vida por seus amigos. Mas quando eu for e tiver preparado um lugar a vós, virei novamente e vos levarei comigo, para que, onde eu estiver, estejais também.*

PEDRO: *Para onde vais?*

JESUS: *Para onde eu vou não podeis me seguir agora, mas me seguireis depois. Mas para onde eu vou vós conheceis, e conheceis o caminho.*

TOMÉ: *Não sabemos para onde vais, como podemos conhecer o caminho?*

JESUS: *Eu sou o caminho, a verdade e a vida: ninguém vem ao Pai a não ser por mim.*

FILIPE: *Mostra-nos o Pai, e isso nos basta.*

JESUS: *Há tanto tempo estou convosco e ainda não me conheceis, Filipe? Quem me viu, viu o Pai. Como podes me dizer "Mostra-nos o Pai"?* (Pausa) *Saí do Pai e vim ao mundo; de novo deixo o mundo e vou para o Pai.*

PEDRO: *Eis que agora falas claramente. Agora acreditamos.*

JESUS: *Acreditais agora? Eis que chega a hora, sim, ela chegou, em que vós vos dispersareis, cada um para o seu lado, e me deixareis sozinho. Mas eu não estou só, porque o Pai está comigo.*

Enquanto Jesus fala, os discípulos escutam com profundo interesse e amor no coração.

Judas está a caminho do palácio do sumo sacerdote. Ele escolhe as ruas e alamedas mais desertas. Mas, aqui e ali, vemos as barracas dos romeiros, na entrada das quais há pequenas fogueiras onde os cordeiros foram assados. O ar está cheio do som de cantos, orações e conversas alegres. Do alto das casas, pessoas observam o andarilho solitário.

Sala superior. O quarto (e último) cálice de vinho é cheio e entregue a Jesus. Ele coloca o cálice na mesa e pega a metade do pão chamada de *afikoman* que havia sido separada para ser comida ao fim da ceia. Depois de dar graças, ele parte o pão e distribui os pedaços entre os discípulos, dizendo:

Tomai e comei; este é o meu corpo, que é dado por vós.

Os discípulos, profundamente impressionados com as estranhas palavras e a solenidade do tom, pegam o pão e o comem.

Então Jesus pega o cálice de vinho, dá graças e entrega-o aos discípulos.

JESUS: *Este cálice é a nova aliança em meu sangue, que é derramado em favor de vós. Fazei isso, sempre que o beberdes, em minha memória.*
PEDRO: *Não vais beber também?*
JESUS: *Não beberei do fruto da videira até o dia em que beberei o vinho novo convosco no Reino de meu Pai.*

Todos os discípulos bebem do cálice.

Uma vez mais, vemos Judas a caminho do sumo sacerdote. Uma patrulha romana passa. Exceto por esses poucos soldados romanos, ninguém é visto na rua. Os judeus não podem ficar fora de casa esta noite, exceto para ir ao lugar onde pernoitarão.

Sala superior. Os onze discípulos reuniram-se em volta de Jesus. O último a beber do vinho coloca o cálice sobre a mesa. Todos estão atentos a Jesus, que levanta os olhos para o céu e ora em voz alta por seus discípulos.

Pai, a hora chegou. Manifestei o teu nome aos homens que me deste. As palavras que me deste, eu dei a eles, e eles as acolheram e reconheceram verdadeiramente que saí de junto de ti e creram que me enviaste. Por eles eu rogo: Pai santo, guarda em teu nome os que me deste, para que sejam um, como nós somos. Como tu me enviaste ao mundo, também eu os enviei ao mundo.

O manuscrito de um filme – **305**

> E, por eles, a mim mesmo me santifico, para que sejam santificados na verdade. Mas não rogo somente por eles, mas pelos que, por meio da palavra deles, crerão em mim, a fim de que todos sejam um. Como tu, Pai, estás em mim e eu em ti, que eles estejam em nós, para que o mundo creia que tu me enviaste.

Judas entra no palácio do sumo sacerdote.

Sala superior. Os discípulos escutam a oração com expressão séria e há lágrimas nos olhos de muitos deles. Terminada a prece, Jesus volta-se para eles e diz:

> Daqui por diante, não conversarei muito convosco. Levantai. Vamos embora.

Alguns dos discípulos apagam as lamparinas. A porta para a escada externa se abre e o dono da casa entra. Jesus o abraça cordialmente, beijando-o nas duas faces.

Pela porta aberta, ouvimos a segunda parte do "Halel" sendo cantada na casa vizinha. Jesus e os discípulos unem-se espontaneamente ao canto:

> O Senhor está comigo; jamais temerei. Que poderia fazer-me o homem? O Senhor está comigo, ele me ajudou; eu vou confrontar-me com meus inimigos. É melhor abrigar-se no Senhor do que pôr confiança no homem.

Cantando o hino, eles saem da sala, que permanece fracamente iluminada. O som do hino vai se afastando lentamente e a sala mantém-se vazia.

Em ocasiões festivas, os convivas limpavam as mãos com grandes pedaços de pão que, depois, jogavam ao chão. Vemos um cachorro entrando na sala e comendo avidamente os pedaços de pão.

Judas está sentado na antessala do gabinete privado de Caifás. O som do gongo é ouvido e, passado um momento, aparece um criado. Ele faz um sinal para que Judas o acompanhe.
Judas entra no gabinete de Caifás. Este recebe-o gentilmente, mas com expressão séria. Uma vida humana significava mais para os judeus que para os romanos.

CAIFÁS: *Onde ele passará a noite?*
JUDAS: *No Getsêmani.*

Por curiosidade, mas também com alguma compaixão, ele pergunta sobre Jesus.

CAIFÁS: *Como ele está? Abatido?*
JUDAS: *Não. Esta noite ele disse que não comeria mais a Páscoa até que ela se cumpra no Reino de Deus. Isso significa...*
CAIFÁS: *O quê?*
JUDAS: *Que o Reino de Deus está próximo, e...*
CAIFÁS: *E?*
JUDAS (quase triunfante): *Que Jesus é o Messias.*

Judas fala as últimas palavras com alguma hesitação, porque um Reino de Deus com Jesus como rei representa o fim do clero e de todo o sistema sacerdotal.

Caifás sacode a cabeça, cético. Realista como é, ele acha tudo aquilo um absurdo.

Um secretário entra no gabinete trazendo uma placa de cera e Caifás encerra a conversa.

Este homem te levará ao Capitão da polícia, a quem tu darás as informações necessárias. Ele já está informado sobre o assunto.

Com um aceno cordial da cabeça, Caifás indica que a audiência terminou. O secretário e Judas deixam o gabinete juntos.

Jesus e seus discípulos, tendo saído de Jerusalém pela Porta da Água, seguem a estrada sob o muro Oriental e estão prestes a cruzar o riacho Cedron usando a mesma ponte que Jesus havia usado alguns dias antes. A lua está cheia e os campos salpicados de centenas de pequenas tendas pretas de pele de cabra montadas pelos romeiros. Das tendas, ouvem-se vozes cantando o "Halel".

Os discípulos estão cansados e abatidos. Eles se agrupam em torno de Jesus. Às vezes caminham e, de tempos em tempos, apenas ficam parados. Detêm-se na ponte. As palavras de Jesus depois da ceia emocionaram-nos profundamente. Não podem esquecer a profecia de que, em sua hora fatal, eles o abandonariam. O que deu a ele tal ideia? Fazem-lhe perguntas, às vezes falam ao mesmo tempo.

ANDRÉ: *Por que dizes: minha hora chegou?*
JOÃO: *Teu Pai no céu não permitirá que te façam nenhum mal.*
PEDRO (com sinceridade): *Nem nós...*
TIAGO: *Vamos apoiar-te.*
FILIPE: *Claro. Não te deixaremos só.*

Com um sorriso triste, Jesus ouve os protestos. Então lhes responde:

> *Está escrito, ferirei o pastor e as ovelhas do rebanho se dispersarão.*

Pedro enche-se de ardor.

PEDRO: *Eu estou pronto para ir contigo, tanto para a prisão como para a morte.*
TADEU: *Eu também.*
MATEUS: *E eu.*
JOÃO: *Não te abandonarei.*
BARTOLOMEU: *Nem eu.*

E todos dizem o mesmo. Pedro está especialmente perturbado com as palavras de Jesus e sente-se compelido a reforçar sua garantia:

> *Eu darei minha vida por ti.*

Jesus o olha com amor e afeto e pergunta:

> *Darás tua vida por mim?*

Pedro sente-se magoado pela dúvida expressa por Jesus e, falando com veemência, afirma uma vez mais sua intenção de ficar ao lado do Mestre.

> *Mesmo que eu tenha de morrer contigo, não te deixarei só e não te negarei.*

Jesus olha para ele com amor, mas também com tristeza.

> *Eu te digo, Pedro, o galo não cantará hoje sem que por três vezes tu tenhas negado me conhecer.*

Jesus disse essas palavras com voz calma e os discípulos sabem que, quando ele fala nesse tom, suas previsões se realizam. Por isso, não ousam retrucar. Confusos e perplexos, olham em silêncio uns para os outros e para Pedro, que, desta vez, não sabe o que dizer. Ele fica aliviado quando Jesus faz um sinal para que continuem a andar.

Judas e o secretário chegam ao prédio onde está a força policial judaica. Eles entram na sala da guarda e o secretário fala com um sargento:

> *Leva este rapaz até o capitão, porque ele tem algo a lhe dizer da parte do sumo sacerdote.*

O secretário passa a placa de cera para Judas.

> *Pega isto, entrega ao capitão e ele entenderá.*

O secretário deixa a sala da guarda enquanto o sargento conduz Judas para uma sala vizinha. O sargento fala com o capitão:

Um secretário do sumo sacerdote pediu que eu trouxesse este rapaz; ele tem algo a te dizer.

O sargento sai. O capitão pega Judas pela mão e puxa-o de lado.

CAPITÃO: *O que tens para me dizer?*
JUDAS: *Mandaram-me entregar-te isto.*

Ele entrega a placa de cera ao capitão, que a desata e lê a inscrição. Depois, volta-se novamente para Judas.

CAPITÃO: *Quantos discípulos Jesus tem com ele?*
JUDAS: *Onze.*
CAPITÃO: *Vem, vamos para lá agora mesmo.*

Judas e o capitão voltam juntos à sala da guarda. Judas espera enquanto o capitão escolhe uma vintena de policiais armados com bastões. Seleciona também dois sargentos, armados com espadas como ele.

Jesus e seus onze discípulos chegam ao Getsêmani. A noite está silenciosa. Apenas o som distante do "Halel" é ouvido. Jesus caminha à frente com Pedro, João e Tiago; os outros discípulos vêm logo atrás. Dentro do portão, perto do lagar, Jesus vira-se para esses oito discípulos e indica-lhes que fiquem ali.

Sentai aqui e vigiai enquanto vou orar.

A noite é fria e os oito discípulos estão cansados. Eles se deitam e, enrolados nos mantos e abrigados pelo lagar, logo adormecem.

Jesus e os outros três discípulos caminham até uma parte do jardim com uma vegetação natural de árvores e arbustos. Jesus, que parece angustiado, detém-se junto a um grupo de árvores e aponta um lugar para os três discípulos ficarem.

Ficai aqui e vigiai.

Eles se sentam e olham com compaixão para Jesus, que, por um momento, permanece de pé diante deles com expressão de tristeza. Suspirando profundamente, ele diz:

Minha alma está triste até a morte.

Então ele se afasta. Os discípulos o observam com admiração e pesar. João e Tiago inclinam a cabeça e puxam sobre ela a parte superior do manto. Fazem isso para orar, mas logo são vencidos pelo cansaço. O sofrimento exaure as forças. Pedro também enrolou o manto em volta da cabeça, mas não dorme. Ele escuta os passos leves de Jesus.

Jesus afastou-se mais ou menos à distância de um tiro de pedra dos três discípulos. Nós o vemos ajoelhar-se. Está muito pálido.

Os três discípulos. Pedro ainda está escutando, e ouvimos a prece de Jesus.

Abbá, Pai! Tudo é possível para ti. Afasta de mim este cálice. Porém, não o que eu quero, mas o que tu queres.

Embora distantes, as palavras são ouvidas claramente. Escutamos, então, suspiros profundos. Pedro, agora, abaixa a cabeça até tocar com ela os joelhos, e também adormece.

[Os estudiosos sempre se perguntaram como seria possível que os autores dos Evangelhos soubessem as palavras das orações de Jesus no jardim do Getsêmani se os três discípulos que estavam com ele adormeceram. As poucas palavras que Jesus, de acordo com Marcos e Mateus, usou em suas orações só podem ser um trecho muito pequeno delas. A única explicação parece ser que os três discípulos (ou talvez um ou dois deles) tenham acordado a intervalos e escutado os breves fragmentos citados por Marcos e Mateus. Precisamos lembrar que Jesus havia se afastado apenas a "um tiro de pedra" e que ele não disse suas orações silenciosamente ou em voz baixa. Ao contrário, ele abriu o coração lamentando-se alto e entre lágrimas. Aqui, lidamos com esse problema fazendo com que Jesus nunca seja visto orando. Nós vemos os três discípulos e, com eles, ouvimos as preces de Jesus. E, quando todos os três estão dormindo, ouvimos apenas os sons distantes de seus lamentos, suspiros e gemidos, misturados a algumas poucas palavras indistinguíveis, que também poderiam ter penetrado através da sonolência dos discípulos até sua consciência.]

Os discípulos. Embora eles estejam adormecidos, ouvimos os murmúrios indistintos de Jesus. De repente, escuta-se um grito de angústia. Os discípulos acordam. Percebem que o grito deve ter vindo de Jesus e se assustam. João quer correr em seu auxílio, mas Pedro o segura. Por um momento eles escutam, com lágrimas nos olhos. Murmurando preces, enrolam novamente o manto em volta da cabeça e tornam a dormir. E, uma vez mais, ouvimos Jesus orando. Depois de algum tempo, todo o barulho cessa.

Uma rua deserta em Jerusalém. Judas e o capitão da polícia com a vintena de policiais estão a caminho do Getsêmani.

Getsêmani. O grupo de três discípulos, ainda adormecidos. Jesus aparece, triste e abatido, como um homem que precisa de apoio. E encontra seus três amigos mais próximos dormindo – dormindo enquanto ele enfrenta desesperadamente a luta da alma. Jesus repreende-os com delicadeza.

Estais dormindo?

Os discípulos acordam e olham para Jesus, que traz no rosto o sofrimento.
Jesus fala a Pedro em particular.

Vigiai e orai para não entrardes em tentação. Pois o espírito está pronto, mas a carne é fraca.

Quando Jesus os alerta que é hora de vigiar e orar, eles entendem como: "não por mim, mas por vocês". Eles também estão em perigo. Movem a cabeça indicando que compreenderam, mas seus olhos estão pesados de cansaço. Tiago e Pedro cobrem de imediato a cabeça, inclinam-se para a frente e adormecem. João consegue ter a força de vontade para permanecer desperto e fica sentado, com a coluna ereta. Jesus se afasta novamente, mais solitário do que nunca.

Seus pensamentos, agora, concentram-se nos discípulos. O cálice que o aguarda espera também por eles, a menos que os salve, bebendo-o ele mesmo.

Com João, ouvimos Jesus orando a distância, embora os sons sejam nítidos.

Meu Pai, se não é possível que passes esse cálice sem que eu o beba, seja feita a tua vontade.

Jesus, em sua condição humana, tem a esperança de que possa haver uma saída, um modo de escapar da cruz. Acima de tudo, seu desejo é que a vontade do Pai seja feita. Enquanto ora, ele aguarda a resposta de seu Pai.

João lutou bravamente contra o sono, mas acaba vencido. Ele inclina a cabeça sem cobri-la. Uma vez mais, as preces de Jesus são ouvidas, mais ardorosas do que antes e acompanhadas de sentidos suspiros e gemidos. Escutamos soluços e choro convulso e, então, silêncio.

Jesus aproxima-se dos três discípulos. Desta vez, vem como um pai que, embora ele próprio em perigo, precisa cuidar dos filhos que também estão em perigo. Encontra-os dormindo de novo. Chama-os pelo nome, mas eles dormem profundamente. Chama-os outra vez e eles acordam, mas "não sabem o que lhe dizer". Ficam assustados quando o veem fraco e exausto, banhado em um suor frio como alguém com febre. Depois de um breve intervalo, Jesus vira-se e os deixa novamente. E, como os discípulos têm os olhos extremamente pesados, logo estão dormindo outra vez.

Ponte sobre o Cedron. Judas, o capitão e os policiais atravessam a ponte a caminho do Getsêmani.

Getsêmani. Vemos os três discípulos e ouvimos, não muito longe, a voz indistinta de Jesus lastimando-se e desabafando o sofrimento de sua alma. Uma sonora exclamação de lamento acorda Pedro.

Ouvimos estas palavras de Jesus:

Pai, se é possível, que passe de mim esta hora, esta hora terrível que está chegando e se aproximando. Mas não seja como eu quero, mas como tu queres.

Jesus enfrentou o momento crucial de sua luta e a batalha foi vencida. Pedro puxa o manto sobre a cabeça.

Lentamente, os suspiros e gemidos de Jesus diminuem e cessam. Não ouvimos mais nada. Por um momento, vemos apenas os três discípulos adormecidos. Então, Jesus retorna. Agora está calmo. Ele senta em um tronco de árvore, com expressão serena.

De repente, ele aguça os ouvidos. Levanta e chama os três discípulos, que estão ainda sonolentos. Jesus sente que o perigo está se aproximando. Os três discípulos ficam de pé e todos escutam.

Então, Jesus avista Judas, de pé em uma clareira ao luar. O aparecimento de Judas é algo que Jesus vinha esperando, uma resposta de Deus. E ele abandona qualquer ideia de escapar.

Judas, ao ver Jesus, aproxima-se dele em silêncio e beija-o cordialmente e com grande sinceridade. Está agora convencido de que é um instrumento na mão de Deus. Jesus, de certa maneira, pensa a mesma coisa. Nada acontecerá que não seja a vontade de Deus.

[Durante todo o filme vimos homens se beijando ao se encontrarem, portanto esse beijo de Judas parecerá uma prática comum.]

Jesus tem consciência do perigo e ele e os três discípulos vão até o lagar, para unir-se aos outros. Eles os acordam. O luar ilumina os rostos aflitos.

Os sons que Jesus ouviu aumentam. Não demora muito para que o capitão e seus homens cheguem ao portão aberto. Eles entram no jardim e caminham até o grupo que circunda Jesus.

Tendo aceitado seu destino, Jesus avança.

JESUS: *A quem procurais?*
CAPITÃO: *Jesus de Nazaré.*
JESUS: *Sou eu.*

Os policiais recuam e alguns tropeçam, talvez surpresos com a calma de Jesus. Estão preparados para encontrar resistência, medo e luta, mas não para isso. E, sendo judeus, alguns deles provavelmente desaprovam a tarefa que receberam ordens de executar, enquanto outros talvez temam o poder sobrenatural que Jesus tantas vezes manifestou.

JESUS: *A quem procurais?*
CAPITÃO: *Jesus de Nazaré.*
JESUS: *Eu vos disse que sou eu.*

Alguns dos discípulos, entre eles Pedro, João, Tiago e André, avançam para defender Jesus e começam a discutir com os policiais.

TIAGO: *Que conduta é essa?*
JOÃO: *Por que todas essas armas?*
PEDRO: *Saístes para capturar um ladrão?*
ANDRÉ: *Vós sois judeus?*

O capitão responde aos protestos:

Eu cumpro o meu dever.

Com um gesto de autoridade, Jesus pede silêncio aos quatro discípulos e, então, dirige-se ao capitão:

Estive no Templo todos os dias ensinando e não me prendeste. Se, então, é a mim que procuras, deixa que estes se retirem.

O capitão responde:

Levarei apenas tu.

Jesus caminha para ele, mas os discípulos avançam para impedir que os policiais o segurem. Jesus, porém, vira-se e diz:

Minha hora chegou. Seja feita a vontade de Deus.

Ele se entrega aos policiais, estendendo os braços para que possam amarrar suas mãos. Alguns dos discípulos tentam um ataque inútil aos policiais para libertar Jesus. Ocorre uma breve luta corpo a corpo. O capitão perde a paciência e grita:

Levai todos, todos eles!

Os policiais erguem seus bastões e os sargentos suas espadas. Vendo-se diante dessa força superior, os discípulos fogem. Alguns

sobem pela parede, enquanto outros se escondem no mato cerrado.
"Então, abandonando-o, fugiram todos."
De seus esconderijos, eles veem Jesus sendo levado.

[MUDANÇA DE CENA]

NARRADOR: *E eles levaram Jesus e o conduziram ao sumo sacerdote, que havia convocado uma reunião de seu conselho privado antes de entregá-lo aos romanos.*

O palácio do sumo sacerdote tem um portão em que há um postigo com uma portinhola operada de dentro e fechada por uma grade. Um close da portinhola. Depois, surge um close do rosto de uma mulher, uma zeladora, espiando. Ouve-se o som de passos.
Por meio de uma tomada em *travelling*, o close é lentamente transformado em um plano geral da rua deserta e da frente do palácio. Vemos os policiais judeus aproximando-se com Jesus no meio. A zeladora abre o portão para eles e todos entram. Poucas pessoas notaram o cortejo. O último dos policiais ordena que elas se dispersem.

NARRADOR: *Enquanto todos os outros discípulos fugiram, Pedro seguiu Jesus de longe, para ver o fim.*

Pedro se aproxima do palácio, com cuidado para não ser visto. Permanece do lado de fora do portão, à espera de uma oportunidade de entrar no pátio. Esconde-se nas sombras para que a zeladora não o veja. Todo o palácio parece estar em estado de alerta. Os membros do conselho privado chegam. Mensageiros entram e saem, entre eles um com uma placa de cera nas mãos, que insiste em entregar pessoalmente ao sumo sacerdote. A zeladora deixa o portão aberto por uns poucos minutos a fim de acompanhar o mensageiro até o pátio. Pedro aproveita a chance e entra depressa. Um fogo foi aceso em um grande braseiro, em torno do qual os servos e alguns dos policiais se agruparam para se aquecer. Pedro senta-se entre eles.

Pedro vê Jesus no canto oposto do pátio, cercado de policiais. O capitão está ao lado dele. O secretário de Caifás aproxima-se do capitão e fala com ele em voz baixa, parecendo dar-lhe instruções. O capitão acena afirmativamente com a cabeça e faz um sinal para que Jesus e dois policiais o acompanhem. Eles entram pela colunata que circunda o pátio e desaparecem dentro do prédio.

NARRADOR: *Enquanto o sumo sacerdote aguardava seus conselheiros particulares, Jesus foi conduzido até Anás, que era sogro do sumo sacerdote.*

Uma sala no palácio. Anás está sentado em um sofá baixo, lendo as Escrituras. O capitão apresenta Jesus e sai da sala.

Anás é um homem idoso, acostumado a exercer autoridade. Foi sumo sacerdote antes de seu genro, Caifás. É um homem rico e muito influente e estava curioso para conhecer Jesus. Sua conversa com Jesus, portanto, não é um julgamento, nem mesmo uma investigação.

Ele fica em silêncio por um longo tempo, estudando Jesus, que está em pé à sua frente.

ANÁS: *Então, tu és Jesus de Nazaré?*

Jesus não responde.

ANÁS: *Nós te alertamos especificamente para não vires a Jerusalém, e eis que tu encheste a cidade com tuas pregações.*

Ainda não há resposta de Jesus.

ANÁS: *Qual é o significado da tua doutrina?*
JESUS: *Eu falei abertamente ao mundo; ensinei até na sinagoga e no Templo e nada falei às escondidas.*
ANÁS: *Eu sei, mas responde à minha pergunta.*
JESUS: *Por que perguntar a mim? Pergunta àqueles que ouviram o que eu lhes falei: eles sabem o que eu disse.*

Anás examina Jesus novamente e, então, chama o capitão para levá-lo embora. Ele retoma sua leitura.

Jesus é conduzido à sala vizinha, que é a antessala do *tablinarium* onde o conselho privado está reunido.

O capitão faz um gesto para Jesus se sentar e senta-se também.

No pátio. Aparentemente, ninguém se dá conta da presença de Pedro. Todos estão falando baixo e aquecendo as mãos junto ao fogo, com as chamas iluminando-lhes o rosto. Apenas uma criada que passa pelo fogo a caminho da cisterna de água fica desconfiada. Talvez tenha visto Pedro com Jesus no pátio dos gentios. Olhando para ele atentamente, ela pergunta:

Tu não és um dos discípulos dele?

Pedro é pego de surpresa e fica sem saber o que dizer. Em sua confusão, responde:

Eu não sei nem compreendo o que tu dizes.

Ela o encara com ceticismo e nós a acompanhamos enquanto continua seu caminho até a cisterna. A mulher mantém os olhos nele enquanto enche o jarro. A ansiedade de Pedro reflete-se em seu rosto.

Acompanhamos a criada de volta ao fogo. Ela para e examina Pedro com atenção. Desta vez, não se dirige a ele, mas ao grupo reunido em torno do fogo. Aponta para Pedro e diz:

Este homem estava com ele; é um deles.

Pedro está mais preparado agora. Com rudeza e sarcasmo, repudia a acusação.

Não sou. Não sei o que tu estás dizendo.

Mas a suspeita tinha sido lançada. Pedro está cercado de pessoas que murmuram entre si e olham para ele com ar beligerante. O grupo torna-se hostil. Um criado grita:

Claro que és um deles, pois és galileu.

Pedro põe-se a esbravejar e praguejar com indignação e diz:

Eu não conheço esse homem de quem estás falando.

E, imediatamente, antes mesmo de ele terminar de falar, o galo canta.

Pedro lembra-se das palavras de Jesus. "E começou a chorar." Ele vira o rosto para esconder as lágrimas, mas todas as pessoas em volta o olham com surpresa e espanto. Haviam lhe feito algum mal? De qualquer modo, deixam-no em paz. Pouco depois, ele levanta e sai do pátio e do palácio.

Tablinarium. Jesus é conduzido até o sumo sacerdote, que está sentado com seus conselheiros. Gamaliel, Nicodemos e José de Arimateia não estão presentes.

Essa reunião é apenas formal, necessária unicamente para entregar Jesus aos romanos. Jesus posta-se de frente para o conselho. Eles o testam para descobrir o quanto é profunda a sua crença de que é o Messias.

FARISEU: *Tu não disseste: "Sou capaz de destruir o Templo de Deus e reconstruí-lo em três dias"?*
CAIFÁS: *O que é isso de que te acusam?* (Pausa) *Não vais responder nada?*

O sumo sacerdote inclina-se para a frente e, sem dar chance a Jesus de escapar da questão principal, pergunta:

Tu és o Messias? Dize-nos.

Sua voz vibra de agitação; tem ao mesmo tempo a expectativa e a esperança de que Jesus negue a acusação. Mas Jesus não nega; em vez disso, reafirma-a ao se dirigir ao sumo sacerdote.

Se eu vos disser, não acreditareis. E se eu perguntar, não respondereis.

Elevando a voz e falando a todo o conselho, ele acrescenta:

> *Mas, desde agora, o Filho do Homem estará sentado à direita de Deus.*

O sumo sacerdote repete a pergunta.

> *Então tu és o Messias?*

A pergunta é feita para induzir uma negação, mas Jesus recusa-se a fugir do perigo. Com singela sinceridade, responde:

> *Os senhores estão dizendo que sou.*

Por um instante, faz-se profundo silêncio. Os conselheiros entreolham-se e muitos balançam a cabeça, lamentando. O homem não será salvo.
O sumo sacerdote dirige-se novamente a Jesus, não com irritação, mas com afabilidade.

> *Não devias ter permitido que te chamassem de rei. Os romanos acharam que vós estáveis planejando uma revolta.*

Em voz baixa e triste, Caifás diz suas últimas palavras para Jesus:

> *É com o coração pesado que te entregamos aos romanos.*

Caifás acena para o capitão, que está parado junto à porta. Segurando Jesus com gentileza, o capitão o leva para fora da sala. A cena dissolve-se suavemente.

NARRADOR: *E, naquela noite, Jesus foi levado dali e entregue a Pilatos, que se senta na cadeira do tribunal, em um lugar chamado Gábata.*

Um close da cadeira do tribunal de Pilatos, em marfim entalhado, posicionada no Pretório romano. Essa cadeira era chamada de "Bimá" ou "Curul".
Dissolve-se suavemente para mostrar a "Gábata".
Durante suas visitas a Jerusalém, Pilatos ocupava o palácio-cidadela construído pelo rei Herodes apenas trinta ou quarenta anos antes. Dentro de suas muralhas, há uma grande área quadrada pavimentada ou lajeada chamada em aramaico de Gábata. Em uma plataforma elevada, fica a cadeira de marfim. Ao lado da cadeira do julgamento há um espaço para os funcionários do tribunal.

Um dos funcionários está preparando uma nova folha de papiro; outro apara a ponta de sua caneta de junco. Diante da plataforma, o promotor, o conselho de defesa e o acusado ocuparão seus lugares. Um regimento de soldados, comandados por um centurião, circunda a plataforma.

O julgamento acontece na manhã de sexta-feira, às seis horas.

Jesus é trazido, acompanhado de dois legistas judeus, membros do conselho privado do sumo sacerdote, que deverão atuar como seu conselho de defesa. Jesus é entregue ao centurião.

[Jesus foi preso à noite e conduzido com grande discrição até o palácio do sumo sacerdote. Com igual discrição, foi levado na mesma noite para os romanos e o julgamento foi marcado para um horário bem cedo para não levantar suspeitas entre os romeiros.]

Jesus é o primeiro caso daquele dia, portanto a cadeira de marfim ainda está vazia. Pilatos chega. Como militar de alta patente e pertencente ao "*Herrenvolk*" da época, ele tem um andar marcial e seus passos no pavimento são ouvidos por toda a Gábata. Pilatos olha Jesus de passagem, sobe à tribuna e ocupa seu assento. Volta-se, então, para o promotor e pergunta:

Que acusação trazeis contra este homem?

[De acordo com os procedimentos dos tribunais romanos, o promotor fazia primeiro sua acusação, o *accusatio*. Em seguida, o juiz interrogava o prisioneiro, o *interrogatio*. Por fim, o conselho de defesa falava, o *excusatio*. Depois disso, o juiz pronunciava a sentença.]

O promotor se levanta, tendo em mãos a denúncia por escrito, e lê:

Este homem, Jesus de Nazaré, que nos foi entregue pelo conselho privado do sumo sacerdote, é aclamado como um sucessor em linha direta de descendência do rei Davi, da primeira dinastia judaica. Não posso provar a verdade disso. Mas posso provar que tivemos a boa fortuna de capturar mais um rebelde da Galileia, o grande nascedouro de revoltas contra o governo romano. Há muito tempo ele vem agitando o povo judeu, provocando-o a se levantar contra seus governantes judeus e, assim, causando perturbações da paz e da ordem. Com isso, ameaçava os interesses romanos e fra-

gilizava a autoridade romana. Mas logo descobrimos que ele era mais do que um perigoso agitador político, incitando o povo de toda a Judeia. Soubemos que ele se proclamava abertamente o Messias, o líder enviado pelo Deus dos judeus para libertá-los de César e de Roma. Em sua entrada em Jerusalém domingo passado, foi saudado como rei. E quem quer que se passe por rei é inimigo de César. É nosso dever não apenas identificar, mas também, com o máximo rigor, suprimir qualquer tentativa de insurreição. A indulgência seria interpretada como fraqueza. Em nome de César e do povo romano, eu acuso o prisioneiro de alta traição, de acordo com a lex Juliana, e peço que ele seja condenado à morte.

Pilatos, que já tinha sido bem informado das acusações contra Jesus, ouviu com indiferença. Volta-se, agora, para Jesus e lhe faz perguntas em grego, que são traduzidas por um dos membros do conselho de defesa.

PILATOS: *Qual é a tua resposta para isso?*

Jesus fica em silêncio.

PILATOS: *Não respondes nada?*

Jesus continua em silêncio. Mas as acusações precisam ser provadas. Pilatos deseja uma admissão de culpa por parte do próprio Jesus.

O manuscrito de um filme – 327

PILATOS: *Tu és o Rei dos judeus?*
JESUS: *Tu o dizes.*

Pilatos não se satisfaz com isso.

PILATOS: *Então, és um rei?*
JESUS: *Meu reino não é deste mundo; se meu reino fosse deste mundo, meus súditos teriam combatido por mim, mas meu reino não é daqui.*
PILATOS: *Então tu és mesmo um rei?*
JESUS: *Tu dizes que eu sou rei. Para isso nasci e para isso vim ao mundo, para dar testemunho da verdade. Quem é da verdade escuta a minha voz.*

Pilatos dá de ombros.

PILATOS: *O que é a verdade?* (Breve pausa) *De onde tu és? Não me respondes? Não sabes que eu tenho o poder para te crucificar e o poder para te libertar?*

Agora, Jesus responde com grande dignidade:

> *Não terias poder nenhum sobre mim, se não te fosse dado do alto.*

Depois disso, Pilatos não tem mais nada a fazer a não ser ratificar a sentença de morte. No entanto, de acordo com o costume, ele diz aos dois legistas judeus:

> *O que podeis dizer em defesa dele?*

Um dos legistas avança.

> *Só podemos repetir que Jesus é um fanático religioso, mas não deliberadamente um revolucionário político. Solicitamos, portanto, ao promotor que não insista na condenação e pedimos humildemente que o Governador demonstre a maior clemência possível.*

Sem sequer esperar que o legista chegue ao final de sua fala, Pilatos faz um sinal ao promotor para que lhe traga a denúncia a fim de que ele a assine. Antes de assinar o documento, ele se levanta e dirige-se a Jesus em latim:

> *Ibis ad crucem* (Irás para a cruz).

E para o centurião:

> *I, miles, expedi crucem* (Vai, soldado, prepara a cruz).

Ele coloca seu selo na sentença de morte. O centurião saúda Pilatos. A cena dissolve-se para mostrar o documento, as mãos e o anel de Pilatos. Esta cena também se dissolve suavemente.

[MUDANÇA DE CENA]

NARRADOR: *O destino de Jesus está selado. Ele foi sentenciado à morte por Pilatos como um agitador e rebelde. Ele veio a Jerusalém para morrer por sua fé e morreu por seu povo.*

Um salão na cidadela. Jesus foi posto em um banco de mármore. Suas mãos ainda estão amarradas.

Soldados romanos o cercam, rindo dele. Um soldado põe um manto militar de lã escarlate nas costas de Jesus, prendendo-o com um fecho sobre o ombro.

PRIMEIRO SOLDADO: *Agora sim, estás parecendo um rei.*

Jesus submete-se silenciosa e pacientemente às piadas. Outro soldado teceu uma coroa de ramos de espinheiro por gozação. O objetivo de colocar uma coroa na cabeça de Jesus não era feri-lo, mas zombar dele, fazendo-o assemelhar-se aos imperadores romanos que, em ocasiões cerimoniosas, usavam coroas tecidas de folhas.

O soldado que havia acabado de tecer a coroa coloca-a na cabeça de Jesus.

SEGUNDO SOLDADO: *Logo estarás no teu reino; por enquanto, eis aqui tua coroa.*

Um terceiro soldado põe-lhe um caniço na mão.

TERCEIRO SOLDADO: *E aqui está o teu cetro.*

E os soldados inclinam-se debochadamente diante dele, saúdam-no e zombam, gritando:

Salve, rei dos judeus!

Jesus é capaz de suportar todos os insultos porque se apoia em Deus. Ouve-se sua voz murmurando a antiga oração, a *Shemá*:

Ouve, ó Israel: o Senhor nosso Deus é o único Senhor. Portanto amarás ao Senhor teu Deus com todo o teu coração, com toda a tua alma e com toda a tua força.

Os dois legistas judeus que atuaram como conselho de defesa de Jesus passam por ali. Ao verem como ele está sendo tratado pelos soldados, param e repreendem-nos duramente.

PRIMEIRO LEGISTA: *O que é isso?*
SEGUNDO LEGISTA: *Parai agora mesmo.*
PRIMEIRO LEGISTA: *Se não parardes, vamos prestar queixa contra vós.*

Um soldado entra carregando em uma longa haste o *titulus* para a cruz de Jesus: uma placa quadrada com um revestimento de gesso e a inscrição em grego, latim e hebraico: *O Rei dos Judeus.*

A atenção dos legistas é desviada para a placa. Eles perguntam ao soldado:

PRIMEIRO LEGISTA: *Quem ordenou essa inscrição?*
QUARTO SOLDADO: *O Governador.*
SEGUNDO LEGISTA: *Ele mesmo?*
QUARTO SOLDADO: *Sim.*
PRIMEIRO LEGISTA: *Isso deve ser um engano.*
SEGUNDO LEGISTA: *Vamos falar com ele.*

O Primeiro Legista dirige-se ao soldado:

Vem conosco.

Os dois legistas e o soldado com o *titulus* deixam o salão. Os soldados continuam zombando de Jesus. Quando um soldado vai arrumar o caniço, a coroa escorrega para um lado. O soldado tenta endireitá-la, mas ela cai da cabeça de Jesus e rola pelo chão, provocando gargalhadas. Um deles grita para Jesus:

Tu quase perdeste a coroa!

Um dos soldados pega a coroa e coloca-a de volta na cabeça de Jesus.

Acompanhamos os dois legistas que se apressam de volta à Gábata. Pilatos já está ocupado com o caso seguinte. Durante uma pausa, os legistas se aproximam do Governador e apresentam seu protesto.
O Primeiro Legista aponta para a placa e diz:

Viemos te pedir que não permitas que isso seja usado.

Pilatos aborrece-se com a interrupção e responde secamente:

PILATOS: *Por quê?*
PRIMEIRO LEGISTA (apontando para a placa): *Aqui diz que ele será crucificado como o Rei dos Judeus.*
PILATOS: *E daí?*

PRIMEIRO LEGISTA: *Isso não é correto.*

SEGUNDO LEGISTA: *Ele será crucificado porque* disse *que era o Rei dos Judeus.*

PILATOS (interrompendo-os): *O que escrevi, escrevi.*

Ele dá as costas para os legistas e continua sua conversa com os oficiais romanos.

Encolhendo os ombros, os legistas se retiram.

A cena dissolve-se suavemente.

NARRADOR: *Nesse dia, como em todos os outros, o culto divino dentro do Templo começou com a oferenda do incenso.*

Um close de uma vasilha dourada em que é derramado incenso.

A câmera desliza para trás e vemos um sacerdote vestido de branco, com a vasilha nas mãos, que começa a caminhar em direção ao Santuário. Outro sacerdote de branco une-se a ele, carregando um incensório dourado cheio de carvões em brasa que haviam sido tirados do altar dos holocaustos.

Acompanhamos os dois sacerdotes até o Santuário, passando pelo candelabro de ouro. No centro do Santuário está o altar dos incensos. O sacerdote com o incensório coloca as brasas vivas sobre o altar e o outro sacerdote salpica-as com incenso.

O sacerdote com o incensório sai do Santuário e o outro prostra-se ao pé do altar, adorando a Deus.

A câmera aproxima-se do altar e a cena termina com um close dele com o incenso queimando – símbolo das preces dos fiéis.

A cena dissolve-se suavemente.

NARRADOR: *E os romanos pegaram Jesus e o levaram para ser crucificado.*

Rua principal, paralela ao muro norte. Há poucas pessoas por ali; todos estão dormindo depois da festa. As lojas estão fechadas. Os únicos sons são os rugidos das feras em um circo próximo e os passos rápidos dos soldados. Silenciosamente, algumas portas se abrem e pessoas assustadas olham para fora e perguntam para as que estão na rua o que está acontecendo. Quando ficam sabendo que os romanos estão por perto, recolhem-se depressa para dentro de casa e fecham portas e janelas com ferrolhos e trancas. Os passos dos soldados romanos soam mais alto.

A câmera se move, de modo que agora também podemos ver o cortejo, com Jesus no meio, entrando na rua. Jesus está sendo conduzido do palácio de Herodes à Porta que leva à estrada para o norte.

O cortejo tem à frente um arauto que anuncia em voz alta o crime do prisioneiro. Ele é acompanhado de um tocador de tambor que faz rufar seu instrumento a certos intervalos durante o anúncio. Um soldado caminha atrás do arauto e o homem com o tambor carrega o *titulus* que, mais tarde, será colocado na cruz. Ele é seguido por um centurião e alguns soldados.

Atrás vêm quatro carrascos, com Jesus no centro. Os carrascos levam ferramentas e apetrechos de carpinteiro, como uma escada, tábuas e cordas.

De acordo com o costume romano, o homem que foi sentenciado à morte deve ele próprio carregar a trave da cruz até o local da execução. Vemos a trave colocada sobre os ombros de Jesus. Ele inclina o pescoço sob o peso.

Soldados fecham o cortejo. Um dos soldados leva na ponta da lança a coroa de espinhos.

Jesus está pálido e fraco. Quando o cortejo se aproxima da câmera, vemos como seus pés lhe falham. Aos poucos, as forças o abandonam e, tropeçando em uma pedra do calçamento, ele cai de joelhos. O cortejo para. Um dos carrascos o ajuda a se levantar e recoloca a trave da cruz sobre seus ombros.

Enquanto isso, algumas pessoas tomam coragem e se aproximam, em particular algumas mulheres e crianças. Uma das mulheres se compadece de Jesus e diz a um dos soldados:

Vê como ele sua. Posso ajudá-lo a limpar o rosto?

O soldado a autoriza com um aceno de cabeça.

[As mulheres na Palestina daquele tempo com frequência usavam um lenço sobre os ombros ou em volta do pescoço. Entre os judeus, era considerado um sinal de compaixão limpar o rosto de outro ser humano que estivesse sofrendo.]

A mulher, movida pela piedade, entrega a Jesus o seu lenço. Ele o pega, pressiona-o contra o rosto e o devolve a ela. O centurião ordena que continuem, e o cortejo prossegue, com Jesus levando sua cruz.

A cena dissolve-se suavemente em um close do altar com o incenso queimando no Santuário do Templo.

A câmera move-se para trás e o sacerdote que estava adorando a Deus levanta-se e sai do Santuário. Nós o acompanhamos pelo saguão de entrada até os degraus que levam ao Lugar Santo. Há fiéis reunidos na base da escada. De pé no alto da escada e estendendo as mãos sobre o povo de Israel, o sacerdote pronuncia a bênção de Aarão, a mesma bênção que é usada hoje em igrejas cristãs.

> *O Senhor vos abençoe e vos guarde, o Senhor faça resplandecer o seu rosto sobre vós e vos seja benigno; o Senhor mostre para vós a sua face e vos conceda a paz.*

Durante as últimas palavras, a cena dissolve-se suavemente para mostrar o cortejo com Jesus, que passou pela Porta de Gennath e agora está do lado de fora do primeiro muro norte. Gólgota não fica longe dali. É uma paisagem ampla e rochosa, coberta de jardins.

Em algum ponto da estrada, Jesus tropeça outra vez e o cortejo para. Os carrascos ajudam-no novamente a se levantar e tentam recolocar a trave sobre seus ombros, mas o centurião interfere.

> *Não adianta; precisamos encontrar alguém para carregar a cruz por ele.*

Ele olha em volta.

Um judeu grego, Simão de Cirene, que está a caminho de casa nesse momento, passa perto do cortejo. O centurião o chama e ordena que ele carregue a cruz.

CENTURIÃO: *Carrega essa cruz pelo condenado. Ele está exausto.*
SIMÃO: *Por que pedes a* mim? *Tens homens de sobra.*
CENTURIÃO: *Eu não* pedi *a ti. Isso é uma ordem.*

Simão, resmungando, levanta a cruz sobre o ombro direito com a ajuda de um dos carrascos.

O cortejo prossegue, com Simão atrás de Jesus, que se apoia em um dos carrascos.

A cena dissolve-se suavemente.

Templo. Ao final do culto matinal, os levitas em serviço reúnem-se nos degraus que levam ao Santuário. Dois sacerdotes com trombetas estão com eles. Os levitas começam seu salmo e, a cada toque das trombetas, as pessoas prostram-se em adoração a Deus.

Por meio de uma tomada em *travelling*, a cena termina com um close das trombetas e dissolve-se suavemente para a cena seguinte. Enquanto isso, a música ainda é ouvida, o canto mais baixo e as trombetas em destaque.

Gólgota, um plano geral. A cerca de cem metros da Porta de Gennath e um pouco afastado da estrada que acompanhava a parede norte até o palácio do rei Herodes.

Soldados romanos foram posicionados por toda parte para evitar que as pessoas se aproximassem do local da execução. Não há muita gente por ali.

Se não fosse pelas cruzes, o lugar pareceria uma madeireira, com pilhas de vigas e tábuas semipolidas. Dois homens estão serrando uma viga posicionada sobre duas outras vigas verticais. Há feixes de gravetos no chão. [Às vezes os carrascos aceleravam a morte da vítima acendendo uma fogueira ao pé da cruz.] Vê-se um monte de areia de um lado.

Os marceneiros que vemos são os carrascos. Eles não parecem sanguinários; são mais como artesãos ocupados em seu trabalho. Um deles carrega água de uma cisterna próxima e despeja-a em um barril. Outro está inclinado sobre uma tina lavando as mãos ensanguentadas com a ajuda de outro homem que despeja água de um jarro.

O som de batidas de martelo e golpes de machado ressoa pelo ar. Também ouvimos suspiros, gemidos, choros e gritos de dor.

Jesus será crucificado ao lado de dois revolucionários que cometeram assassinato. Um deles já está pendurado em uma cruz e dois carrascos pregam seus pés à trave vertical. O outro está prestes a ser içado para sua cruz.

A trave horizontal é colocada no chão. O homem sentenciado à morte é posicionado sobre ela com os braços estendidos sobre a madeira e as mãos são pregadas à trave. Então a trave é levantada e posicionada sobre a trave vertical já em pé.

Por meio de cordas, escadas e longas varas com ganchos na ponta, a trave horizontal é içada até o topo da trave vertical e presa com cordas e pregos. Escoras de madeira são colocadas entre as duas traves. A meia altura na trave vertical é fixada uma sela de madeira que dá suporte ao corpo, chamada *sedile*. Em seguida, os pés do condenado são pregados à trave vertical.

Os carrascos preparam a cruz para Jesus entre as duas cruzes dos revolucionários. Um buraco é aberto em uma rocha. A trave vertical, pronta para ser posicionada, aguarda no chão perto do buraco.

Três ou quatro carrascos erguem a trave e empurram sua base para o buraco até encaixá-la. Colocam calços em volta da base para mantê-la firme. A trave vertical não era muito alta porque os pés do supliciado precisavam ficar abaixo da altura de um homem.

Um dos carrascos cantarola uma melodia alegre enquanto trabalha e outro o acompanha no refrão.

Quando Jesus chega, a trave é retirada dos ombros de Simão de Cirene e posta no chão.

De acordo com a lei romana, os sentenciados à morte na cruz deviam ser colocados nus no madeiro, mas, na Palestina, era permitido que usassem uma tanga.

Jesus recebe a ordem de tirar as roupas. Simão de Cirene oferece-se para ajudá-lo, mas os carrascos o afastam.

Imagens rápidas de outras pessoas no local são mostradas em sucessão enquanto Jesus se despe.

Quando voltamos a Jesus, ele está despido e deitado no chão, com os braços estendidos sobre a trave horizontal. Ainda não o pregaram à cruz. Uma corda é amarrada em torno de seus pulsos e eles são puxados em direção às extremidades da cruz e presos com firmeza. Isso é visto em uma tomada em close que percorre a trave horizontal de um lado a outro e, então, os carrascos marcam na trave o ponto em que os pregos serão enfiados. A corda é afrouxada e são feitos furos com uma verruma para receber os longos pregos. Os braços são novamente estendidos e a corda é amarrada nas extremidades da trave para impedir que o supliciado puxe as mãos e dificulte a introdução dos pregos.

Enquanto isso acontece, ouvimos Jesus dizendo:

Pai, perdoa-os, porque eles não sabem o que fazem.

De um novo ângulo, vemos um dos carrascos enfiar os pregos nas mãos, primeiro a direita, depois a esquerda. As crueldades desta cena não são mostradas diretamente. Vemos as costas do carrasco e o martelo sendo erguido após cada pancada. Ouvimos, quando o martelo desce, o som surdo da batida e o gemido de Jesus.

Agora, vemos o topo da trave vertical da cruz de Jesus e um soldado romano entregando o *titulus* a um carrasco que está sobre uma escada. O carrasco prende o *titulus* à trave de modo que fique logo acima da cabeça de Jesus quando ele for colocado na cruz. A câmera aproxima-se lentamente do *titulus* até que este cubra a tela inteira, enquanto diferentes sons são ouvidos: o balir de ovelhas, as trompas do palácio do governador romano, os toques em resposta vindos da fortaleza romana. Ouvimos também cachorros latindo e os gritos e gemidos dos crucificados.

Depois de algum tempo, a cena do *titulus* dissolve-se suavemente e a câmera move-se de volta para um plano geral. Jesus está pendurado na cruz. Dois carrascos estão prontos para pregar seus pés na trave vertical. Ouvimos os golpes do martelo e vemos as pontas dos longos pregos furarem a madeira.

A frente da cruz. A escada ainda está apoiada à cruz e há um carrasco sobre ela. Um soldado romano passa a coroa de espinhos ao carrasco, que a coloca na cabeça de Jesus. O carrasco desce da escada e a retira dali. A palidez da morte já é perceptível no rosto de Jesus. Com grande dificuldade, ele ergue os olhos e grita:

Eloí, Eloí, lamá sabactâni? [6]

Jesus fecha os olhos e move a cabeça pesada e lentamente de um lado para o outro. Lágrimas escorrem por seu rosto.

Uma vez mais, a câmera aproxima-se do *titulus* até que este preencha a tela. Depois de alguns momentos, a cena dissolve-se em uma cena curta mostrando um dos revolucionários na cruz. Ele grita com sarcasmo para Jesus:

Se tu és o Messias, salva a ti mesmo e a mim.

---

6   "Meu Deus, meu Deus, por que me abandonaste?" (N. E.)

A cena dissolve-se de volta ao *titulus* e diferentes sons são ouvidos.

A cena muda para mostrar três carrascos olhando para Jesus. Um deles diz:

> *Ele disse que podia destruir o Templo e construí-lo em três dias.*

A cena dissolve-se de volta ao *titulus* e a câmera move-se para trás, de modo que vemos Jesus. Com voz fraca, ele arqueja:

> *Tenho sede.*

Um soldado romano aproxima-se com uma esponja que foi embebida em vinagre. A esponja é amarrada à ponta de uma lança. O soldado ergue a esponja até a boca de Jesus, que vira o rosto. Enquanto levanta a esponja, ele grita:

> *Salvaste outros, mas a ti mesmo não podes salvar.*

Uma vez mais a câmera aproxima-se do *titulus*. A cena dissolve-se suavemente para a cena seguinte.

Reconhecemos vários dos revolucionários entre o grupo de pessoas que assiste à execução.

PRIMEIRO REVOLUCIONÁRIO: *Ele disse que era o Filho de Deus.*
SEGUNDO REVOLUCIONÁRIO: *Que Deus o livre agora, se é que se interessa por ele.*

A cena dissolve-se suavemente de volta para o *titulus*, que logo se dissolve novamente para mostrar quatro carrascos. De acordo com a Lei, os carrascos se apossavam das vestes dos criminosos políticos. Eles estão sentados no chão, tirando sortes para ver quem ficará com cada peça. As vestes de Jesus são o manto (*simiah*), o pano de cabeça, o cinto, as sandálias e seu quíton, que é tecido em uma só peça. Eles jogavam sortes traçando um quadrado no chão, que é dividido em nove quadrados menores. O objetivo é fazer o maior número de pontos. O carrasco que ganha o *simiah* diz:

Nunca sonhei que fosse vestir um manto real.

A cena dissolve-se suavemente para mostrar o *titulus*. A câmera desliza para trás até vermos Jesus outra vez, já quase sem forças. Ele grita alto:

Pai, em tuas mãos entrego o meu espírito!

"Dizendo isso, expirou." [Aqui, as dissoluções não são completas, mas sobreposições, de modo que o *titulus* permanece ao fundo nas diferentes cenas interpostas.]

A cruz de Jesus mostrada de um ângulo diferente.

O centurião e um soldado aproximam-se da cruz. Era tarefa do centurião certificar-se de que os crucificados estivessem de fato mortos. Ele faz um sinal ao soldado para que este perfure Jesus com a lança na altura das costelas. O soldado obedece e, ao feri-lo, "imediatamente sangue e água foram expelidos".

Plano geral. O centurião sentado com alguns soldados que têm ordem de permanecerem ali até que todos os crucificados estejam mortos. Os carrascos já foram embora. Os soldados abriram suas sacolas e começam a comer.

Por meio de uma dissolução, os soldados e as cruzes dos dois revolucionários desaparecem lentamente. A cruz de Jesus permanece. Vemos a sombra dela alongando-se até se estender para além do enquadramento da imagem.

NARRADOR: *Jesus morre, mas, na morte, cumpriu o que havia começado em vida. Seu corpo foi morto, mas seu espírito viveu. Suas palavras imortais levaram à humanidade em todo o mundo a boa-nova do amor e da caridade prenunciada pelos antigos profetas judeus.*

Trabalhando com Dreyer
por Preben Thomsen

Com comentários irônicos, Dreyer conseguiu reduzir nossa velocidade enquanto cruzávamos a Zelândia do Norte para pegar o *ferry* em Hundested, lembrando-me em pequenas dicas didáticas de seu filme baseado no "mito" de Johannes V. Jensen, *Pegaram a barca*. A visão sombria da morte na estrada em um pequeno e barulhento furgão de entregas criada por Dreyer na década de 1940 parecia, se possível, mais clara então do que quando eu a vira na tela com meus colegas de escola. As cenas evidentemente haviam sido tão fortes e simples que ficaram gravadas em minha mente. Vi-me outra vez envolvido na atmosfera daquele filme. E o passageiro observador e atento no banco ao meu lado percebeu isso, e foi com ar divertido e quase triunfante que viu seus comentários me fazerem tirar o pé do acelerador.

Pegamos o *ferry* e atravessamos para Odsherred. Algum tempo depois, estávamos sentados na varanda em frente ao presbitério, admirando a baía Sejro. A cena havia mudado. O estado de espírito havia mudado. Ele levantou e examinou a paisagem, depois se pôs a interpretá-la sugerindo algumas modificações. Você poderia, por exemplo, ter derrubado mais algumas daquelas árvores, que bloqueiam a vista das colinas onde elas se achatam até o mar a oeste. Isso teria dado o toque de ouro ao cenário – para não falar no toque de Dreyer.

Trabalhando com Dreyer – **347**

Eu me comprometi a mandar cortar boa parte da sebe, mas, ao mesmo tempo, tive de lhe prometer que não chamaria o jardineiro durante o mês e pouco que ele pretendia passar em Norre Asminderup, pois estávamos decididos a trabalhar...

Apressei-me em descarregar do carro a biblioteca que ele havia trazido. E começamos de imediato a arrumar todos os livros, e os grandes envelopes pardos em que, com caligrafia caprichada, ele tinha escrito nomes como "Jasão", "Corinto" etc. Pretendíamos fazer um roteiro cinematográfico da Medeia de Eurípides, com base no vasto material que Dreyer havia reunido ao longo dos anos e que, com o rigor de um sistematizador, organizara como se estivesse preparando uma tese.

Ele sem dúvida me fez trabalhar. Com amável crueldade, Dreyer me acordava todas as manhãs antes do canto do galo e não ficava satisfeito a não ser que, ao nascer do sol, eu já tivesse lhe dado o café da manhã e estivesse pronto para sentar à escrivaninha. Ele não precisava de uma claquete nem de qualquer outro meio externo para me fazer funcionar. Raramente me vi tão eficiente como durante aquele verão, ainda que apenas em raras ocasiões tivesse a chance de sair e arejar o cérebro. A irradiação de Dreyer me mantinha grudado na cadeira.

Se, com sua imensa intuição, percebia que eu estava empacado e precisando de um tempo sozinho, ele saía e sentava-se à meia-sombra da bétula com um livro de poesia grega ou outro material de pesquisa, esperando que eu viesse o quanto antes com uma cena nova para ler. E, quase sempre, lamentava não ter permanecido junto à escrivaninha para estar presente durante o nascimento. Agora seria preciso fazer tudo de novo.

A meu encargo ficaram principalmente os diálogos. Auxiliado por Eurípides e, com sua maneira paternal, por Dreyer, era meu trabalho fazer Jasão, a ama de Medeia, a princesa de Corinto e, especialmente, a própria Medeia falarem. Dreyer já havia pensado nas cenas, tão claramente visualizadas e detalhadas, que tudo o que eu tinha a fazer era expressar por escrito o que ele ditava das anotações em caligrafia caprichada tiradas dos envelopes pardos. Com seu olho interior, ele havia concebido um cenário que já estava pronto. Agora, era sua e minha tarefa mover os personagens nessa cenografia e dar-lhes vida com os diálogos. Isso significava, acima de tudo, que ele e eu precisávamos nos unir em um diálogo que nos permitisse encontrar os personagens conjuntamente. Era aí que as dificuldades começavam naturalmente a surgir, mas foi também nesse ponto que aprendi lições fantásticas com o grande poeta cinematográfico: com sua teimosia, uma quase fanática determinação em sentir o próprio trabalho interiormente.

Nossas conversas voltavam-se essencialmente para Medeia. Ela deveria ser o tema do filme. Era sua feminilidade mitológica que Dreyer desejava explorar a fundo. Ele ficava até altas horas da noite, sentado na larga cadeira preta que havia pertencido ao clérigo-poeta Grundtvig, discutindo Medeia comigo. E, quanto mais falávamos dela, mais perto dela chegávamos. Assim como Grundtvig havia usado mitos nórdicos, Dreyer usaria o mito grego sobre a mulher forçada a se vingar. Ele buscava meios de compreender seu comportamento demoníaco. Relacionava-a aos personagens femininos que havia criado em filmes anteriores: Joana d'Arc, mártir do fanatismo patriota e religioso; Anne Pedersdotter, de *Dias de ira*, sucumbindo diante do mundo que queria criá-la segundo uma imagem que tinha muito pouco a ver com sua pessoa real; e Gertrud, que se tornou vítima da limitação mundana da existência pelas ambições. Medeia está relacionada a essas mulheres. Mas não se deixará sacrificar. Ela mata e sacrifica outros. Livrar-se da rival quando Jasão a abandona não é suficiente para satisfazer sua vingança; tomada por uma compulsão interior trágica, ela sacrifica seus próprios filhos. Era essa compulsão que Dreyer queria representar. Ele avançaria, assim, um passo à frente de seus filmes anteriores, em que suas mulheres arquetípicas acabavam sendo sacrificadas.

Medeia sacrifica o que lhe é mais valoroso: seus filhos. Portanto, o sacrifício é o julgamento que pesa sobre ela. Ao mesmo tempo, porém, precisávamos sempre estabelecer Medeia como aquela que é ela própria uma vítima de sacrifício. Dreyer insistia que todos os que vissem o filme deveriam ser capazes de compreender Medeia e compadecer-se dela. Era preciso que houvesse algo comovente e tocante em sua Medeia, ele dizia. As palavras eram extremamente típicas dele quando falava de sua concepção do personagem. Ele era capaz de usar essas palavras sem que se ficasse tentado a acusá-lo de sentimentalismo. Queria, acima de tudo, que sua Medeia fosse "relevante". Em certo momento, ele tirou um recorte de jornal de um dos envelopes pardos para me mostrar que um incidente do tipo Medeia podia ocorrer nos dias atuais. Era uma reportagem de um jornal francês sobre uma mulher que havia matado seus filhos por ciúme. Dreyer também gostava de falar de uma srta. Jensen, de uma loja de laticínios em um bairro operário de Copenhague, que seria capaz de entender a Medeia mitológica como uma expressão de algo dentro de si mesma. Esse era um aspecto da abordagem bastante aristocrática de Dreyer como artista e, ao mesmo tempo, uma expressão de seu sonho idealista de traduzir uma antiga tragédia grega em suas próprias imagens claras e concisas para pessoas comuns dos dias de hoje, abrindo-lhes os olhos, assim, para o drama mitológico de seu próprio mundo interior. Com seu filme sobre Medeia, ele queria, por assim dizer, preparar o caminho junto a um jovem e novo público de cinema para o grande filme com o qual havia sonhado e para o qual havia trabalhado desde o início de sua juventude. O drama de Eurípides seria uma profecia visual de seu verdadeiro trabalho mitológico sobre a luta do bem contra os demônios no mundo do homem. Nesse filme, o bem estaria incorporado na pessoa que era, para Dreyer, o arquétipo de todos os arquétipos: Jesus de Nazaré. Assim sendo, não era apenas porque Dreyer sentava-se na cadeira de Grundtvig em um presbitério do interior que nossas conversas terminavam, noite após noite, em uma discussão teológica.

Era muito simplesmente porque o tema de Jesus englobava toda a soma de seus temas. Lembro bem como ele ficou bravo comigo uma noite enquanto discutíamos a mente indomável de Medeia. Acusou-me de ser negativo. Impossível eu não ver que Medeia era mais um daqueles casos de que Jesus teria tido compaixão. O projetor de cinema que focava a figura de Medeia na imaginação de Dreyer tirava sua radiação daquela fonte de boa luz na história da humanidade. Assim, Medeia deveria refletir também a humanidade real, até mesmo a caridade. E, assim como Eurípides não usa meios-tons ao fazer Medeia assassinar seus filhos com a espada, quase em um êxtase de luxúria sangrenta, também Dreyer, em seu filme, a faria acalentar os filhos nos braços até a morte, entoando uma cantiga de ninar, depois de lhes ter dado veneno sob o pretexto de ser um remédio. A mente desvairada de Medeia precisa sempre conter a possibilidade de cura.

E quando, uma noite, ele me deixou ler o roteiro em inglês do filme sobre Jesus que havia escrito nos Estados Unidos na década de 1940, eu pude ver de repente uma conexão entre suas obras anteriores e Medeia e, por fim, sua interpretação de Jesus. O que liga todos eles e os faz humanos é a profunda impressão de sede por compaixão e justiça.

Seus grandes personagens femininos perecem nessa sede. E Jesus, que é capaz de aplacar a sede de outros, é ele mesmo esmagado pelas estruturas sociais que querem impedi-lo de exercer a compaixão. São fenômenos sociológicos que, na arte de Dreyer, expressam a demoníaca realidade. Em última instância, Medeia também naufragou em uma aliança política, ou seja, a ligação oportunista entre seu marido e a casa real de Corinto. A política de casamento de Jasão impõe a necessidade trágica que leva Medeia a cometer assassinato.

No filme sobre Jesus, Dreyer também quer ilustrar como a pálida sombra do pensamento torna-se realidade nas medidas de segurança política adotadas pelo Estado romano para se proteger de qualquer forma de rebelião. A intriga impessoal que, em Dreyer, é personificada no governador Pilatos é o verdadeiro mal do mundo que cerca Jesus. E, nesse quadro da possibilidade política de poder, Dreyer procura contar o seu "mito" visual de Jesus. Ao fazê-lo, ele queria tornar os eventos históricos tanto relevantes como imediatos. A questão que resta é se, ao mesmo tempo, ele não simplifica excessivamente o problema de Jesus, transformando uma única pessoa no vilão absoluto da história, ou seja, Pilatos, que representa o Estado totalitário.

Para nossa edificação comum, líamos o Novo Testamento juntos. Eu o fiz notar as passagens que, para mim, indicavam a intenção dos autores do Novo Testamento de representar todas as pessoas que cercavam Jesus como culpadas por sua morte. Dreyer, então, disse que, com seu filme, queria aproveitar a oportunidade para, de uma vez por todas, fazer a defesa dos juízes judeus. Com sua obra, ele queria atacar o antissemitismo europeu. Havia tido essa ideia depois de ler um livro do historiador judeu americano dr. Solomon Zeitlin, que descreve Caifás como uma espécie de traidor. Dreyer quis defender também Caifás. Ele não achava que, ao representar tanta inocência humana à volta de Jesus, estaria tirando do drama algo de sua pungência. E, quando eu lhe perguntei se, ao fazer isso, não estaria absolvendo também a Igreja Cristã, ele respondeu com ironia que certamente esperava que não. Ainda assim, não há dúvida de que o Novo Testamento, o livro-fonte da Igreja Cristã, é mais duro com a Igreja do que o roteiro do filme de Dreyer, porque os evangelistas têm a coragem de apresentar os discípulos como covardes e acessórios, enquanto Dreyer absolve-os muito gentilmente, de fato quase sentimentalmente.

Embora possamos desconfiar de que Dreyer tenha pensado sua interpretação da história de Jesus de forma mais humanista e política do que religiosa, ainda assim acho que teríamos visto um filme com a imediaticidade e a relevância que apenas seu gênio poderia ter dado a uma obra cinematográfica sobre esse tema.

Encontramo-nos outra vez quando concordei em adaptar e traduzir o roteiro para publicação no mercado dinamarquês. Pressenti, na disposição do grande cineasta-poeta a permitir que sua obra fosse impressa, uma ligação com o sentimento de que, no fundo de seu coração, ele deixara de acreditar que conseguiria um dia realizá-la visualmente. Ele estava ficando cansado. Também ele havia visto tantas vezes seus planos e seus sonhos chocarem-se contra a pálida sombra de um muro de tijolos. Pode não ter sido de fato um Pilatos que se colocou em seu caminho. Na verdade, foram muitos pequenos "Pilatos" que, em vez de sentarem-se em uma Gábata de pedra ao poderoso modo romano, haviam se acomodado muito confortavelmente sobre suas pilhas de livros contábeis e, dessa maneira, bloquearam a obra de arte de Dreyer: não só, de fato, sua obra de arte, seu filme sobre Jesus, mas várias de suas outras grandes ideias de filmes. O filme de Medeia também nunca deu em nada.

Tributos a Carl Dreyer

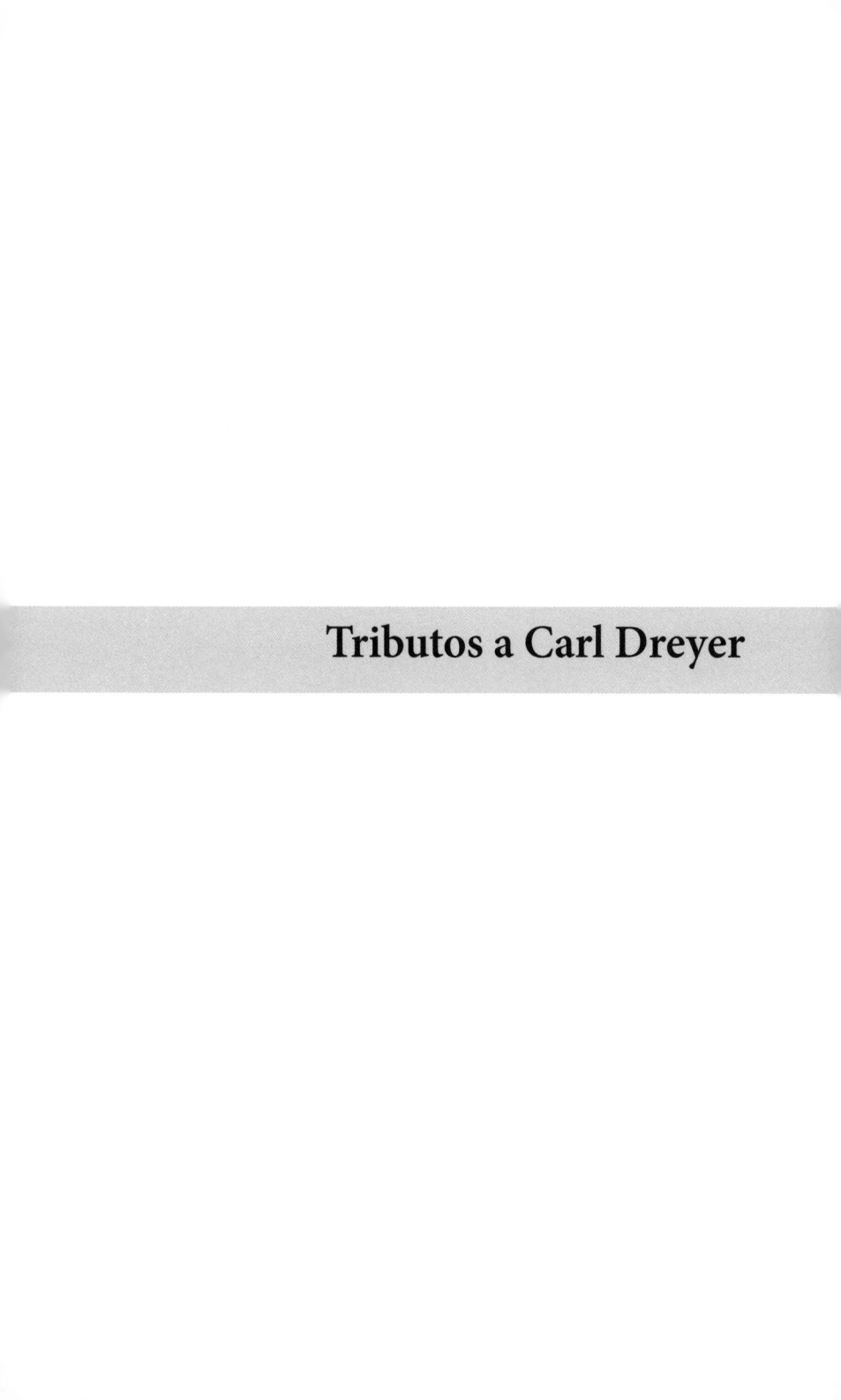

O pecado de Dreyer, por Jean Renoir

Deus nos deu o mundo para que pudéssemos desmontá-lo e analisá-lo? Isso é o que o homem está fazendo hoje. As investigações do cientista estão confinadas ao corpo e aos elementos que o circundam. As investigações do artista visam o conhecimento da alma.

Enquanto o artista mantiver os resultados de suas descobertas apenas para si, os danos que ele pode causar são limitados. O problema é que ele quer que todos saibam.

Nós conhecemos o resultado da difusão do conhecimento da propriedade da matéria pelo cientista: a bomba atômica.

A difusão do conhecimento do homem pelos artistas é ainda mais colossal que a fissão nuclear; é um pecado que só pode ser perdoado se o pecador for um gênio. Esse é o pecado de Dreyer. Deus o perdoará porque foi Ele que lhe concedeu essa percepção extraordinária.

Há espírito e há matéria. Há Deus e há o Diabo. Um seixo é constituído apenas de matéria? Em que medida os elementos que nos cercam têm consciência de si mesmos e de nós e de seu universo, seja ele pequeno ou grande? Há uma hierarquia? Encontramos espíritos puros – ou, pelo menos, um espírito puro – no alto da escada? Devemos nos satisfazer com as reações do seixo no degrau mais baixo dessa escada? Há uma maneira de dar uma alma a esse seixo? Umas poucas pessoas privilegiadas conseguiram. Na Idade Média, elas eram chamadas de santos. Hoje, nós as chamamos de artistas. Sua função neste nosso mundo é aumentar a qualidade espiritual e, ao mesmo tempo, preservar a pureza do seixo.

Estranhamente, e por uma espécie de ironia que parece se deliciar com as forças que nos levam do caos para a música de Mozart, esses distribuidores do espírito apoiam-se na própria matéria em sua luta contra o materialismo. Eles não são numerosos; apenas um ou dois em cada século. Dreyer é desse grupo e, como todos os grandes artistas, enfrenta o problema da submissão à natureza e, ao mesmo tempo, da evasão dessa mesma natureza. Ele monta esse problema e o resolve. Além disso, dá-nos os argumentos e as armas para resolvê-lo por nós mesmos.

Falo de Dreyer como se ele ainda estivesse entre nós porque, para mim e para muitos outros, ele ainda está aqui – e sempre estará.

Dreyer conhece a natureza melhor do que um naturalista. Conhece o homem melhor do que um antropólogo. É possível que não saiba as proporções de oxigênio, hidrogênio ou nitrogênio contidas nos galhos do velho carvalho sob os quais meditava quando criança, mas conhece as longas vigílias da árvore durante as noites de inverno. Sabe a dor produzida pela quebra de um galho carregado de neve. Conhece a emoção das chuvas de primavera. Conhece o carinho da brisa noturna refrescando as folhas nas noites secas. Qualquer pessoa armada dos necessários tubos de ensaio, escalpelos e reagentes químicos pode analisar a natureza de uma árvore. Mas conhecer uma árvore como se conhece um amigo, perceber sua grandeza e sua fraqueza, observar não sem ironia o seu desejo de dominar – sua impiedosa destruição da vida vegetal rival; em outras palavras, identificar-se, mesmo que apenas por um instante, com a vida vegetal, é mais difícil. E, se o objeto de seu interesse não for apenas uma árvore, mas um homem, essa tarefa exige mais do que apenas as ferramentas certas. Exige uma sensibilidade exacerbada, uma percepção aguçada e uma humildade rigorosa; tudo isso aliado a um orgulho insano. Pressupõe a crença de que tenhamos o direito de enfiar o nariz nos assuntos dos outros. Afinal, não há prova de que as formigas se sintam de alguma forma lisonjeadas pela ideia de nós analisarmos o seu ácido fórmico. Os exemplos do homem interferindo na vida de outras criaturas poderiam ser escritos em sangue nas páginas incontáveis de inumeráveis livros.

Duas ou três vezes no curso de minha vida estive perto de Dreyer, mas não posso afirmar tê-lo conhecido em carne e osso. Humanamente falando, posso gabar-me de tê-lo conhecido bem – assim como ele pode afirmar ter conhecimento íntimo do velho carvalho em questão. O fato é que eu não tenho certeza se ele alguma vez viu esse velho carvalho. É bem possível que ele seja totalmente indiferente a velhos carvalhos. Talvez a ideia de um velho carvalho nunca lhe tenha passado pela cabeça.

A verdade é que eu inventei esse carvalho, e o fiz puramente para minha própria conveniência. Para chegar perto de alguém como Dreyer, é preciso ter uma base sólida sobre a qual trabalhar. Dreyer nunca precisou desse carvalho com seus galhos que, de tão altos, se escondem da vista – esse carvalho amigo sob cuja sombra eu me coloco. Ele não tinha necessidade disso, porque ele *é* o carvalho em questão.

O problema do realismo em oposição à transposição, do concreto em oposição ao abstrato, não aparece aqui. A razão pela qual trago essas questões é que eu as sinto; e algumas de minhas dúvidas talvez possam ajudar-me a penetrar os caminhos labirínticos da mente do homem a quem admiro.

No que se refere à maioria de nós, há duas maneiras de olhar para a verdade: de fora e de dentro. O culto à verdade vista de fora é puramente acadêmico. A reprodução da natureza sem o toque pessoal do artista não tem nenhum interesse. Isso foi resumido por Pascal quando disse: "O homem é a única coisa de interesse para o homem". Se eu vir uma paisagem sem nenhuma pessoa nela, essa paisagem é apenas uma reprodução. Pegue-se o caso de um ator que recebeu o papel de um cozinheiro. Supondo que seja um ator ruim, mas consciencioso, ele vai observar os cozinheiros em ação, aprender o jargão que eles usam em seu trabalho e, por fim, adquirir a aparência, o aspecto e a postura de um cozinheiro de verdade. As roupas que ele usa para desempenhar esse papel terão sido usadas por um cozinheiro e não terão sido lavadas desde então, por receio de remover as marcas autênticas da cozinha. O resultado de tudo isso será provavelmente que o nosso homem, no palco ou na tela, continuará sendo o que ele realmente é: um ator ruim. Apesar dos acessórios externos autênticos, ele não convencerá ninguém.

Vamos agora até o outro extremo e peguemos o caso de um bom ator que tenha recebido o mesmo papel. Não acho que esse homem teria a menor vontade de ler sobre o assunto. É possível que fosse conversar com alguns cozinheiros, mas provavelmente não se desgastaria procurando as ferramentas autênticas da profissão, uma roupa autêntica ou a linguagem autêntica dos cozinheiros. É possível mesmo que ele pudesse ser um novo Charlie Chaplin e nem se vestisse como um cozinheiro, mas tivesse uma consciência espiritual dos problemas dos cozinheiros que seriam imediatamente reconhecidos pelo público, que veria nele um cozinheiro real.

Se essa teoria for levada ao ponto do absurdo, a única resposta é o abandono do realismo conforme ele é visto de fora e a criação de um mundo que é simplesmente o produto da imaginação do artista. Essa é a arte abstrata e, em minha humilde opinião, excetuando alguns desenhos animados, não é um método cinematográfico a ser recomendado. No meu modo de pensar, o artista é ainda mais visível em uma paisagem quando não se mostra a si mesmo. Ele está escondido atrás de uma moita ou de alguma outra coisa, mas logo se revela. Ele é reconhecido por sua atitude, suas entonações, a luz em que banha seu personagem ou o posicionamento dos elementos em sua paisagem. Em outras palavras, uma boa maneira de o artista chegar até seu público e ser reconhecido é esconder-se e deixar o público encontrá-lo.

Eu disse que isso não se aplica ao caso de Dreyer e o repetirei uma centena de vezes se necessário. Um homem de tais dimensões não é nem concreto nem abstrato. Ele é concreto na medida em que seus personagens são de uma realidade perturbadora, tanto externa como internamente. Quando Dreyer pediu a Falconetti que raspasse a cabeça a fim de desempenhar o papel de Joana d'Arc na prisão, ele não estava pedindo um sacrifício pela mera verdade exterior. Acho que, acima de tudo, isso foi uma inspiração para Dreyer. A visão daquele rosto admirável privado de seus adornos naturais mergulhou Dreyer no cerne de seu tema. Aquela cabeça raspada era a pureza de Joana d'Arc. Era sua fé. Era sua coragem invencível. Era sua inocência, mais forte até mesmo que a velhacaria de seus juízes. Era a resistência à opressão e à tirania; era também uma acre observação da eterna brutalidade daqueles que acreditam ser fortes. Era o protesto ineficaz do povo. Era a afirmação de que, em tragédias humanas, é sempre o pobre que paga; e também de que a humildade desses pobres os torna mais próximos de Deus do que os corretos e poderosos jamais poderiam estar. Aquela cabeça raspada dizia tudo isso e muito mais para Dreyer. Era e continua sendo a abstração de toda a épica de Joana d'Arc. O que é miraculoso é que isso também ocorra com os espectadores que continuam a vir e se purificar nas águas puras da Joana d'Arc de Dreyer.

Dreyer está acima e além de todas as teorias. Ele pega suas armas onde as encontra. As maneiras escolhidas por sua inspiração para chegar a nós, seus espectadores, não importam muito. O importante é que ele permanece conosco, não só por causa de Joana d'Arc, mas também por seus outros filmes; e somos envolvidos de um modo que vai muito além da banalidade do dia a dia.

Federico Fellini

Acrescentar algo novo, original ou marcante sobre a obra de Carl Dreyer, descrever de novas maneiras sua visão precisa e límpida seria difícil e exigiria certo vagar, porque boa parte da discussão crítica sobre ele já é tão inflada e tão extensa. Conheço apenas alguns de seus filmes, mas lembro-me de ter me sentido fascinado e encantado pela extraordinária força imaginativa desse grande mestre que contribuiu de forma tão decisiva para fazer do cinema um ato autêntico de arte e expressão.

Os filmes de Dreyer, tão rigorosos, tão puros, tão austeros, parecem-me vir de uma terra distante e mítica, e seu criador ser uma espécie de artista-santo. Contudo, também é verdade que encontro nesses filmes uma morada conhecida, em que uma vocação artística foi completamente vivida, experimentada e expressada.

François Truffaut

Quando penso em Dreyer, vêm-me à mente aquelas imagens brancas e, acima de tudo, os grandes closes silenciosos de *O martírio de Joana d'Arc*, cuja sucessão é equivalente ao diálogo *staccato* ininterrupto do julgamento real de Joana em Rouen.

Lembro, então, da brancura do *Vampiro*, mas desta vez ela é acompanhada de sons, de gritos, acima de tudo dos gemidos inúteis do Doutor cuja sombra perturbada desaparece em um barril de farinha no fundo de um moinho, de onde ninguém poderá salvá-lo. Depois dos fracassos comerciais das duas obras-primas, *Joana d'Arc* e *Vampiro*, Carl Dreyer esperou onze anos para conseguir trabalhar outra vez, e isso aconteceu no que é provavelmente o seu melhor filme, *Dias de ira* (1943), que trata de um caso de bruxaria no início do século XVI. É em *Dias de ira* que vemos o mais belo nu feminino do cinema, a um só tempo o menos erótico e o mais carnal, o corpo branco e nu de Marte Herlof, a velha senhora que é condenada como bruxa e queimada na fogueira.

Mais dez anos se passaram antes de Dreyer ser redescoberto com *Ordet* [*A palavra*], um filme que fala da fé perdida e recuperada. Para mim, *A palavra* vive na brancura leitosa de suas imagens exatas, mas também por sua visão sonora, alucinatória, que evoca uma emoção mais forte que o próprio roteiro em si. Na última parte do filme, o centro da tela é preenchido por um caixão em que jaz a heroína que o protagonista, um louco que acredita ser Cristo, prometeu ressuscitar. A quietude da casa enlutada é rompida apenas pelo som de passos de homens no chão de tábuas, um som característico de sapatos novos, de sapatos de "domingo"...

As outras imagens de Dreyer que vêm à mente surgem de *Páginas do livro de Satã* (um tributo do jovem diretor à obra de D. W. Griffith) ou de *Amai-vos uns aos outros* (1922), que é um precursor do Godard de *Les Carabiniers* [*Tempo de guerra*].

Comercialmente, Dreyer teve uma carreira difícil e, se conseguiu viver de sua arte, foi graças às receitas da sala de exibição que ele programava e administrava em Copenhague. Um artista profundamente religioso e entusiasta devoto da arte cinematográfica, sua vida foi impulsionada por dois sonhos que ele nunca realizou: fazer um filme sobre a vida de Cristo e trabalhar em Hollywood.

Dreyer era um homem baixo, aparentemente tranquilo e, no entanto, incrivelmente obstinado e sério, mas também sensível e afetuoso. Seu último ato público foi característico: três semanas antes de sua morte, ele reuniu os oito principais cineastas dinamarqueses e, juntos, escreveram uma carta de protesto contra a demissão de Henri Langlois da Cinémathèque Française.

Foi quando Dreyer uniu-se às fileiras dos grandes artistas que nos deixaram – depois de Griffith, Stroheim, Eisenstein, Lubitsch – que ficou claro que esses foram os homens que constituíram a notável primeira geração do cinema.

Nota do editor da edição americana*

O TEXTO

O texto para esta edição do manuscrito cinematográfico de Dreyer, *Jesus de Nazaré*, baseia-se na versão original em inglês do próprio Dreyer, que foi escrita em Independence, Missouri, entre 1949 e 1950. Quando Dreyer escreveu o roteiro, havia toda expectativa razoável de que o filme seria produzido, mas, subsequentemente, o apoio financeiro acabou indo para outro destino. Três grandes filmes sobre a vida de Jesus foram produzidos desde então: *A maior história de todos os tempos*, de George Stevens, *O rei dos reis*, de Nicholas Ray, e *O Evangelho segundo São Mateus*, de Pier Paolo Pasolini. Com Preben Thomsen e Merete Riis, Dreyer preparou uma tradução do roteiro para o dinamarquês, que foi publicada depois de sua morte em 1968. Gostaria de agradecer ao Ministério das Relações Exteriores da Dinamarca por permitir o uso da biografia de Dreyer escrita por Ib Monty, o texto de Jean Renoir e as memórias de Preben Thomsen. Esses artigos foram escritos para um pequeno livro sobre Dreyer publicado pelo Departamento de Imprensa e Informação do Ministério das Relações Exteriores da Dinamarca em 1969.

---

* Edição americana de 1971, Delta Books.

Federico Fellini e François Truffaut contribuíram generosamente com seus comentários, traduzidos por mim. Devo agradecimentos especiais a Dedria Bryfonski e a Penny Butler por sua ajuda na preparação do manuscrito.

OS COLABORADORES

Ib Monty é diretor do Danish Film Museum e membro da equipe editorial do periódico dinamarquês de cinema *Kosmorama*. Preben Thomsen é clérigo e dramaturgo. Suas peças, *Atalja* e *Gyngehesten*, foram encenadas pelo Danish National Theater. Entre os filmes de Federico Fellini estão *A estrada da vida, A doce vida, 8½, Satyricon, Os palhaços*. Entre os de François Truffaut, *Os incompreendidos, Jules e Jim, Beijos proibidos, O garoto selvagem, Domicílio conjugal*. Entre os de Jean Renoir, *A regra do jogo, A grande ilusão, O rio sagrado, Um dia no campo*.

Robert Cornfield